IMPERIAIS
Gran'e Abuelo

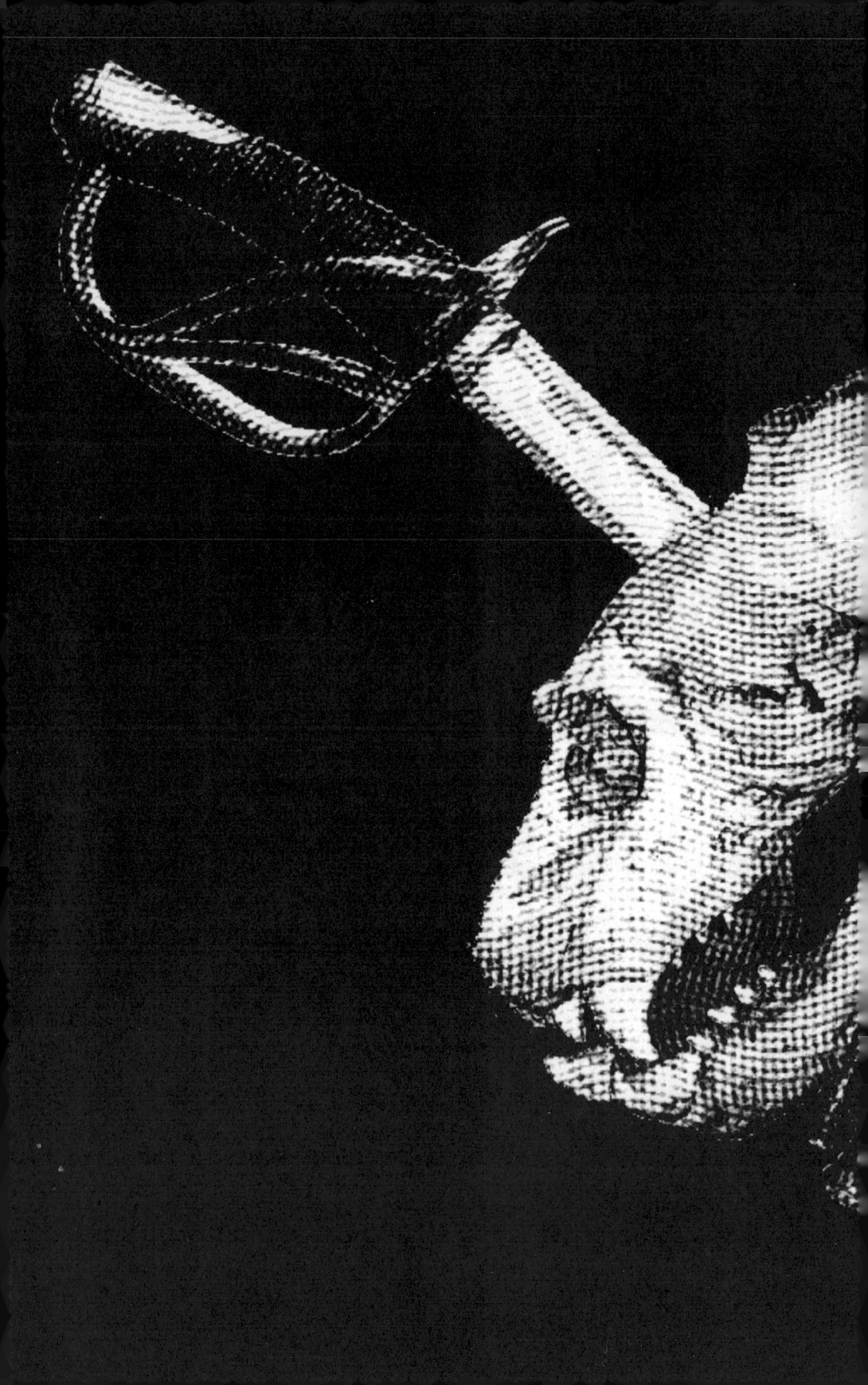

M. R. Terci

IMPERIAIS de Gran Abuelo

Crônicas de Pólvora e Sangue

PandorgA
NACIONAL
2018

Copyright © M.R.Terci, 2018
Todos os direitos reservados

Copyright © 2018 by Editora Pandorga

Direção Editorial
Silvia Vasconcelos
Produção Editorial
Equipe Editora Pandorga
Preparação de texto
Fernanda S. Ohosaku
Revisão
Francine Porfirio
Bruna Brezolini
Projeto gráfico e diagramação
Fernanda S. Ohosaku
Composição de capa
Marco Mancen
Ilustrações do miolo
Pixabay e PXhere

Texto de acordo com as normas do Novo Acordo Ortográfico da Língua Portuguesa (Decreto Legislativo nº 54, de 1995)

Dados Internacionais de Catalogação na Publicação (CIP)
Bibliotecária responsável: Aline Graziele Benitez CRB-1/3129

T564i
1.ed.
Terci, Marcos
   Imperiais de Gran Abuelo / Marcos Terci. — 1.ed. —
São Paulo: Pandorga, 2018.
   208 p. ; 16 x 23 cm.

   ISBN 978-85-8442-300-2

   1. Literatura infantojuvenil 2. Ficção. 3. Terror. I Título.

CDD 869.93

Índice para catálogo sistemático:
1. Literatura brasileira: ficção
2. Terror

2018
IMPRESSO NO BRASIL
PRINTED IN BRAZIL
DIREITOS CEDIDOS PARA ESTA EDIÇÃO À
EDITORA PANDORGA
RODOVIA RAPOSO TAVARES, KM 22.
CEP: 06709-015 — LAGEADINHO — COTIA — SP
TEL. (11) 4612-6404

WWW.EDITORAPANDORGA.COM.BR

AGRADECIMENTOS

Este é o meu quinto livro. Eu não estaria publicando o meu quinto livro sem ter algum mérito da margem para dentro, mas do lado de fora da margem, no longo caminho até a publicação, muitas pessoas me ajudaram.

Fica aqui registrado meu reconhecimento e gratidão a essas pessoas.

Anamaria e Gustavo pela paciência de todos os dias. Meu editor, Jonatan Vasconcelos pelo apoio, conselho e fé nos Imperiais, e à Bruna Calazans por toda assistência e inestimável contribuição. A Adriano Purcino Silva e Amanda Rafaela Cardoso pelo entusiasmo que em muitos dias me motivou. Sergio Mazul do Blood Rock Bar de Curitiba/PR, por todas as vezes que me incentivou e à banda Semblant pela constante inspiração. A Andre Smirnoff do Programa Midnight Metal da Mundo Livre FM pelo apoio, força e pelas playlists mais memoráveis. A Leonardo Meireles do Programa Arado Literário da TV Atlântica por todas palavras de encorajamento. A Luciano Paulo Giehl do Mundo Tentacular, primeiro sujeito a me resenhar e por ter aceitado o desafio de prefaciar esse livro. Alexandre Hirota Moreira, meu amigo, movido pela mesma paixão que me alimenta. A Noeli Gomes de Fazenda Rio Grande/PR e Brunão Lima de Sumaré/SP por serem os melhores leitores que um escritor poderia desejar. Aos sites, blogs literários, canais e seus interlocutores que registram sentimentos verdadeiros, críticas fidedignas e impressões reais sobre as obras literárias no constante auxílio dos leitores: Rafael Michalski e Biblioteca do Terror, Marcelo Milici & Silvana Perez do Boca do Inferno, Bianca Gonçalves e Pausa para Pitacos, Francine Porfirio e My Queen Side, Kênia Candido e Histórias Existem para Serem Contadas, Alex Silva de Almeida do Pobreza Nerd e Luciano Munhoz do Papo de Louco.

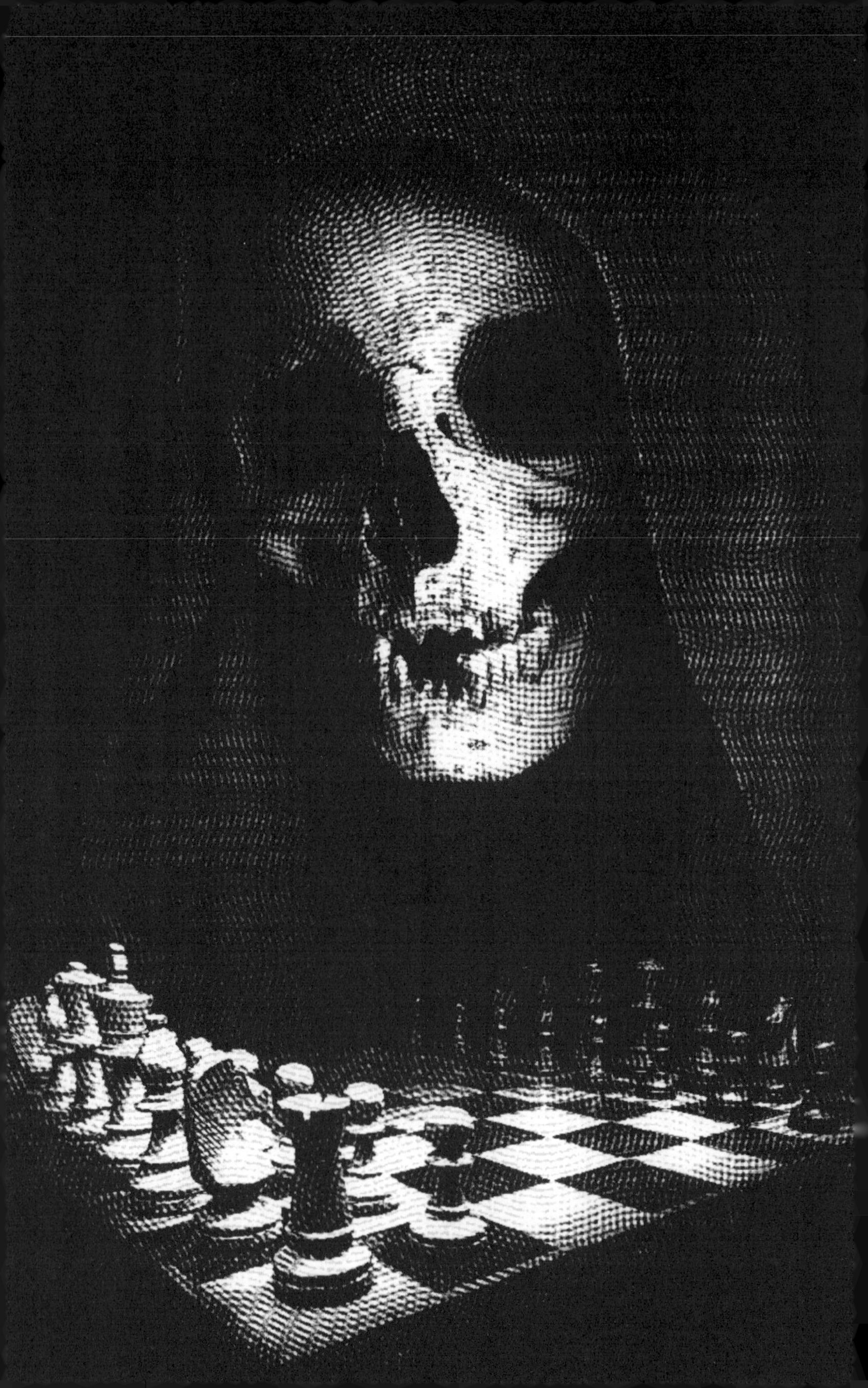

Uma história de força, poder e obstinação de conquista — um correspondente na antiga Capital do Império

Se formos pensar historicamente, todos os povos em algum momento foram marcados por um conflito. Aqui não seria diferente, nossa miscigenação traz na cadeia genética esse fervor. O sangue tingiu terras, geleiras, águas, pântanos e matas, em batalhas nas fronteiras de todos os continentes, povos que lutavam por poder ou independência social.

Nas terras brasileiras o passado de realismo dolorido pode até se confundir com ficção, nossas batalhas podem ser retratadas até por outras ópticas, mas cabe a nós não enterrarmos sua importância. Em Imperiais de Gran Abuelo, nossos heróis e algozes estão transcritos de tal forma onde o surreal se confunde com o hiper-realismo das personagens quando ouvimos a voz de comando em nome de um cadáver dentro de um ataúde com poder de líder como se vivo estivesse. Tal criatividade remonta eras passadas onde semelhança há, ainda que nossas personagens não tenham tido a época conhecimento, visto a inacessibilidade a dados históricos. Parece que tudo se repete, incrível!

Se para nós a expressão imperial nos remete aos filmes em que os protagonistas duelam com sabres de luz, os verdadeiros Imperiais sempre existiram e aqui foram marcantes. Somos conduzidos ao campo de batalha e ao seguirmos, o imaginário nos faz integrantes desse exército de Gran Abuelo sentindo o cheiro da pólvora e o arredio sabor do sangue, como se treinados fôssemos pelo General Manuel Luis Osório, legendária figura da Cavalaria do Exército Brasileiro com título nobre, ainda no reinado de Dom Pedro II.

Em resumo, aprender sobre o passado como uma grande fantasia, nos faz gravar no nosso imaginário de forma despretensiosa e assim deixar em nossa memória fatos relevantes de personagens da história do Brasil que na maioria são ou foram esquecidas diante dos ídolos criados por atividades lúdicas.

As páginas de Crônicas de Pólvora e Sangue nos levam a uma viagem histórica e, ao chegar na última linha, o leitor irá suspirar de ansiedade pela continuação.

Leonardo Meireles — Programa Arado Literário da TV Atlântica.
Rio de Janeiro, 29 de março de 2018.

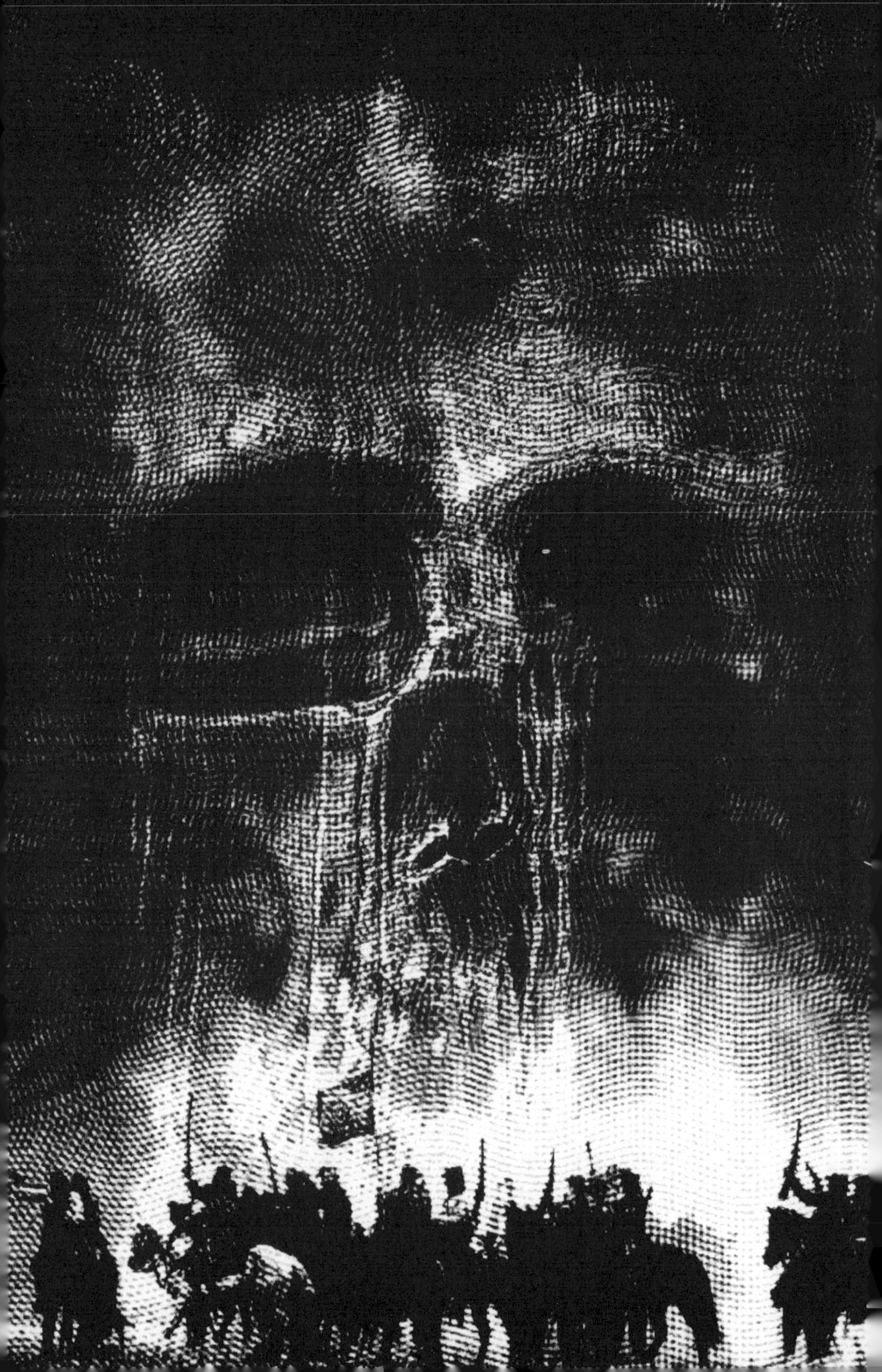

Prefácio

Foi a Guerra em que lutamos, mas a despeito das mortes (que foram muitas), dos custos (que foram exorbitantes) e das consequências (que foram duradouras), é dos conflitos menos lembrados.

A Guerra do Paraguai parece distante não apenas no tempo, mas localizada "a um mundo de distância". Entretanto, basta olhar para as fotografias amareladas do Conflito para se ter uma ideia do que foram aqueles dias terríveis de morte e genocídio.

Dizem os conhecidos ditados que "Guerra é o Inferno" e que ela faz "o pior do homem vir à tona". Bem, em se tratando da Guerra do Paraguai, ambos dizeres são precisos. No decorrer do conflito as Portas do Hades se escancararam e de dentro vomitou-se um Horror nunca antes visto em nosso continente. E no rastro dele, o pior do homem veio à superfície com pompa e circunstância.

Ao longo dos seis longos anos do Conflito (1864-1870), os quatro Cavaleiros do Apocalipse galoparam pelas terras da América do Sul: Guerra, Doença, Fome e Morte redefiniram mapas, traçando novas e profundas fronteiras. Fustigaram o solo lamacento dos Pampas, tingiram a Bacia do Rio da Prata de vermelho e empestearam o ar com um fedor acre de fumaça e pólvora. Soldados de quatro nações marcharam sob seus estandartes e se lançaram uns contra os outros com fúria. Homens livres, voluntários e escravos, brancos, negros e índios, militares e civis. A Guerra do Paraguai não poupou ninguém em seu caminho e, como um terremoto, arrasou tudo aquilo em que tocou.

Os números oficiais do Conflito falam em mais de 350 mil mortos. Apenas dentre os brasileiros foram 50 mil, a guerra mais mortal de nossa história. Argentina e Uruguai, nossos parceiros na Tríplice Aliança, também sofreram perdas proporcionalmente pesadas, mais da metade dos homens mandados para a Guerra jamais retornaram. E quanto ao Paraguai, não é exagero dizer que o país quase foi aniquilado em face da destruição, nas fases do contra-ataque, da conquista e enfim, da monumental derrota sofrida. A aventura expansionista, patrocinada pelo caudilho Solano López, resultou em um desastre de proporções épicas. Os derrotados sofreram muito, mas mesmo os vencedores não tiveram muito que comemorar.

Para todos os efeitos, todos envolvidos perderam.

É nesse panorama cinzento de derrotas acachapantes e amarga vitória que transcorre a crônica de M.R. Terci, "Os Imperiais de Gran Abuelo". O autor, com sua conhecida habilidade com as palavras e elaboradas descrições, nos convida a viajar através das paisagens dantescas de um Paraguai destruído e de um Brasil exposto a uma mácula tenebrosa, no qual esperança e glória são palavras que há muito perderam o sentido.

Realidade e ficção se fundem em uma jornada na qual não há heróis e menos ainda inocentes. Os guias, nessa incursão pelas latitudes sombrias, são os Imperiais, uma tropa de elite a serviço do decadente Império do Brasil. Os Imperiais foram incumbidos de adentrar na nação inimiga e, mesmo após o fim da Guerra, continuaram lá, vagando como fantasmas sem destino. Homens endurecidos pelo conflito, forjados no calor da batalha, fiéis ao juramento de fidelidade feito uns com os outros eles se entregam a sua missão que já não parece tão clara. "Sangue Ruim" corre em suas veias, ou ao menos é isso que os Imperiais dizem de si mesmos.

Atravessando diferentes momentos históricos, da sangrenta incursão à tumultuada ocupação, a história segue os percalços dessa tropa composta por anti-heróis. Órfãos de seu grande líder, que os levou à derradeira vitória, ao qual se referem paternalmente como vovô (abuelo), eles tentam encontrar uma nova figura de autoridade para comandá-los.

Como não poderia deixar de ser, a obra de M.R. Terci, mescla uma requintada narrativa histórica — fruto de acurada pesquisa, com ficção fantástica sobrenatural. O resultado é um panorama surreal de profundo medo e claustrofobia. Os que estão familiarizados com a trilogia de Terci, O Bairro da Cripta, descobrirão que seus personagens coabitam o mesmo universo. Há ecos das assombrações e maus agouros de Tebraria, das noites escuras e de arrepios escondidos em cada capítulo. Por sinal, o fúnebre povoado, onde dizem, sempre é treva, surge para nos acenar com seu habitual clima de mórbida estranheza.

Entretanto, nas Crônicas de Pólvora e Sangue, o horror não está circunscrito a uma cidade de má fama e seus habitantes peculiares. O livro apresenta todo um novo e vasto território a ser explorado e temido. Em meio a campos de batalha e ruínas fumegantes, o inimigo pode se erguer dos pântanos, das covas rasas ou das cidades devastadas. E ele provavelmente estará em busca de vingança não contra soldados que usam outras fardas, mas contra todos aqueles que estão vivos. A Guerra pode ter terminado, mas o terror? Este está muito vivo.

Os Imperiais recebem ordens para jamais sentir medo, mas quando confrontados com o que veem do outro lado do véu, vestindo corpos de soldados mutilados, feitos em pedaços e envergando garras afiadas, mesmo eles, estarão em desvantagem diante da onipresente Dona Morte.

Acho que estou me estendendo demais, é hora de descobrir o Conflito do Paraguai sob uma diferente perspectiva e encarar a escuridão da guerra que lutamos.

Luciano Paulo Giehl
Mundo Tentacular
Fevereiro/2018

Acolhimento

És bem-vindo, irmão.

Não importa de onde veio, tua terra natal ou teu idioma; tampouco importa teu credo religioso, tuas ideologias, teu status no mundo civilizado ou fora dele; não importa a raça nem a cor de tua pele; não importa o caminho que fizeste para chegar aqui.

O passado fica para trás. Trouxeste o suficiente.

Agora, o Exército de Sua Majestade Imperial Dom Pedro II vai dar-te o necessário para que mereças uma morte gloriosa.

M.R. Terci

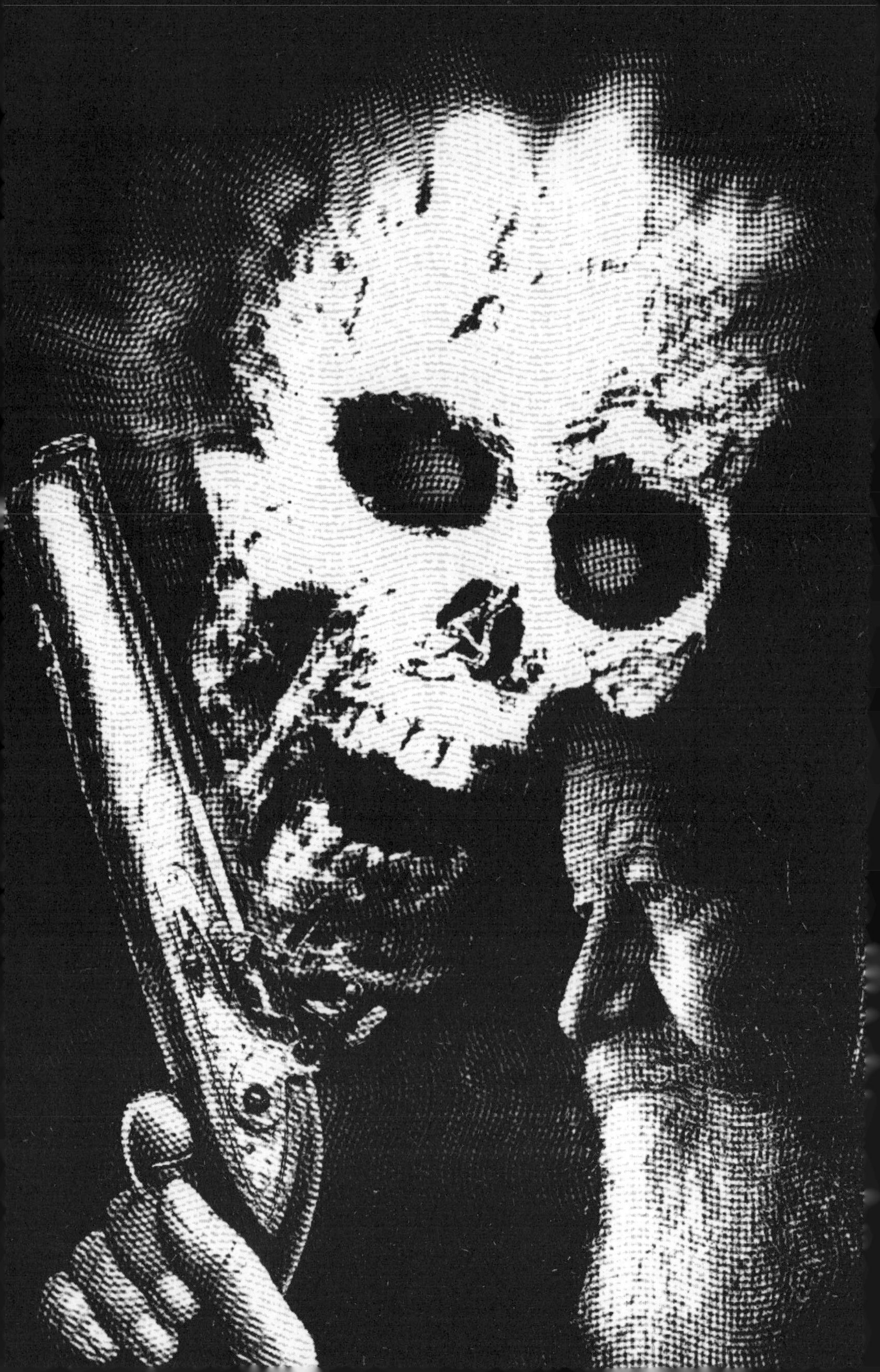

Prólogo — Águas abaixo...
para a eternidade

Setembro de 1879.
Estimado Segundo Visconde de Pelotas,

Meu bom Visconde, sou homem simples, cultor do poncho e do chimarrão, de maneiras desassombradas e sem qualquer inclinação às veleidades das altas posições que fatos ou circunstâncias me impuseram.

Bem sei que, no fundo de sua alma de político acintoso, quereria ser como eu.

São meus amigos todos aqueles que derramaram sangue por esta nação e que protegem nosso Imperador, esse homem que se diz comum e percorre o país a lombo de cavalo para saber das necessidades de seu povo; esse homem que visita soldados em trincheiras distantes para saber-lhes as querências; esse mesmo homem que abdicaria da coroa para ser professor nas comunidades mais necessitadas, pois elegeu a educação como o princípio mais nobre existente. Dizem, nos escuros salões do Palácio, que isso se chama fraqueza. Conspiram, tramam e doestam na calada da noite.

Ah! Esse homem que merecia súditos melhores!

Com clareza, doravante, dirijo-me ao político que tu és. Podes, então, chamar-me de Osório.

Os meus garotos imperiais levantaram-se numa fase de lutas, de paixões, de herança de velhas disputas que resistem às tendências novas e aos inquietantes horrores.

Tu bem o lembras.

Com a abdicação de Dom Pedro I, em 1831, em favor de seu muito amado e prezado filho, o Senhor Dom Pedro de Alcântara, teve início um conturbado e escuro período. Nele se firmaram a unidade territorial de nosso país e as nossas Forças Armadas. Dom Pedro II, que durante aquela década era um menino de cinco anos, andou às voltas com tutores e regentes até o golpe da maioridade, quando o Partido Liberal pôs fim ao período regencial e declarou o jovem Pedro maior de idade antes de completar quinze anos.

Mas as rebeliões pelo vasto Império demonstraram o descontentamento do povo com o poder central e a autonomia das províncias. Em nossa Pátria, o Imperador era o poder máximo, chefe de Estado e de Governo. Mas, de tempos em tempos, as tensões sociais latentes da nação nos levavam a derramar sangue brasileiro em conflitos dentro do território.

Assim foi na sangrenta Guerra dos Farrapos que tomava, ainda àquela época, dimensões amedrontadoras, ameaçando a coroa. Estávamos lá, mas somente eu lutei em ambos os lados. Tornei-me monarquista quando o movimento assumiu a tendência separatista.

Jamais me arrependi, pois, em benefício da nação, vi Dom Pedro II decretar o fim do poder central. A partir de 1840, o Imperador possuiria apenas o poder moderador. O poder executivo coube ao Presidente do Conselho dos Ministros, escolhido pelo Imperador. Que rei de hoje em dia teria peito de dar ao carrasco machado tão afiado? Sorte nossa existirem bons anjos da guarda de *sangue ruim* como o saudoso Caxias.

Apesar de ser uma máquina de governo eficiente, que viria a tornar a Pátria um berço estável e próspero, os farrapos ainda desejavam uma República livre do Império do Brasil.

Para barrar a Farroupilha, nosso Imperador nomeou o Barão de Caxias como seu comandante em chefe das Forças Armadas. E o bom Barão não perdeu tempo. Inobstante dispor de toda liberdade para agir com violência contra os gaúchos, Caxias deu polimento à palavra diplomacia e, com manifestos patrióticos, negociou abertamente com os insurretos.

Em seu discurso, Caxias mencionava os países vizinhos como verdadeiros inimigos, afirmando que os gaúchos deveriam se unir a Dom Pedro II e ao resto do Brasil contra o inimigo externo.

Bem verdade que Uruguai e Argentina, sob o comando de Manuel Oribe e Juan Manuel de Rosas, pretendiam unir Repúblicas, visando a um Estado muito mais poderoso na Bacia do Prata, região de importância estratégica para os nossos interesses.

Caxias encerrou as revoltas em 1845 e recebeu o título de Conde. Em 1851, sob as ordens do Imperador, o Conde de Caxias e nosso exército do sul invadiram o Uruguai e derrubaram Oribe, findando qualquer ideia de fusão com a Argentina. Persegui o infeliz do Rosas em Monte Caseros. Esse finório borra-botas, bem sabes, fugiu para a Europa!

A Argentina passou a se entender com o Brasil e cortou relações com o Uruguai. Em retaliação, os uruguaios saquearam propriedades no Rio Grande do Sul. Argentina e Brasil se voltaram contra o presidente do Uruguai, Atanasio Aguirre. Novo conflito e Aguirre foi derrotado. Sob as bênçãos de Argentina e Brasil, o poder foi para o general Venancio Flores, inimigo de um certo caudilho paraguaio de nome López.

Francisco Solano López, presidente do Paraguai, que desde o princípio mostrara-se contra a invasão do Uruguai, não gostou de ver seu aliado sendo deposto e um oponente político tomando o poder.

Picuinhas, meu bom Câmara, apenas picuinhas de um bobo que queria molhar suas velhas botinas de ditador no Oceano Atlântico. Depois de tantos acordos políticos com o *Partido Blanco* composto por opositores a Flores, o Uruguai era sua passagem para a costa. Mas, naquele momento, os *blancos* estavam putos! Desejavam resultados.

Sob pressão de seus correligionários, López tomou o vapor brasileiro Marquês de Olinda e fez prisioneiros os seus ocupantes no Rio Paraguai. Então, invadiu a Província do Mato Grosso, tomou a cidade de Corrientes, na Argentina, e seguiu em direção ao sul do Brasil e do Uruguai.

Frente ao ato de guerra paraguaio sobre a Argentina e o Brasil, o Tratado da Tríplice Aliança foi assinado e teve início a Guerra do Paraguai, financiada, amigo Câmara, pelo Banco da Inglaterra, que viria a extorquir juros imensos de nosso Império.

Partiram para a guerra mais de duzentos mil brasileiros. Cinquenta mil jamais voltariam.

Em retrospecto, vejo os charcos pantanosos do Paraguai. Penso que quando finalmente me apresentar diante do Criador, alguém, entre as sagradas hostes, notará que aquela lama me impregna a alma até os dias de hoje.

Toda aquela lama e sangue.

A recaptura de Corrientes; a Batalha do Riachuelo; a rendição de Uruguaiana e o recuo das tropas inimigas; a invasão do Paraguai; a batalha de Tuiuti; a queda do Reduto de San Solano; a tomada de Humaitá; a marcha pela estrada construída por Caxias em derredor do Arroio Piquissiri, a batalha sobre o Arroio Itororó e dos fortes paraguaios de Angostura e Itá-Ibaté; Avaí, onde a dona Morte quase me pega; e a Dezembrada... Oh, sim! A Dezembrada e a caçada a Solano López! Que pedaço de inferno todos nós passamos naqueles anos.

Naquela época, tu me criticavas por andar entre balas. Meu bom Câmara, aquilo era tarefa fácil, afinal, as balas faziam tão pouco de mim. Meu bravo, tu andas à vontade entre as serpentes do Palácio! Enquanto imperiais sob o comando do Conde d'Eu, tu e eu regressamos à Pátria com sangue nas mãos.

Sangue demais.

Ao final da guerra, receberíamos ordens para matar os civis, as mulheres e as crianças também.

Quando meditamos sobre as dificuldades desse tempo passado, época tormentosa das ações iniciais da Tríplice Aliança contra o caudilho López, e que o levaram a tão dramáticas maquinações, não podemos esquecer o custo de chegar ali.

Tempos difíceis exigem homens dispostos ao impossível.

Meus imperiais assurgiram em meio a este cenário caótico, desairoso e sem esperança. Sua força é minha força. Sua fé e fidelidade são as minhas. Eu os treinei aos brados de patriarca zeloso. Os mais jovens me chamavam de *Gran Abuelo*. Os camaradas de antigas pelejas me chamam de irmão. Tu, político, podes me chamar de Osório, e eu desaprovo quaisquer de seus empenhos para desarticular minha estimada unidade de sangue ruim ou repreender seu tenente. Esses homens, em breve, poderão ser a nossa última linha de defesa contra um inimigo tão terrível e inconquistável que, não tivesse visto com meus olhos, certamente, faltar-me-ia a crença de sua existência.

E que crença tenho eu?

Fui soldado, honrei cada uma de minhas divisas e medalhas desde meu voluntariado, com apenas quinze anos de idade na Cavalaria da Legião de São Paulo, até a patente de Marechal de Exército Graduado com quase setenta anos e muitas cicatrizes. Pelo Império, com distinção, fui agraciado primeiro Barão, depois Visconde e, finalmente, primeiro e único Marquês de Herval. Na política, tal como na guerra, tive ferozes opositores. Sagrei-me vencedor sobre estes também. Fui Deputado Distrital, Senador e, hoje, ocupo a pasta de Ministro da Guerra.

Sobre o oficial que deixei no comando, Carabenieri, sei que tu não propendes a ele. Ora, meu bom Câmara, ambos poderíamos enumerar seus serviços e méritos. Este meu tenente é bom moço e guasca dura como ninguém. Tenho-o como a qualquer um dos meus filhos. Tão logo tu ou o Visconde de Sinimbu tome a minha cadeira, recomendo assinar logo um decreto promovendo-o a capitão.

Lastimo não estar presente na ocasião. Tu sabes, não vou bem de saúde. Recentemente, perguntou-me meu bom médico: "Como vai, Marquês?". Ao que respondi: "Águas abaixo... para a eternidade".

Gostaria de poder contar com a velha força, levantar deste leito e ir ter contigo, meu estimado Câmara. Visitar a tua barraca de campanha, munido de um saca-rolhas afiado, e dar-te os bons-dias.

Mas os bons dias se foram.

Manuel Luís Osório

Post scriptum: Segue *mi permiso* para o tenente dar cabo de minha derradeira ordem. Ao custo de meus ossos velhos, para o inferno com aquela maldita!

IMPERIAIS DE Gran Abuelo

Crônicas de Pólvora e Sangue

Diário de Campanha de Amadeu Carabenieri

1. O Soldado 19
2. A Dama da Cripta 29
3. Sangue Ruim 41
4. As Crias da Noite 49
5. A Vila 55
6. Casa Grande e Senzala 71
7. Pólvora e Fogo 81
8. A Caravana dos Mortos 95
9. Velha Canção 109
10. Buraco no Céu 122
11. Mensajero 133
12. Pergunte ao Sargento 143
13. O Elo Fraco 151
14. Antigas Rixas Não Fazem Novos Amigos 159
15. Ilha da Queimada Grande 169
16. La Gran Montaña de Solano 179
17. A Mansão dos Mortos no Fim do Mundo 190
18. Com Meus Cumprimentos a Deodoro: Vivas à República 197
Post scriptum 202

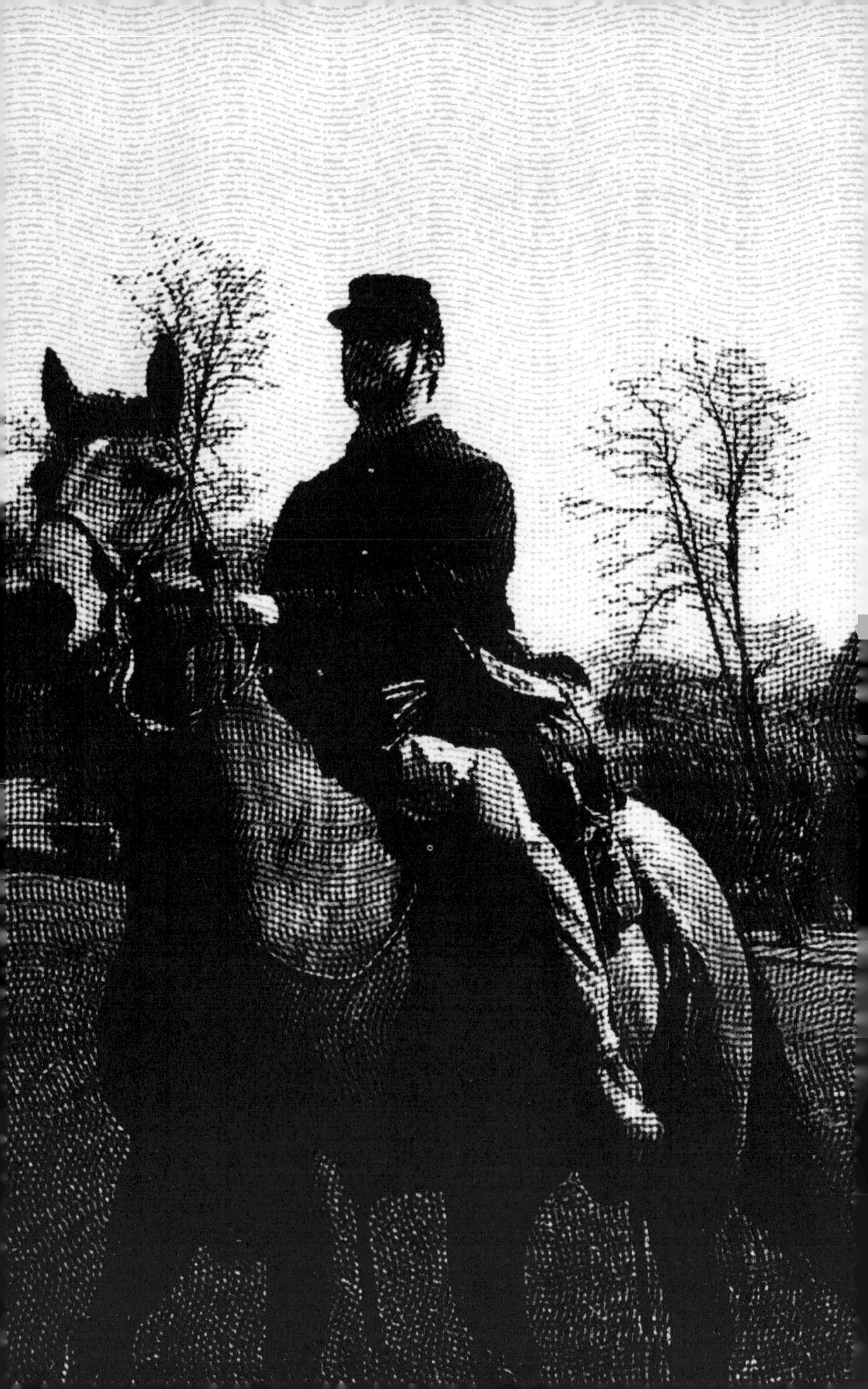

1

O Soldado

Madrugada.
Em meus sonhos, ela habita.
E quando eu adormeço, ela acorda.

Entre ossos e silêncio, a dama em negro se ergue da poeira que reveste o chão da catacumba. Suas mãos pálidas se unem cingidas por dedos finos e enegrecidos e, lentamente, se elevam sobre a cabeça oculta por aquele véu feito das sombras que todos os pesadelos vestem no sono da morte.

Quando avança sobre mim, seus olhos não expressam alegria ou tristeza, sua boca não fala de vingança ou malevolência, apenas o faz com garras vulpinas que claramente falam de um propósito. Vence a distância entre nós na quarta parte de um segundo sem ter dado sequer um passo e, antes de me dar conta, entre pensar e reagir, rolo escada abaixo para dentro da mais profunda escuridão.

Para minha surpresa, meu pescoço suporta a queda vertiginosa através das escadas e, quando finalmente atinjo o fundo, sinto a razão e o desespero emprestando forças para um golpe certeiro na negrura que me cerca. A coronha do *spencer* atinge algo à minha frente. Ouço um maxilar se partindo e sinto afrouxarem os dedos feitos de aço em seu aperto mortal, o suficiente para jogar todo meu peso sobre a tenebrosa criatura que pretendia me matar.

Com o antebraço, mantenho a boca imunda e selvagem longe de seu intento, enquanto deslizo a mão esquerda em direção ao sabre de cavalaria, mas, quando alcanço o manete, a criatura se lança em uma ofensiva irrefreável que me joga novamente ao solo.

A própria arremetida da dama é sua danação. Só há tempo para desembainhar o sabre e alojá-lo firmemente sob seu pescoço pálido e frisado de veias negras. Em um lampejo, a hedionda cabeça projeta-se ao ar, seguida por gotículas prateadas que, na treva da catacumba, desenharam um círculo gracioso assinalando meu triunfo sobre a coisa fantasmagórica que assombrava a Capela de Santo Nicolau, na tenebrosa Vila de Nossa Senhora do Belém de Tebraria.

***

Amanhece. Uma vez mais, eu escapei dos dedos da morte.

Alguns irmãos imperiais não tiveram tanta sorte nos últimos meses. Perdi a conta dos soldados encontrados mortos ao raiar da aurora, quando o repouso noturno enredava tantas armadilhas funestas.

Tem sido assim noite após noite.

Não houve alento desde que, por ordem do Marquês de Herval, findada a Guerra do Paraguai, a soldadesca do Primeiro Corpo do Exército marchou sob o estandarte da morte rumo a Peribebuí.

Tudo começou durante a Campanha das Cordilheiras. No assalto e captura das Fortificações de Solano López, defendidas por um mil e quinhentos homens e quinze bocas de fogo, nosso bem-amado comandante Osório adoeceu.

De gritos e sussurros estranhos eram feitas as noites de Osório. As febres nascidas no rosto idoso, cansado de tanta guerra e morte, desenhavam entre rugas aquele mapa de dor ao qual nos reportávamos, em disciplinada linha, durante a revista matinal. Em nosso retorno à terra, em passagem por Montevidéu, ele recebeu a notícia do falecimento de sua esposa.

Dizia-se entre os suboficiais, irmãos soldados da mesma legião dorida de sofreres, que Osório fora à guerra sob a promessa solene de regressar aos braços da amada, devota fiel de Santo Nicolau, com todo o ouro que pudesse arrebanhar da Campanha das Cordilheiras. O velho soldado tinha, com isso, a intenção de finalmente repousar ao lado de sua esposa na herdade de sua família no interior de São Paulo.

Sua amada, contudo, morreu de morte sofrida com dores para as quais não havia remédio. Dizia-se entre os mesmos irmãos imperiais que a senhora morrera de melancolia, arrebanhada por sentimentos tais que até mesmo o pároco da Igreja de Nossa Senhora do Belém de Tebraria — homem firmado na inabalável fé católica apostólica romana — atravessou o paço municipal aos tropeções, balbuciando a inutilidade de ministrar os últimos ritos àquela dorida senhora.

— Dona Francisca recusou a extrema-unção e quis saber, do diabo, onde estava sua paga em ouro — sussurrava o abalado padre.

Naquela noite, a dama surgiu.

Nossos bravos irmãos, ausentes há tanto tempo do amplexo da terra natal, soldados cansados de tantos dizeres de guerra e carentes de repouso, foram obrigados a cruzar armas, durante o repouso noturno, com aquele mal faminto.

Osório, na época Barão de Herval, participava igualmente de nossos terrores. Pela manhã, enquanto a luz matinal banhava as expressões macilentas dos soldados, um misto de arrependimento e solidariedade varria-lhe as faces enrugadas.

Por causa de tantos sofreres e boatos entre as fileiras do Império, chamara-nos de Legião de Malditos. Nossa fama, longe de enaltecer, criava uma aura de lenda que espantava o alento e nos designava às mais duras missões. Mercê dos atributos como soldado e comandante, no entanto, Osório ficou conhecido nesta época como o Legendário.

Entre nós, irmãos da mesma companhia, havia a suspeita — sequer sussurrada — de que a assombração não era outra senão a falecida esposa de nosso comandante, à caça de seu ouro não havido. Nada se dizia a este respeito. Dividíamos o fardo sabedores de que, para nosso comandante, ele era ainda mais pesado.

Pelos idos de 1871, junto a mais cem irmãos, vi o próprio Deodoro da Fonseca entregar-lhe solenemente, na cidade de Porto Alegre, aquela sofrida espada. Com que amargura o velho comandante pesou em suas calejadas mãos a obra-prima de ourivesaria.

Cinzelada em ouro e ornada de brilhantes, foi custeada por nossos oficiais na esperança de aplacar a fúria daquele atormentado espírito que visitava as camas da Campanha, noite após noite.

Os olhos do então Marquês de Herval investigavam a extensão da lâmina de aço por entre a grafia das batalhas e combates de que participara. Percebia-se que sua mente, tolhida por tantas memórias, percorria os campos da morte por entre os cadáveres mutilados de centenas de irmãos.

Quando, em tardia hora, partia a comitiva de Fonseca para as terras do Rio de Janeiro, o velho comandante deixou-se cair sobre os joelhos cansados. A rígida postura militar cobrava, finalmente, um preço exorbitante daquele corpo senil. Pude ouvir aquela dramática confissão de sua alma cansada quando, amparado por meus braços, o velho comandante ergueu as vistas para os céus.

— A que custo chegamos até aqui? — murmurava entre os dentes o idoso Marquês. — Quantos rios de sangue singramos com Caronte? Meu igual, meu irmão de armas, meu tenente, quantas levas de carne despachamos para a terra dos mortos? Por que *Hades* ainda reclama para si a alma daquela que em vida amei e que, em meus sonhos, eu maldigo?

Não pude lhe responder naquela ocasião. Tampouco os meus braços foram suficientes para amparar-lhe o peso desditoso da alma. Aquela espada tinha um peso desconhecido até mesmo para *Atlas*.

Findada a guerra, sobre minha montaria a caminho de Tebraria, eu pesava aquelas palavras. Durante três das seis décadas em que Osório serviu ao Império, cavalguei ao seu lado.

Com a paz — que paz? —, nosso bem-amado foi nomeado Senador do Império, pela Princesa Isabel, muitas milhas de sua terra natal.

Em seu discurso no Senado, dirigindo-se a seus antigos oficiais presentes na honraria, mas em especial a mim, Osório profetizava a sua última ordem à tropa, haja vista que o brilhante estrategista não poderia levar aquela missão a cabo.

— A farda não abafa o homem no peito do soldado.

Morreu em sua cama, dois anos depois, travando guerra contra o mal que nos sitiava. Aquela guerra noturna, por nós sabida e mui conhecida, entre os lençóis sujos dos catres da Campanha em campos de batalha encharcados pelo sangue inimigo; aquela peleja incessante contra os pesadelos que pesavam em nossas medalhas.

***

O caminho para Tebraria é por entre um pântano de custosa passagem.

A coisa da cripta, nós sabíamos, reclamava o corpo de Osório. Mas escolter um caixão através destas paragens lamacentas não é nada fácil. A carroça que conduz o esquife, puxada por uma parelha de muares, necessitou muitas vezes do auxílio dos cavalos ao cruzarmos os charcos assombrados desse desolado rincão.

Poucos irmãos vieram comigo. Muito se dizia nas capitais sobre a mal-afamada Vila de Nossa Senhora do Belém de Tebraria. Houve por bem fazer a dispensa de outros, mui afetados pelo espectro noturno e que tinham nos olhos a loucura da morte. Comigo iam o sargento Dario, a quem chamávamos de Esperto, dada a sua sagacidade no campo de batalha; os sapadores Augusto e Diego, respectivamente Cicatriz e Gancho, cujas alcunhas contam por si mesmas suas particularidades; um hesitante e mofino Durval, médico-cirurgião, que chamávamos de Medroso; Cardoso, soldado, também conhecido como Aríete, dada a sua imensa força física que se avolumava sobremaneira em seus dois metros e dez centímetros; o soldado Moreira, que respondia pelo apelido de Maluco, e Galeano, o Doido, um portenho cedido pelas tropas rendidas do caudilho argentino Urquiza.

Maluco e Doido formavam uma dupla e tanto em combate. O próprio Osório se referiu aos dois como moedores de carne. Arrastavam as emblemáticas alcunhas devido ao mister assumido em campo de batalha. Eram eles os eternos voluntários nas missões de alto risco, o que lhes valia a simpatia de toda a tropa pela maneira como que se doavam em prol dos demais irmãos.

Por alguma questão tola de respeito, que se situava acima da hierarquia, chamavam-me há longa data de *Papá*, o que significa *pai* em espanhol, enquanto o próprio Osório, nos tempos da Campanha das Cordilheiras, era chamado de *Gran Abuelo*, compreendido como vovozão em português.

— Ei, sargento! — gritava Gancho cem metros à frente. — Melhor que vossas mercês coloquem olhos sobre isso.

O planalto pantanoso sob o qual afundávamos os cascos de nossas montarias era extenso e desolado. A oeste de onde estávamos, erguia-se uma vasta cordilheira circundada por nuvens que lhe ocultavam o cimo. O sol ainda ia a pino, mas, havendo de percorrer ainda muitas léguas até a vila em um terreno difícil, não chegaríamos ao nosso destino antes do dia seguinte.

— O que vós pensais a respeito deste sujeito? — rosnou Gancho apontando seu *spencer* para um corpo ressecado que jazia ao pé de um enorme carvalho.

— Febre do pântano — sussurrou Esperto. — Ou, quiçá, um aviso. Cicatriz, baixa os olhos sobre a carta de terras outra vez. Deveis ter certeza de que não pisamos a sesmaria de alguém. Por entre estes sertões, atira-se primeiro antes de dar as boas-vindas.

— Nada que tenha sido herdado ou reclamado do Império nos últimos anos, sargento — mencionou o sapador após desembrulhar o mapa que trazia na mochila.

— Tenente, o que acha? Ao meu ver, temos duas opções: ou contornamos o rio logo à frente ou retornamos e tentamos avançar pelo flanco daquela montanha — era a deixa escolhida por Esperto para receber ordens sem parecer indeciso diante da tropa.

— O rio me parece excelente opção, Esperto — disse em alto e bom som para que todos ouvissem.

— Ouviram o *Papá*, imperiais! — vociferou o sargento. — Tropa, avante!

O rio vermelho serpenteava entre as baixas colinas de pedra. À direita, por onde seguíamos, um filete de terra arenosa, branca como areia do mar, marcava-lhe o contorno. Um terço de milha adiante, a mata que circundava o rio se fechava sobre seu leito em um emaranhado de grossos troncos e indevassáveis trepadeiras, ocultando a luz do sol. Alguns saguis de pelagem marrom brincavam nas copas das árvores, fazendo uma algazarra infernal. Abaixo deles, na lodosa superfície do rio, os olhos sinistros de dezenas de répteis esperavam por algum deslize dos simpáticos símios. Eram esses imensos jacarés os descendentes de tantos *titãs* que vagaram por essas terras desoladas. E, em meio a uma dezena de outros pássaros que pululavam nos galhos, os tucanos se destacavam sobremaneira enquanto empreendiam voo raso sobre o pântano à esquerda do caudaloso rio. Junto às margens, um grupo de doze capivaras bebia água.

O sargento espiava cobiçoso. Um ronco alto, que só poderia ser comparado às bocas de fogo que guarneciam as Cordilheiras, traiu seus pensamentos.

Em qualquer ocasião, Esperto teria ordenado a um dos rapazes que abatesse a tiros uma delas. A carne daqueles animais era saborosa, sobretudo quando a tropa viajava há tanto tempo. Mas a questão da propriedade da terra ainda não estava definida. Era necessário cautela ao atravessar os territórios. Não seria prudente chamar a atenção em um terreno desconhecido.

A cautela de Esperto sempre nos foi de grande valia.

— Acalma teu estômago, Esperto — sorri-lhe. — Dizem que na vila existe uma dúzia de boas cozinheiras. Daquelas de fazer criança travessa se lavar e marmanjo correr para fora do lupanar.

— A esta altura, *Papá*, minha fome é tamanha que não me importaria de morder o bom Serafim.

O cavalo estrebuchou-se, esticando alto as patas dianteiras, numa paródia de marcha, como se protestasse contrariamente ao comentário de seu cavaleiro.

Serafim era o velho alazão do sargento. Desde que se juntara à tropa, Esperto arrastava aquela cavalgadura marrom e branca consigo. Havia quem considerasse o animal uma montaria velha demais para o ofício da guerra, mas muitos soldados da tropa ainda se recordavam do dia em que o valente cavalo rompeu as linhas paraguaias com Esperto desacordado e gravemente ferido sobre os estribos. O bravo soldado de cascos salvara-lhe a vida naquela noite de fogo, sangue e pólvora.

Semanas à frente do pó das sendas paraguaias, a velha cavalgadura recebeu uma comenda das mãos do próprio Osório.

— Tropa, em forma! Mostrem respeito pelas crinas alvas desse soldado! — gritou *Gran Abuelo* em meio a um estocar disciplinado de continências e bater de botas. — Se Dom Pedro II me cedesse mais uma dezena igual a este valoroso animal, estaríamos polindo insígnias em Assunção, junto aos degraus do *Palacio de los López*.

Agora, pensem em um cavalo orgulhoso.

A oeste, um assovio percorreu a mata. Um farfalhar e uma dúzia de paus de fogo engatilhados. Encrenca.

Os imperiais padrão a serviço de Dom Pedro II permaneceriam sobre as selas e desembainhariam espadas; estes, regrados ao fel e aos gritos do finado *Gran Abuelo*, ao mínimo sinal de perigo, atiram-se ao chão e ocultam-se sob os cascos de suas montarias com armas em punho.

Silêncio. O *spencer* de um imperial está sempre engatilhado.

Dá gosto de ver o inimigo pasmo erguendo as cabeças acima do mato alto.

— Cicatriz? — o furtivo imperial ergue uma sobrancelha. — Apenas boas maneiras.

KIPOW!

O tiro certeiro arranca o chapéu do colono sem deixar margem à dúvida de quem está em desvantagem aqui.

— Imperiais! Cessar fogo! Pelo amor de Deus! — grita uma voz lamurienta entre uns pés de mamona. — Bem o sabeis, homens, ninguém ergue armas contra a mão direita do Todo-Poderoso!

Adoro quando nossa fama nos precede. As façanhas de Maluco e Doido ainda economizam cartuchos e mantêm afiadas as lâminas dos sabres. Para o Império, somos uns putos impiedosos, os maiores filhos da mãe daquele propalado Vale da Sombra da Morte.

Quase enxergo decepção nos olhos daqueles dois. Ou me engano ou preparavam uma estopa aguada de óleo para atear fogo na mata e queimar aqueles cornos caipirescos. Sempre que o capelão do regimento mencionava punição dos infernos no missal dominical, eu imaginava Maluco e o portenho Doido açoitando umas almas condenadas.

Deus os abençoe por isso.

Um sujeito franzino, com roupas remendadas e uma garrucha enferrujada, tentando amarrar à ponta de sua espoleteira um lenço encardido, se adianta.

— Imperiais, somos humildes fazendeiros à caça de cuidar da própria miserenta vida. Não desejamos problemas. Não convosco, por Jesus, Maria e José.

— E por quais cabeças zunem vossas balas? — inquiro-o refreando um sorriso.

— A mulher da cripta, senhor! — geme o colono, conquanto suas pernas quase se urinem à simples menção de tal anomalia.

Um belicoso calafrio percorre minha espinha.

Esperto se adianta e para bem afeito aos meus ouvidos, então expressa sua opinião de homem honesto:

— *Papá*, de trilhas e sangue é feito nosso caminho. *Gran Abuelo*, nos céus de onde nos guia...

— Esperto! — ralho-lhe uma advertência. — Quisera economizar passos pelos atalhos da superstição, mas minhas botas estão carentes do lastro da razão. Temos uma missão. A esta seguiremos com o preço de nossas vidas — dirijo-me ao colono apavorado: — Escuta, homem do pântano, por quais caminhos devemos seguir sem a intervenção de vossa pólvora? Nosso destino é a Capela de Santo Nicolau, na Vila de Nossa Senhora do Belém de Tebraria, antiga sesmaria de Amador Bueno da Veiga.

— Gismar! — grita o homem. — Este negrinho manco lhe guiará em segurança, meu capitão.

— Tenente — corrijo com aspereza. — Para almejar a divisa de capitão nesta companhia, é necessário estar casado com a morte.

— Perdão, meu rei.

Aceno para Cicatriz. O soldado se aproxima do colono e sorri.

Há coisas nesse mundo que os imperiais não deixam passar. Desacato é uma delas.

Com um soco, Cicatriz reduz o pobre coitado a um monte arfante de lamentos. Gancho se adianta e ata, firmemente, as mãos do sujeito a um galho de pessegueiro. Rasga a camisa esfarrapada do pobre e, em seguida, Cicatriz desfere não menos do que cinco golpes naquelas costas sitiadas de costelas magras.

Nenhum de seus companheiros ousou erguer os olhos do charco pantanoso.

— Se entendeu o recado, apenas abane a cabeça. Da próxima vez que se dirigir ao tenente, aja com respeito — murmura Cicatriz, enquanto solta o idiota. — O *Papá* está de excelente humor hoje. Vossa mercê ainda está vivo.

— Próximo à margem deste rio lodoso encontramos um homem morto. Que sabes deste infeliz passamento? — pergunto.

— Morreu de medo, meu bravo — irrompeu o colono choroso. — Todas as crias do demônio caminham sob a Lua Fantasma e aquela, a mais medonha, espreita da cripta. Angelo tombou ali mesmo, ninguém mexe no cadáver porque sabemos que *ela* volta todas as noites para saciar sua fome sinistra junto ao morto.

Inobstante o racional que guia meus passos, os imperiais dessa companhia já viram coisas estranhas o suficiente para não desacreditar o campesino.

Todos se lembram dos gritos no Passo da Pátria. A lua alta e as bestas uivando ao redor do acampamento não dissuadiram os paraguaios que pretendiam nos tocaiar durante a madrugada fria de 16 de abril de 1866, junto às margens do Rio Paraná. Havia por lá um bosque escuro, por onde raio algum de luar refrescavalhe as trevas. Os soldados de Solano López acharam uma excelente ideia atravessar aquela trilha durante a noite para nos pegarem desavisados. Pela manhã, após uma madrugada inteira de urros bestiais e lancinantes clamores de desespero, um de nossos batedores localizou a tropa paraguaia. O que restou dela sem ser mastigado estava espalhado por duzentas jardas no bosque.

Em outra ocasião, em uma depressão onde as águas do Rio Paraná se unem às do Rio Paraguai, Maluco e Doido tocaiaram alguns dos tolos de López durante uma investida furtiva a Estero Bellaco. Soube-se, muito tempo depois e à força de aguardente, que os soldados haviam queimado vivo com óleo de baleia um sargento caolho de uma das companhias sanguinárias lopezas, por quem devotavam profundo ressentimento — algo a ver com uma briga de taverna em Assunção. Os dois sabiam ser cruéis quando podiam, mas ninguém lhes havia preparado para as noites seguintes, quando um cheiro acre de carne queimada e peixe podre passou a assediar o acampamento.

Não importava o quanto nossa companhia avançasse para o norte. Aquele fedor parecia nos acompanhar. Certa noite, Esperto, durante seu turno de vigia, flagrou um vulto se esquivando por entre as barracas de lona. Com a baioneta presa aos dentes e uma corda grossa enrolada nos pulsos, o experiente sargento pretendia surpreender o visitante com um engenhoso garrote. Havendo resistência, cortaria-lhe a garganta sem mais delongas.

À certa altura, o sargento percebeu aquele odor insalubre e nauseante, mas lhe deu pouco tento naquele instante. Toda a sua atenção estava focada no estranho que aguardava, em pé, à frente da barraca de Maluco.

Esperto passou-lhe a corda sobre o pescoço e virou o corpo para impulsionar o estrangulamento. Uma pestilência sem par assaltou-lhe as narinas. Havia degolado o sujeito apenas com a corda nua. O corpo se estatelou no chão. Logo, assomou-se ao redor do espantado sargento mais uma dúzia de soldados, inclusive Maluco.

Quando acenderam os lampiões, foi Maluco quem primeiro notou que o sujeito era apenas uma massa disforme, queimada da cabeça às pernas, trajando, tão somente, as botas de infantaria paraguaia de um sargento. A fedentina, contudo, nunca mais rondou nossas barracas.

Ninguém ali duvidava que, por trás do véu noturno, monstros famintos roíam ossos incautos. Para mim, prezava pensar que a tudo haveria aclaramento racional.

— Teu nome é Gismar? — interpelo o negrinho que se apoia em uma perna fremente.

— Sim, meu tenente. A vosso serviço, até que a morte me aparte de tal encargo.

— A dita dona marcha conosco, Gismar — rosno com um sorriso intimidador.

— Não tenho dúvidas de que vós, imperiais, andais a passo largo para alcançar a fujona.

— Esperto, gosto desse negrinho. Dá-lhe um cavalo.

— Muito grato, meu tenente. As solas de meus pés cansados há muito se ressentem destes espinhos.

— Então? — pergunto-lhe.
— A oeste, meu tenente. Estamos a menos de um dia de jornada. Passamos pela Vila de Nossa Senhora do Belém de Tebraria. Se o desejares, pernoitamos. Dali, são apenas algumas horas pela trilha do Chão Duro até a Capela de Santo Nicolau.
— Prossigas.
— É um lugar inóspito, meu tenente. Pertencia ao povo tupi-guarani. A capela de pedra fica encravada no Horto do Círio e, ao que se sabe, é apenas a entrada de uma catacumba emparelhada a uma enorme caverna indígena. Não sei de razão qualquer para alguém ser sepultado naquele local, exceto se desejavam distância do morto. Vós trazeis convosco um caixão. Pretendeis enterrar alguém por lá?
— Definitivamente, sim.

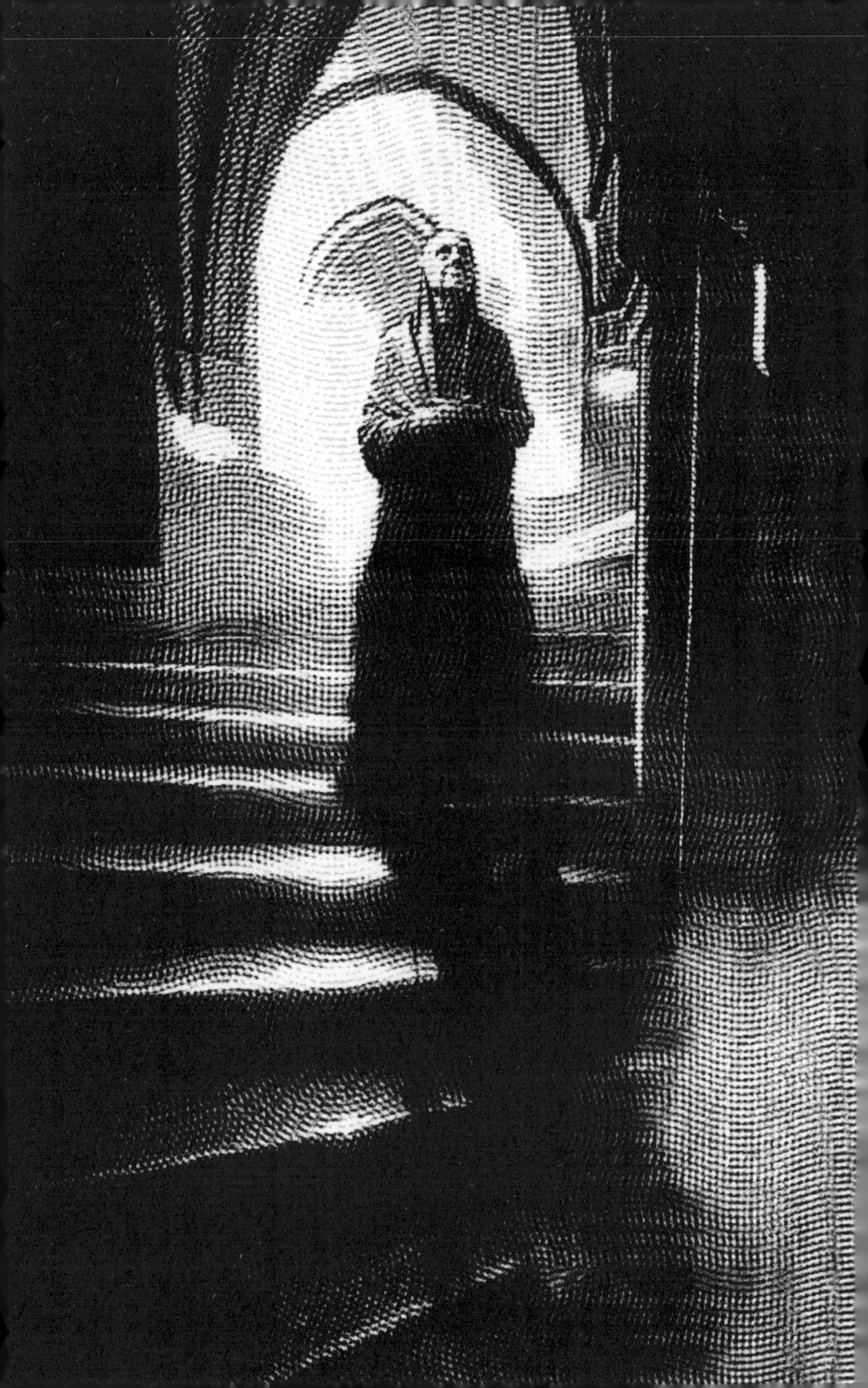

2

A Dama da Cripta

Nossa Senhora do Belém de Tebraria é uma dessas vilas ribeiras cheia de um gentio calejado e hostil. Do instante em que a nossa pequena comitiva apontou pela curva da estrada até o momento em que amarramos nossas montarias à entrada do Convento de Santa Clara, os Imperiais de *Gran Abuelo* foram ininterruptamente observados por centenas de olhos.

Difícil precisar o que chamava mais a atenção. O negrinho montado em um cavalo ou o grande esquife de carvalho amortalhado pela bandeira do Império.

— Povo estranho — comenta Esperto.

— O senhor não viu nada ainda, meu sargento — gemeu Gismar. — Vossa mercê precisa ver os colonos que se agrupam junto às casas nas imediações do cemitério. Gente de gelar a alma.

Olhei em redor dos muros do convento. O mapa designava o local como Ordem de Santa Clara. Havia por lá algumas freiras italianas que não se incomodariam em preparar umas refeições quentes para nossa reduzida companhia. Ouvira de bocas confiáveis que as tais irmãs tinham como princípio viver o Evangelho de Nosso Senhor Jesus Cristo e, para chegar ao Seu Amor, despojavam-se de tudo aquilo que O escondia de seus olhos.

Viviam somente de seu trabalho e de donativos espontâneos, confiando unicamente em Deus para sobreviverem nestes tempos de privações. Atrás daqueles muros, instituía-se uma vida litúrgica intensa, o que significava que nossa permanência ali se daria mediante a paga de umas preces junto ao altar de Santa Clara. A Ordem das tais italianas era muito procurada por pessoas de todas as idades e classes que vinham se recomendar às orações das monjas ou buscar uma palavra de conforto.

Com os diabos! Eu ordenaria padres a metade da companhia por uma cama com lençóis limpos sob um teto que não fosse feito de estrelas. Ademais, entre nossas linhas, dizia-se que o repouso noturno em terreno consagrado afastava a assombração de nossas camas, o que, há longa data, tornara os Imperiais de *Gran Abuelo* notáveis devotos de todos os santos com capelas espalhadas pelas Américas.

— Cicatriz, surre aquele portão até que seus umbrais vomitem gente de batina. Precisamos de guarida sagrada por esta noite. Quero-vos bem dispostos para confrontar a assombração.

Minutos depois, o soldado, seguido por uma tímida freira aparamentada com o hábito italiano, aproxima-se de minha montaria.

— A Ordem de Santa Clara se foi, *Papá* — resmungou Cicatriz. — Algo a ver com umas superstições locais sobre a capela do convento. Deixaram para trás esta *ragazza* para tirar o pó dos santos e limpar as teias de aranha.

A furtiva irmã usava o tradicional cocar feito de uma touca rígida, que lhe emoldurava o rosto, e um véu branco que estendia sua cobertura abaixo do queixo e sobre o peito. No topo da touca, havia um longo véu preto drapejado nas costas. O vestido preto, circundado à cintura por um cinto de tecido que segurava o rosário, não era capaz de esconder dos olhos de um veterano as castas curvas italianas.

— Qual o seu nome, menina? — inquiro a freira.

Quando ergueu seus olhos da cor do céu para me encarar, alguma coisa se mexeu dentro de meu peito. O Amor a Cristo levou-a a passar longas horas diante do Tabernáculo, conservando sua fé de santa pela clausura. Eu, pobre pecador, devassaria seu hábito à procura da carne quente de uma mulher.

Sujo. Pobre e velho soldado sujo.

— Meu nome é Maddalena — professou com doces lábios. — Meu senhor, o lugar não serve de convento desde 1850. Mas, se desejar abrigo, seja ele qual for, o terá.

***

Enganei-me a respeito de algumas predileções teológicas. A maior parte dos imperiais que seguiam comigo não quis pernoitar sob o telhado do convento. Para se furtarem de qualquer investida do Sagrado, os soldados montaram acampamento no pátio interno, junto ao poço. Foram invernos demais através dos mais distantes campos de batalha. Bem sabiam meus irmãos que o sangue do martírio dos santos não se mistura ao sangue derramado pelos sabres imperiais.

Nosso guia, apesar de devidamente catequizado, também não desejava participar das orações noturnas. Gismar deitou sobre uma pilha de capim cortado para o desjejum dos animais, bem próximo ao local onde amarrou a própria montaria. Comeu umas fatias de carne-seca que trazia em um alforje, bebeu da mesma água servida aos animais e por lá adormeceu sem mais delongas.

Exaustos de labor e viagem, os imperiais contentaram-se com o pão temperado com toicinho e frutas secas que irmã Maddalena preparava em grandes porções para servir aos peregrinos que por lá pernoitassem. Após os tradicionais pedidos de bênçãos e umas furtivas garrafas de vinho passadas de mão em mão — às quais fiz vista grossa —, os Imperiais de *Gran Abuelo*, respeitosamente, recolheram-se cedo aos seus catres. Eram uns putos sanguinários, mas eram uns putos católicos.

Ninguém entre eles via uma mulher além daquele hábito. Viam uma santa. E, pela segunda vez naquele dia, eu me senti impuro.

Medroso e Esperto fizeram-me companhia. Acoitados do frio noturno pelas garrafas de vinho que a pequena claretiana nos ofertava à mesa de jantar, trocamos breves palavras sobre o caminho até a mal-assombrada capela que abrigava a cripta da bruxa. Medroso ainda tentou discorrer sobre uma nova técnica de estancamento de hemorragias que vinha experimentando junto a porcos que abatia a pauladas e depois feria à espada. Um olhar de Esperto foi o suficiente para calar o nosso oficial cirurgião. Medroso era bem-intencionado, mas toda aquela verborragia metódica estava nos aborrecendo.

Da cozinha, irmã Maddalena trouxe um prato típico de sua terra natal feito de polenta e galinha cozida. Após servir Aríete e Doido, que montavam guarda junto à carroça que transportava o esquife, desejou-nos o tradicional *buona notte* dos imigrantes e se recolheu à capela do convento para as preces noturnas.

Dividi uma cela com Esperto enquanto Medroso preferiu armar seu catre próximo à latrina do convento. O jantar não havia lhe caído bem e já adivinhava que teria uma noite daquelas.

Todavia, todos nós tivemos. Diferente do que os soldados imaginaram, os muros do convento não barraram a assombração. E, naquela noite, alguns companheiros foram assediados em seus sonhos pela funesta donzela, não obstante os roncos do sargento quase suprimirem em altura os gritos ocasionais dos soldados.

Perdido em concatenações lúgubres, eu cismava a razão pela qual a Dama da Cripta nos assaltava sobre terreno consagrado, quando passos furtivos se ajuntaram à porta de nosso módico aposento.

A porta foi aberta cuidadosamente, e uns olhos cor de céu espiaram luz para dentro da cela. Não disse uma palavra, apenas gesticulou para que eu a seguisse. Para não perturbar o sono de Esperto, saí descalço pela porta, vestindo apenas as calças e a camisa amarrotada.

A freira ia na frente, medindo seus passos sob o clarão de um velho candelabro de três velas. Passando pelos cômodos da latrina, pude discernir uns ruídos assustadores, momento no qual calculei que Medroso maldiria pelo resto da vida a tal da polenta com frango.

Próximo à porta da capela, irmã Maddalena parou, voltou-se para trás e sorriu.

— Não consegues dormir? Meu bravo soldado — disse com mel no olhar —, atrás dessa porta, há abrigo para todos os males que espreitam na noite, conquanto o maior deles ainda esteja em nosso coração.

Voltou-se novamente à porta e tirou de sua túnica uma pesada chave. Pesei em silêncio o significado daquelas palavras. Hora um tanto imprópria para convidar à reflexão e oração.

Quando adentramos, contudo, esse pensamento se esvaneceu.

O solo que pisávamos não era sagrado. Por lá não havia santos e messias, profetas e anjos, *icônes* e altares para que pudéssemos nos prostrar e orar. O teto abobadado da capela era ornado com imagens que poderiam corar o rosto de Calígula.

A pequena Maddalena se aproximou. Eu entrevia umas madeixas loiras que escapavam de sua túnica displicentemente. Um aroma de jasmim penetrou minhas narinas. Ergueu suas delicadas mãos como que ungidas por uma prece e deitou-as, suavemente, sobre meu peito. Sussurrou um perfumado sorriso por entre os lábios carnudos e deixou o manto negro escorregar por seus ombros.

Sob ele nada mais havia.

Apenas a carne quente de uma mulher.

Em uma noite, prometi àquela menina toda a minha vida. Desfiei, naqueles olhos azuis, o rosário de minhas cicatrizes de soldado, desejando me ocupar de seu coração. Tonto de vinho, querendo tudo no pouco que sempre tive.

Arrebanhei-me para junto daqueles cabelos. Prometi meus passos, olhando longe, perdendo os pés no tropeçar de minhas ideias de ébrio. Caímos junto à cama, cambiando promessas feitas, longe de chegar onde queríamos.

Que sabem os anjos de minha alma?

A carne quente de uma mulher é santuário suficiente para o espírito de um soldado.

— Um dia me aposento como mestre de campo e venho ter contigo a vida que queremos.

— Um dia, quando resgatar tua alma da Mansão dos Mortos que jaz à borda do fim do mundo, talvez, meu valente soldado.

***

A aurora não nos alcança. Nós é que saímos ao seu encalço. Os imperiais já estão montados sobre as selas antes da última estrela despencar dos céus.

— Sargento! — chamo-o para perto. — Alguma baixa?

— Todos inteiros e ansiosos para pôr um fim nisso, *Papá* — Esperto olha ao redor e deixa escapar um sorriso. — Quando enterrarmos aqueles velhos ossos de assombração nesses pântanos pestilentos, lhe digo, desejo dormir uma semana, meu tenente.

— Assim seja, sargento.

Irmã Maddalena, junto ao portão do antigo convento, dá adeus à tropa com uma derradeira bênção. A mim, ela dirige um único olhar, muito mais significativo do que as bênçãos de todos os santos do mundo.

"Volte para mim."

Medroso também me dirige alguns olhares. Tem um sorriso pendurado no canto dos lábios e não se demora a expressar seus pensamentos:

— Uns passam a noite com a bunda colada a um cepo de latrina. Outros, mais afortunados, passam a noite colados a bundas mais macias. De meu antro de dores e mau cheiro, pude apreciar, sobremaneira, com que devoção meu tenente orou.

— Medroso — rosno ameaçadoramente —, mais uma palavra e...

— Calei-me, meu irmão de armas.

O cirurgião sai trotando em direção à retaguarda. Antes do meio-dia, terei mais olhares irônicos sobre meus ombros. Não há segredos entre irmãos.

Mais algumas léguas à frente, voltamos a ladear o rio que nos conduzira anteriormente à vila. Uma brisa morosa arrastava folhas mortas para sua corrente, mas, em pouco mais de duas horas de jornada pelos pântanos, as condições do tempo mudaram drasticamente. O sol havia sido encoberto por uma grossa camada de nuvens cinzentas e um vento gelado descia por entre os Montes que circundavam as terras da Vila de Nossa Senhora do Belém de Tebraria.

Após adentrarmos pela senda que, a oeste, ascendia para uma grande formação rochosa, deixamos a margem do caudaloso e serpenteante rio e seguimos por uma trilha não mapeada pelos cartógrafos do Império. Nem mesmo nos antigos mapas, copiados por Cicatriz dos registros das antigas Bandeiras e Entradas na Biblioteca Nacional, haveria qualquer menção àqueles ermos remotos.

Gismar nos conduziu por trilhas esconsas e mal divisadas. Sem ele, jamais teríamos encontrado o caminho que leva à Capela de Santo Nicolau.

Uma neblina espessa pairava no ar e, para piorar as condições de visibilidade, uma pesada chuva ameaçava desabar sobre a planície por onde íamos.

— Só mesmo uma abominação do diabo para se dar ao trabalho de trilhar essas serras desoladas e vir atrás de uns putos vigaristas como nós!

Era a primeira vez, em muitos dias de jornada, que Aríete tecia um comentário jocoso. O abrutalhado e forte imperial era extremamente disciplinado, notadamente dado ao silêncio. Conquanto Esperto lhe retribuísse o comentário com uma rica gargalhada, da qual participaram outros soldados quando Serafim relinchou sobre seus cascos, aquela simples frase do gigante traía o sentimento que cada imperial trazia escondido no peito.

Estávamos nervosos, mas dificilmente, após tantas andanças entre o caminho da pólvora e do sangue, da morte e do pós-morte, poderíamos chamar esse sentimento de medo. Imperiais não têm permissão para sentir medo.

Grossos pingos prenunciavam a tempestade que viria logo em seguida. O vento se avolumava em intensidade e uivos, tornando impossível nos comunicarmos sem que fosse aos gritos.

— Gismar, quanto ainda? — perguntei ao alcançar o negrinho que ia a bom galope à frente.

— Após a floresta, meu tenente. Vê aquele telhado? — gritou o guia apontando para o pináculo que se sobressaía acima da copa das árvores.

A floresta, açoitada pelos borbotões da ventania, jogou sobre a tropa todo gênero de coisas. Galhos, folhas, frutos secos e maduros das mais variadas árvores caíam em meio ao ulular sinistro do pé-d'água.

Faíscas retalhavam os céus com estrondos de canhão. A terra tremia a cada trovão que reverberava repetidas vezes por entre os Montes. Toda aquela algazarra pandemônica fazia por custar segurar as montarias sob as selas. Os cavalos estavam apavorados e os relinchos agora eram constantes e amedrontadores. Até mesmo as mulas que conduziam a carroça com o esquife zurravam histericamente em meio ao vendaval.

Apesar de não passar das duas, um crepúsculo inatural se adensava em nosso redor. Floresta e tempestade combinavam forças para apagar a luz do mundo e encher o coração dos homens de temor.

— Avante, homens! Para a taverna do diabo! — grito para levantar o moral dos imperiais. — Por lá chegando, vós secais as vossas ceroulas! A primeira rodada do delicioso vinho da viúva sai de meu bolso!

Gismar ainda está conosco.

Quando faço menção de dizer-lhe algo, ele abana negativamente a cabeça. Há mais fibra no negrinho do que supus possível.

A Capela de Santo Nicolau foi feita à moda cisterciense. Suas duas naves são estreitas e muito altas e o edifício todo é coberto por uma abóbada de nervuras de pedra. A vegetação nativa da região não encontrou por onde fixar raízes naquele lugar maléfico e nenhum pássaro do céu buscou abrigo da tempestade sob seus altos e aziagos pórticos.

Isso nunca é bom sinal. Tive um armeiro sob meu comando que dizia que a casa do diabo não recebia a obra de São Francisco.

A entrada é franqueada por uma enorme porta de madeira firmemente guarnecida com grossas tiras de metal e cravos de formato quadrangular. Seus gonzos estão alojados no interior e nenhuma fresta é visível junto ao umbral. Apenas uma larga grade de ferro permite um vislumbre do interior do antigo edifício.

Ali, uma treva que não se nomeia, muito mais densa do que aquela que se agigantava em redor dos céus, consumiu toda a luz do mundo. Sussurros fantasmagóricos se elevam à medida que um pálido e moribundo sol mergulha fundo nas nuvens cor de chumbo sobre a mal-afamada vila.

— Imperiais, desmontem — grita o sargento. — Quero um cerco bem armado em redor desse maldito local. Nem o diabo foge daqui sem provar da pólvora e do aço imperial. Quero cada lâmina desembainhada. Quero *spencers* engatilhados sobre os nossos ombros enquanto examinamos a porta do inferno!

— Caixão à frente! — grito em complemento.

— Ouviram o tenente, bando de desorientados! Caixão à frente ou juro lhes currar até os ossos descarnados!

Imperiais são rápidos em armar cercos. Antes que eu pudesse desmontar, Esperto já tinha sob controle todo o local. Até mesmo Serafim participava da manobra. Grossas correntes preparadas exclusivamente para aquele desiderato ladeavam a sela do alazão e das duas mulas que trouxeram o esquife, terminando em seis ganchos de bom tamanho presos às grades da porta.

— Sargento, nem o diabo sai de lá sem sentir a pólvora e o aço imperial?

— Nem o diabo, meu tenente.

— Dê a ordem.

O grito do sargento coloca Serafim em movimento, e a valente montaria lidera a empreitada à frente dos muares. Os gonzos imediatamente começam a emitir um silvo curioso e choroso de mulher. Um forte estalo e a porta se parte em duas.

Quando a grossa peça de alvenaria vai ao chão, todas as miras de fogo estão apontadas para a escuridão do interior da Capela de Santo Nicolau.

As mulas são libertadas das correntes, porém aquela ligada à Serafim permanece tensa. Está presa em algo junto ao umbral onde se alojava a titânica porta. Imediatamente, o bravo cavalo começa a relinchar e retesar os músculos de suas fortes pernas para dar um passo à frente.

— Está preso! — grita o sargento. — Aríete, ajude-me a soltá-lo!

— Não dá para soltar! — responde o grandalhão após examinar a corrente e observar o esforço do animal. — Corte as tiras da sela, sargento.

Antes de Esperto sacar o sabre, entretanto, o cavalo é puxado vários metros para trás.

— Mas que diabos?!

— Corte a sela, homem! Corte a sela! — grita Aríete.

Serafim relinchava terrivelmente, esforçando-se cada vez mais para se libertar.

— Alguma coisa o pegou! Está arrastando-o para dentro!

Além de Aríete, Maluco e Doido se juntavam aos esforços de Esperto para segurar o cavalo pelos arreios. Em seguida, Gismar salta sobre a grossa corrente e joga todo o seu peso na direção oposta.

— Ao meu sinal, disparos curtos sobre eles! — ordeno, já prevendo o que vai acontecer.

Com um giro, a montaria é atirada ao chão, Gismar cai para trás e os quatro soldados são arrastados com Serafim.

— Atirem!

As miras dos *spencers* estão alinhadas na direção em que segue a corrente impulsionada por aquela força descomunal. Os tiros devem ter sido certeiros, pois a corrente afrouxou o suficiente para Serafim e os imperiais se colocarem novamente de pé.

— A sela, sargento! — brado em meio ao caos de tempestade, gritos e relinchos.

— Vou tirar a ti desse belo sarilho, amigão! — sussurra Esperto junto ao ouvido de Serafim para acalmá-lo enquanto desembainha o sabre. — Ainda vamos rir disso...

Repentinamente, a corrente se estica pegando Maluco e Doido de surpresa. O golpe os joga ao chão. O cavalo é arrastado. Esperto deixa cair o sabre no desespero de segurar os arreios. Serafim já está com apenas a metade do corpo para fora do umbral, enquanto o sargento e Aríete são arrastados segurando a cabeça da montaria pelas crinas.

— Ajudem! Serafim! Serafim! Não vou deixar-te, amigo velho!

Esperto ainda tem tempo de olhar bem no fundo dos olhos do valente e heroico alazão. No seu íntimo, ele sabe que Serafim o perdoa por ser apenas humano. Então, um grande esguicho de sangue se ajunta à chuva para banhar Esperto e Aríete. Ambos os soldados caem para trás segurando a cabeça degolada de Serafim.

— Não! — grita o sargento.

— Imperiais! — vocifero exasperado. — Tochas acesas! Avante!

A morte é o lugar-comum — inferno ou paraíso —, a casa de todo soldado. Não há o que prantear. Imperiais tributam sangue em memória de seus mortos. Nunca lágrimas!

KIPOW! KIPOW! KIPOW! KIPOW! KIPOW! KIPOW!

Uma chuva de projéteis antecede a ira que avança em meio à grossa fumaça de nossa pólvora. Ao caminhar com o sabre desembainhado através da meia porta, quase tenho tempo de me perguntar sobre a outra metade. Deixo o pandemônico tropel da tempestade para trás e um assovio aziago corta o ar tenebroso. Instintivamente, colo meu corpo à parede salitrosa do interior da capela.

É nesse instante que a madeira ladeada por correntes e sangue é arremessada sobre os homens que se ajuntavam à porta. Fintando em redor da corrente e do gancho que passam a centímetros de minha garganta, avanço a passos largos por entre as trevas ominosas da Capela de Santo Nicolau, seguindo a trilha de sangue deixada pelo corpanzil do pobre Serafim até a borda de uma imensa escada de pedra.

— Sargento?! Feridos? — grito sem tirar os olhos daquele imenso caldeirão de bruxas.

— Gancho, Maluco e Aríete. Vão sobreviver, mas estão fora de combate. Medroso está cuidando deles lá fora. Avançamos, meu tenente?

— Até o último imperial! — grito às sombras do poço. — Viemos dar paga das promessas de *Gran Abuelo*, bruxa!

Uma horrenda gargalhada se faz ouvir.

Um calafrio sobe pela minha espinha. Medo?

Esta farda não tem permissivo para o medo.

— Esperto, o esquife! Arraste o maldito caixão até a borda desse inferno! Doido e Cicatriz, comigo! Estamos descendo! Esperto firma o caixão à borda da escada e aguarda meu sinal.

A estreita escada desce apenas uns quinze metros até o nível inferior da catacumba, mas, impregnada que está de maldade e treva, mal se divisam os seus degraus. O teto desta masmorra, a exemplo do deambulatório do nível superior da capela, é suportado por arcobotantes mal divisados por nossas tochas.

Um ossuário medonho se descortina à nossa frente. Ossos e crânios espalhados pelo chão da catacumba revelam um mundo subterrâneo escuro e úmido repleto de túneis estreitos e traiçoeiros sussurros.

— Um maldito covil! — grita Cicatriz. — A bruxa nos atraiu para um maldito covil de demônios!

— Não — sussurro apontando a tocha para o túnel à nossa frente onde jaz a carcaça mutilada de Serafim. — Só há um demônio aqui.

Entre ossos e silêncio, a dama em negro se ergue da poeira que reveste o chão da catacumba. Suas mãos pálidas se unem cingidas por dedos finos e enegrecidos e, lentamente, se elevam sobre a cabeça oculta por aquele véu feito das sombras que todos os pesadelos vestem no sono da morte.

Ela olha para a escada por onde descemos, depois para cima.

— *Osssssório* — sibila a aparição.

KIPOW! KIPOW! KIPOW!

Os três disparos são evitados pela coisa e pagamos um preço alto por nosso erro. Doido cai de joelhos, eviscerado. Tenta conter as tripas que lhe fogem da barriga. Cicatriz tenta auxiliá-lo, mas ambos sabemos que já é tarde.

Não há tempo de recarregar. Ela é rápida demais. Mal percebo seus movimentos. Cicatriz e eu estamos de costas um para o outro, sondando com tochas e sabres a escuridão que nos rodeia.

— Quando ela avançar novamente, nos separamos e corremos para a escada — sussurro para Cicatriz.

Um único movimento da fantasmagórica aparição sobre as ossadas denuncia sua posição. É nesse instante que Cicatriz apara um golpe de sua garra com a tocha.

— Corra, *Papá*! — grita o sapador.

Ambos nos prostramos em frente à escada, aguardando o próximo movimento da coisa. Fuga, sobre esta estreita escada, significa morte. Seguro meu sabre entre os dentes e, com a tocha sob o braço esquerdo, faço o melhor que posso para recarregar o *spencer*.

— Um único tiro — murmuro para Cicatriz.

— O tiro de nossas vidas — responde ele. — Vinde!

Com um uivo advindo das mais profundas sendas da loucura, a coisa da cripta avança com os braços esticados exibindo mãos monstruosas de garras aduncas.

KIPOW!

O tiro acerta em cheio o peito da desgraçada. Ela cai, momentaneamente abalada. Mas nem de longe é suficiente para liquidá-la. Para isso, nós trouxemos algo mais.

— Agora, Esperto!

O som se avoluma através dos degraus e o pesado caixão acerta o queixo da criatura bem na hora em que ela se colocava sobre os tornozelos.

Corro para o local onde a criatura caiu com o pesado objeto sobre o torso. Porém, antes de poder acertá-la com meu sabre, uma lasca afiada do caixão me atinge em cheio na barriga. Que força tem essa coisa monstruosa!

É um corte fundo. Vou sangrar até a morte nessa cripta maldita!

A coisa gargalha e se ergue por entre as lascas do esquife destruído. Ela olha atentamente para ele.

Não. *Gran Abuelo* não está no esquife, desgraçada! O vovozão foi enterrado com toda a pompa merecida na capital. Mas algo em meio àqueles destroços chama tua atenção. Nesse momento, tu és mariposa atraída pela chama.

Deixem-na queimar.

Reunindo as poucas forças que me restam, eu rolo sobre a madeira partida e saco dos cetins do esquife a espada com a qual *Gran Abuelo* fora homenageado pelo próprio Deodoro da Fonseca. Uma obra-prima de ourivesaria, com todas as batalhas do Legendário grafadas com maestria em sua lâmina de ouro.

— Aqui está a paga por todos esses anos de espera e sofrimento, bruxa gananciosa! Foi por aqui que teu marido, gigante entre os homens, andou!

A lâmina atravessa o queixo e sai acima de seu crânio descarnado. Com um forte puxão, eu a arranco e, em seguida, desfiro o golpe que a decapita. Antes de tombar ao chão, ainda há tempo para ver que aquelas sombras perversas que lhe enredavam na morte agora são cinzas e, como cinzas, se vão ao vento. Algo tilinta na escuridão.

— Esperto, Medroso! Acudam! *Papá* está ferido.

Não, meu irmão de armas.

Eu estou... voltando... para casa.

***

"Volte para mim."

E aconteceu de existir um norte em todos os pontos cardeais.

Ah! Esse norte! Se for o destino de todos os meus passos e o andar for a vontade do caminho a desenrolar-se como onda na maré de minhas botas, não se afundarão os meus pés nas angústias desses abismos.

Quando abro meus olhos, não estou na companhia dos demônios. Tampouco vejo anjos de luzes áureas a encherem os céus com graças e hosanas.

Encaro um Medroso cheio de si. Atrás dele vejo uma boa meia dúzia de rostos conhecidos, inclusive um negrinho que se espreme entre os soldados.

— C-como? — inquiro ao cirurgião.

— Se tivesse prestado atenção em minha pequena predileção noturna após o jantar no convento, saberia como te salvei o couro. Por sorte, o senhor e os meus porcos tinham mais em comum do que eu podia supor. Dado o sucesso da cirurgia, eu pediria que...

— Medroso... — gemo penosamente ao passar a mão sobre as bandagens. — Mais uma palavra...

— A palavra é descanso, meu capitão.

Devo ter feito a cara mais engraçada, porque naquele momento todos caíram na gargalhada enquanto um negrinho sorridente se adiantava para dentro da barraca.

— Recolhemos isso das cinzas, capitão — diz Gismar retirando do bolso do colete uma aliança de ouro.

— N-não compreendo. Por que me chamam de capitão?

— Ora, foi o senhor mesmo quem disse que para almejar a divisa de capitão nesta companhia é necessário estar casado com a morte — Gismar sorri. — A dita dama deve ter te feito a corte enquanto tu pagava-lhe o dote que ela tanto almejou do Marquês Osório.

Apesar do que mencionam os soldados, mantenho minhas suspeitas. De modo algum aquela coisa na catacumba era a boa esposa de *Gran Abuelo*. Conheci dona

Francisca em vida e posso vos jurar, senhores, a Dama da Cripta, aquele ser imundo com o qual nos defrontamos na Capela de Santo Nicolau, cobiçava os ossos do vovozão por outras razões.

Alguns dias depois, com minhas forças retornando, os malditos já haviam reunido temor suficiente para cessar com as pilhérias. Um mensageiro chegou do Rio de Janeiro com ordens para regressarmos às cercanias da capital. O Imperador anda às voltas com uma rebelião prestes a eclodir. Sua popularidade nunca esteve tão baixa.

Levantamos acampamento e seguimos para o sudoeste, de volta à costa.

Sim, senhor. O caminho para fora dos limites da Vila de Nossa Senhora do Belém de Tebraria é por entre um pântano de custosa passagem. Não escoltamos caixões para fora do campo de batalha. Enterramos um soldado onde tomba, sem lágrimas, tributamos com sangue a sua memória.

Apesar de ter cumprido à risca a promessa feita anteriormente e ter dormido dias seguidos, Esperto ainda não sorri. A farda não abafa o homem no peito do soldado. Mas esse filho da puta é um soldado até debaixo daquele coração mole. Uma boa guerra, é disso que os Imperiais de *Gran Abuelo* precisam.

Doido e Serafim se foram. Perdemos amigos, ganhamos outro. Gismar veio conosco. Diz que quer se alistar formalmente em algum Acampamento Militar do Exército Imperial. Já tem o aval de seu *capitão*.

Além de nossas ordens, o mensageiro trouxe consigo um telegrama do gabinete do Ministro de Guerra. O Visconde de Pelotas deve ter senso de humor, afinal. Ainda não acostumei-me à patente.

— Pensei que nos demoraríamos mais por aqui, *Papá*. Uns dias não fariam mal ao Império. Pelo contrário, acho que a *tradição* ordena o noivo à lua-de-mel.

Medroso não perdia a chance de fazer chacota de meu caso. Sorrio uns dentes ameaçadores e faço menção de sacar o sabre, mas o ácido cirurgião não se cala.

— Não falo da viúva — sorri desdenhoso.

Olho para trás. Os Montes que ladeiam a vila não foram subjugados por aquele mal cobiçoso que arrastava homens bravos às catacumbas do submundo. Quem sabe não seja aqui onde um soldado poderia firmar raízes? Uma bela prenda. Umas terras boas para cultivo. Filhos, ora.

Um dia, talvez, quando eu resgatar minha alma daquela imensa Mansão dos Mortos que jaz à borda do mundo. Por ora, vamos à guerra.

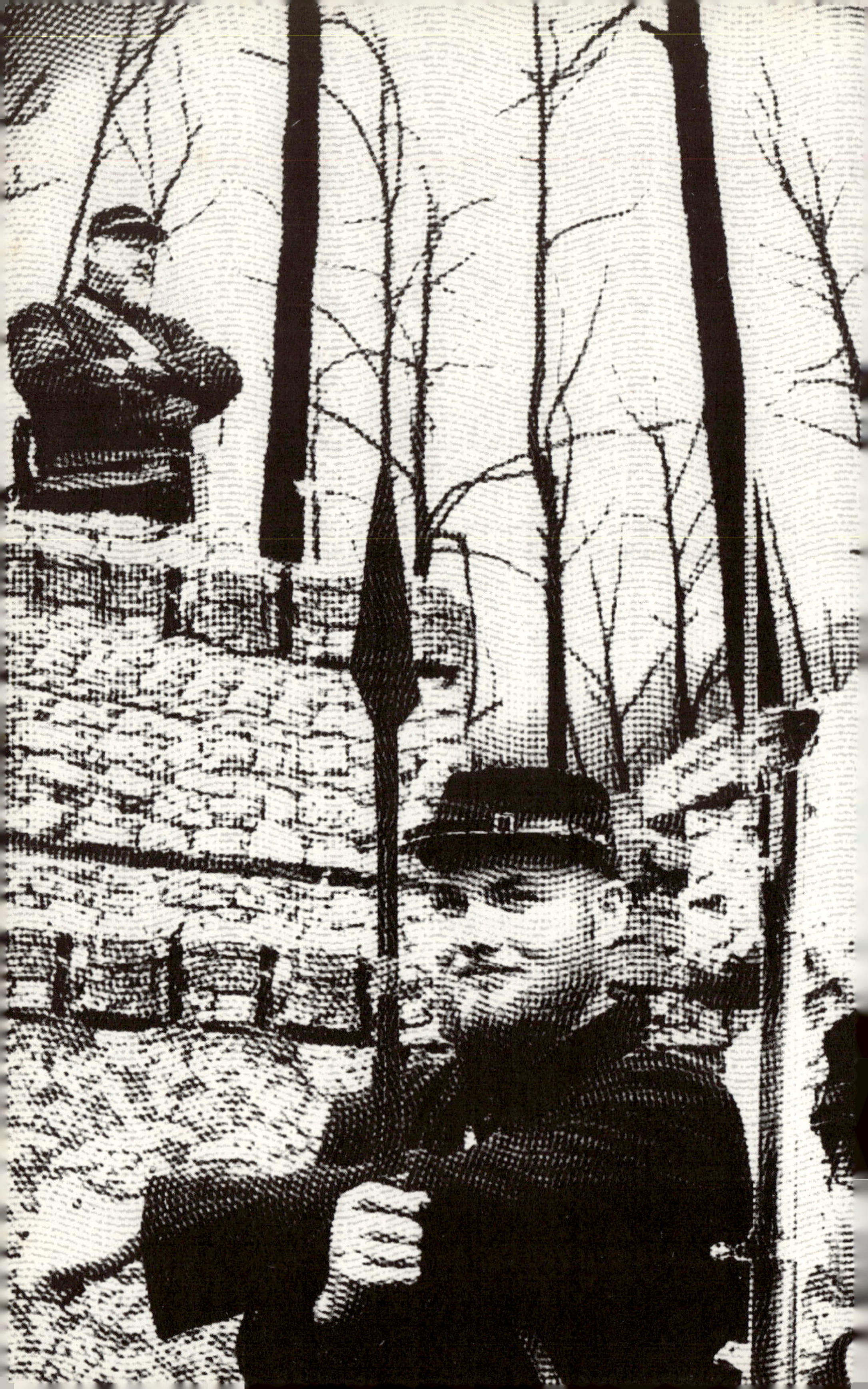

3

Sangue Ruim

Dizem, pelas bandas do Rio da Prata, que ficam dentro de nós aqueles que se foram para o outro lado. Uns nos pesam nos olhos com doridas ausências, outros têm o nome fugido da boca sempre que amaldiçoamos alguém. A memória do soldado é assim; mesmo que lhe pesem insígnias e medalhas, não passará de uma farda amarrotada de ausências.

Bem me lembro quando os imperiais contavam com trinta e sete mil homens que, sob o comando do Barão de Caxias, agregaram-se ao Exército Grande de Justo José de Urquiza para participar da Guerra do Prata.

Eu não passava de um frangote de barba rala. De um dia para outro, vi-me lutando ao lado de uruguaios, rebeldes argentinos e mercenários europeus, em meio a uma peleja infernal deflagrada por aquele puto da província de Buenos Aires.

Conquanto o inimigo falasse a mesma língua dos nossos aliados, pesou-me na alma o significado de umas poucas palavras gritadas no campo de batalha:

"*No me maten.*"

Memórias de fogo e ribombos de trovão no alto platino.

Havíamos partido em direção à capital argentina com o intuito de conquistá-la por terra. Caxias era um baita estrategista. Pelo rio Paraná, forçou o passo corrente acima até o ponto mais seguro de desembarque. Apenas para pressionar, ele deixou parte do efetivo na Colônia de Sacramento, próximo a Buenos Aires. Seguindo o plano, a esquadra avançou pela passagem fortificada de Tonelero. Mensageiros davam conta de que, no dia anterior, a vanguarda aliada derrotou as forças rosistas próximo à capital portenha.

Foi quando, após o desembarque no Porto de Diamante, demos de cara com vinte e seis mil argentinos, comandados pelo próprio Rosas, bem aquartelados no topo de um monte em Caseros, por detrás do ribeiro Arrojo Morón.

E aquela terra semeada ao embalo das vozes portenhas, como donzela adormecida, despertou com o crescendo dos canhões e da fúria dos cascos e sabres cavalarianos. Essa morte nossa de cada dia, cantada em coro, como se subisse serras ou descesse aos vales, estava deitada na planície onde, longe de mares, alagávamos as botas no sangue inimigo.

Caseros cantou também dentro de cada um de nós, na sua voz única de terra que vela os que partem em fados, ausentes de toda vida, sangrando em trincheiras fumegantes e rios estrangeiros.

Prosa à parte, ao final daquele dia, vi o próprio Antônio de Sampaio de punho e manete enfiado até as tripas de um rosista. Vi o comandante Justo José de Urquiza percorrer as fileiras aliadas e saudar nossas tropas com *vivas* ao Brasil e ao Imperador. E, quando alcançamos a chácara no topo de Caseros, lugar onde Rosas havia instalado seu Estado Maior, vi o bom filho da puta montar seu cavalo e fugir do campo de batalha, deixando para trás a memória de um mil e duzentos soldados que deram suas vidas para aquele porco pedir penico ao embaixador britânico e fugir vestido de marinheiro para o Reino Unido.

Diziam as más línguas que, para facilitar a fuga para a Grã-Bretanha, a bordo de sabe-se lá que cepo de latrina, sua filha seguiu disfarçada de homem. A bem da verdade, eu sei, as galochas do velho caudilho serviram melhor à sua filha do que a ele próprio.

Que valha ao chavelhudo troçar daqueles ossos sujos se um dia voltar a pisar a boa terra do Prata.

***

Gismar se ajuntou aos Imperiais de *Gran Abuelo* em abril de 1880. Tomo nota, pois em sua memória, um dia, alguém saudará a ausência do soldado recruta e ao tempo de sua vida como irmão de armas tomando um merecido trago em uma taverna qualquer ao sul do Rio Grande.

Deu sorte... bem, algo similar. Com o advento da Lei do Ventre Livre, o negrinho, nascido de pais escravos, teve o direito de ingressar às fileiras desta Legião de Malditos.

Livre de grilhão e chicote, todavia, coube a mim, seu capitão, o primeiro e vigoroso tapa que aquele soldado tomaria sob o comando de Sua Majestade Dom Pedro II.

— Se vir essa bota desengraxada novamente, ordeno ao Esperto que lhe arranque o couro das costas! — e, vos juro, nem mesmo o sangue que lhe escorreu pelos lábios fez sumir do rosto do negrinho aquele orgulho robusto de soldado nato.

— Sim, senhor, meu capitão!

Muito embora ainda não tenha ganhado apelido, fez seu juramento, como todo irmão, à bandeira do Império.

Saudamo-lo como sempre saudamos a todos os imperiais dessa insigne companhia:

— SANGUE RUIM! — gritamos em uníssono após um ruidoso e simultâneo desembainhar de sabres.

Mesura, eu sei, um tanto peculiar e posso vos jurar, nobres senhores, não fazer parte dos regulamentos disciplinares do exército imperial. Mas os Imperiais de *Gran Abuelo* são soldados ímpares.

Começou por volta de novembro de 1851, época em que o finado Doido foi incorporado aos imperiais. Logo depois de sua chegada às linhas de defesa uruguaias, em Montevidéu, criou uma balbúrdia infernal fazendo Medroso de tolo.

Uma noite, após um embate encarniçado com os rosistas, o jovem soldado Galeano, dito Doido pelos rebeldes argentinos, deu entrada à tenda do prestimoso médico com apenas um sopro de vida.

Estava a minutos do óbito. Vazado por todos os lados por lâminas rosistas, o soldado Galeano mal entreabria os olhos. Quando, para ministrar-lhe os últimos ofícios, o capelão adentrou a barraca, Doido tomou a mão de Medroso e açoitou seus ouvidos com um último pedido:

— *Dicen, entre los soldados, que no hay hermana... más hermosa que a de el doctor. Si yo sobreviver...* — tossindo sangue, continuou: — *... tu me recomenda à su hermana?* — arfou miseravelmente.

E o bom Medroso que, outrora, já fora devoto de todo santo cristão que lhe cruzou a oração, não hesitou:

— *Sí, mi buen amigo* — disse todo choroso, com a mão do soldado entre as suas, no pobre espanhol que aprendera durante as Campanhas.

Dois dias depois, contra todas as projeções, lá estava o nubente Doido deixando a barraca, todo sorridente, dando as costas aos brados do médico. Após dias de escaramuças ininterruptas, os infantes de Rosas recuaram e repousávamos, estacionados, na Colônia de Sacramento.

— Volta aqui, seu imbecil filho de uma... — olhou desconcertado para o, então, tenente-coronel *Gran Abuelo* e depois para mim, à época, seu sargento-chefe. — As bandagens mal cobrem seus ferimentos e ele já quer ir a uma taverna!

— Ao que me consta, Medroso — disse-lhe reprimindo meu sorriso —, ao encontro de *su hermana*!

— *Mi amada, el sargento!* — disse Galeano, todo moído de dores, fazendo a tropa toda cair na gargalhada.

— Valha-me Jesus se o Todo-Poderoso não me envergou as costas com o peso de tamanhas cruzes! — suspirou o médico. — Todos os dias, todas as horas, cuidar de tipos como este — arfou pesaroso. — Sangue ruim!

— O que disse, furriel? — rosnou *Gran Abuelo* do alto de sua estatura mediana.

— Ora, meu tenente-coronel, que outra coisa pode correr nas veias de uma criatura que é furada de todas as maneiras por sabres argentinos, por dois dias inteiros lava de escarlate a tenda e ainda faz troça de quem lhe livra da dona Morte? Estou dizendo — ergueu o indicador como todos os pensadores fazem ao chegar a uma conclusão genial. — Nessa soldadesca... — fez uma exagerada reverência aos imperiais que se mijavam de rir. — Só corre sangue ruim!

— Sangue ruim — sorriu orgulhoso o vovozão.

***

Foi próximo à fronteira com a capital, na noite em que a tropa apeou nas imediações fluviais da Vila do Porto, que alguém notou que tínhamos companhia. A lua estava quase cheia, mas rendia boa vista à medida que arrastava seu véu amarelo pelo zênite despido de nuvens. Pouco após a meia-noite, Gismar veio ter comigo.

— Meu capitão, licença — disse o negrinho tirando o quepe e se apressando em uma desastrada continência.

— À vontade, soldado recruta. Algum movimento?

— O mesmo — coçou o cabelo ralo. — Todos eles, enfileirados e em pé, voltados para o nosso acampamento, sob a sombra do moinho.

Esperto se adianta pela entrada da tenda.

— Hostilidade? — inquiro sem tirar os olhos de Gismar, o menino parece muito nervoso.

— Nenhuma... mas, bem... — sussurra o sargento.

— O que há, Esperto? — agora ambos estão com caras de parvos.

— Acho melhor vossa mercê nos acompanhar.

Do outro lado do rio, ainda se notava a antiga Estrada do Comércio. Abandonada que estava, desde a inauguração da Estrada de Ferro Dom Pedro II, o povo da região viu surgir em seu redor um pântano venenoso, infestado de mosquitos. A situação se agravou ainda mais quando a Estrada de Rodeio proporcionou novo caminho ao Rio Paraíba do Sul e várias endemias despovoaram toda a baixada. Hoje a estrada local não se presta nem ao tráfego. Dizem, na Vila do Porto, que a estrada e o pântano são assombrados.

Gismar se incomoda por outros motivos. A população estimada da vila é de um mil e duzentos habitantes, e um terço deles são escravos que trabalham nos portos embarcando mercadorias para o Rio de Janeiro.

Tão logo subimos o alto da colina e nos acobertamos rentes ao chão, um vento fétido, como o bafejar que a bocarra do demônio deveria merecer, assaltou nossas narinas.

— Vem de lá, do outro lado do rio — disse Gismar apontando o velho moinho abandonado.

— O que estão fazendo por lá, sargento?

— Não faço a mínima ideia, *Papá*. Mandei Cicatriz e aquele garoto que chamam de Carrapato sondarem o acampamento deles. Fizeram a volta maior, já devem estar regressando com um bom pedaço de informação para assuntar.

— Não há fogueira. Não é um acampamento — cismei. — Mais parece uma campana de vigia muito da mal feita.

— Não temem a descoberta. Estão mais se mostrando do que qualquer coisa.

Realmente. Havia por lá uma centena de homens acobertados pela sombra oscilante do moinho. Seriam populares envolvidos na revolta do vintém? Não pareciam portar quaisquer armas. Inobstante, aquela margem rendia um cheiro insuportável, como se dezenas de campas de cemitério estivessem abertas ao flerte do ar noturno.

Um deles, apartado dos demais, escalou uma das paredes de madeira do moinho com exímia perícia. Quando atingiu o alto do moinho, o homem ergueu a vista para cima e, por um breve instante, mesmo a centenas de metros, todos nós tivemos a impressão de que seus olhos luziam como os de uma onça acuada sobre a copa das figueiras.

Foi quando Cicatriz atravessou o acampamento aos berros:

— Pegaram o garoto! Deus Todo-Poderoso!

Deixamos Gismar de vigia e descemos a encosta do morro para ir ao seu encontro.

— Com os diabos, homem! Se recomponha! — gritou o sargento.

— *Papá*, Esperto, aqueles sujeitos... — arfou pesadamente. — Torceram e rasgaram o pobre rapaz em dois!

— Calma lá, instruendo! — intercedeu Medroso, segurando o soldado pelos ombros. — O que houve?

O odor insalubre do alto da colina parecia ter acompanhado nossos calcanhares até o acampamento. Aríete, que afiava a ponta de sua lança, também percebeu. Atrás dele, sobre seus ombros largos, surgiam as cabeças de Pé de Cabra e Ceroulas.

— Que fedentina é essa? — rosnou o gigante.

— Vem do rio — queixou-se o cabo-adjunto Ceroulas.

— Não — cismou Pé de Cabra. — Parece vir do bosque, do outro lado, por onde veio Cicatriz.

Pé de Cabra era um exímio batedor. Seguia rastros como ninguém. *Gran Abuelo* sempre mencionou suas façanhas na Campanha das Cordilheiras. Em diversas ocasiões, o cabo José Maria livrou nossos rabos dos pelouros das bocas de fogo de Solano. Entre nós, irmãos da mesma companhia de fogo e sangue, era costume dizer que Pé de Cabra nasceu com dois narizes: um que cheirava, outro que via.

Cicatriz estava lavando o rosto com a água que lhe foi ofertada por Medroso. Parecia querer, de todo coração, purgar dos olhos algum mal.

Não via alguém com essa cara desde alguns meses atrás, na distante Vila de Nossa Senhora do Belém de Tebraria.

— Sargento... — olhou aflito para Esperto como se tivesse cometido um terrível erro. — Tem mais um fato. Enquanto eu corria, à retaguarda, alguma outra coisa me seguia acobertada pelos arbustos e árvores da mata. Disparei duas vezes e corri de sabre em punho, rezando para que ao menos a coisa parasse de rir.

— Quem te seguia, soldado? — dirigi-me a ele.

— Eu não sei, senhor — gemeu indeciso. — Quer dizer... eu sei o que parecia... Deus! Vai me colocar a ferros e me repreender, capitão. Mas eu sei o que meus olhos viram. *Papá*, a coisa parecia com o pobre... — nesse momento, Cicatriz arregala os olhos para mais além do acampamento e dá um grito.

De onde estamos, o caminhante não é mais do que um amontoado fétido de trapos ensanguentados. Mas, para Pé de Cabra, o assurgimento do risonho estranho só confirma o que seu nariz já dizia.

— É um dos nossos! — geme o cabo.

— Mas que merda está dizendo, Pé de Cabra? — inquiro furioso.
— Sumiu! — grita Medroso.
— Mas que inferno! — praguejo.
— Alguém viu para onde foi? — pergunta Esperto. — Mesmo com a lua descoberta, não fui capaz de acompanhar o movimento do sujeito.
— Era rápido demais. Esperto, precisamos de cobertura. Umas trincheiras e grossos troncos em redor. Vamos passar a noite acordados até descobrir o que está acontecendo aqui. Alguém suba a colina e dê apoio ao Gismar — menciono voltando-me ao sargento. — Quero oito voluntários para um ataque rápido do outro lado do rio.

Esperto engatilha o *spencer* mirando acima de meu ombro.

Cautelosamente, olho de soslaio. O instinto move minha destra em direção ao manete de meu sabre.

A coisa sorriu umas presas lacunosas. A baba viscosa escorria farta pelo canto dos lábios lupinos. Havia pendurado ao pescoço uma nesga de pele. Sua farda, meros farrapos, deixava à vista as insígnias do primeiro cabo Galeano, o sapador apelidado de Doido.

Encarou o cano do *spencer* do sargento, depois nos mediu com olhos vazios e monstruosos.

— *No me maten!* — grunhiu antes de saltar sobre minhas costas.

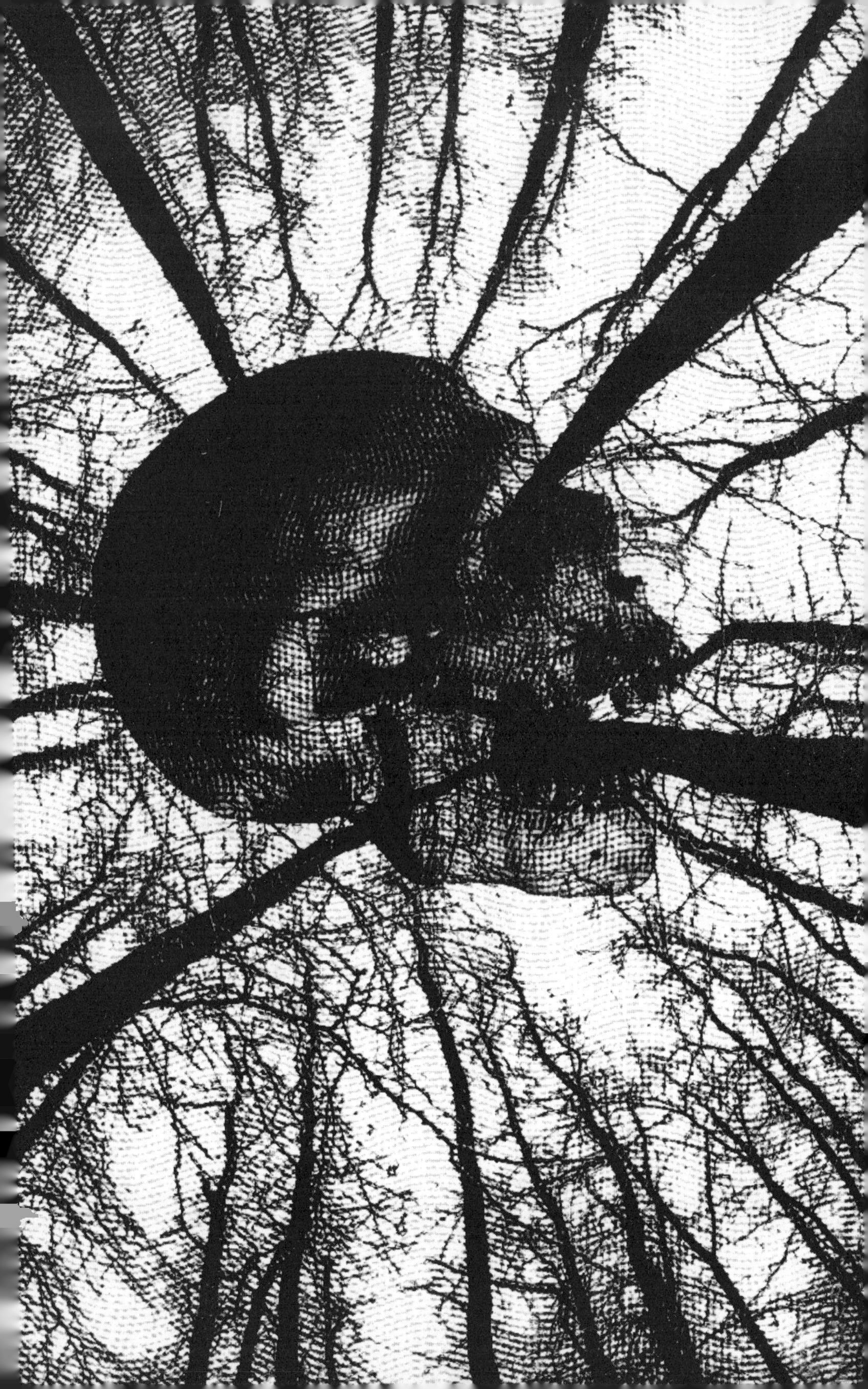

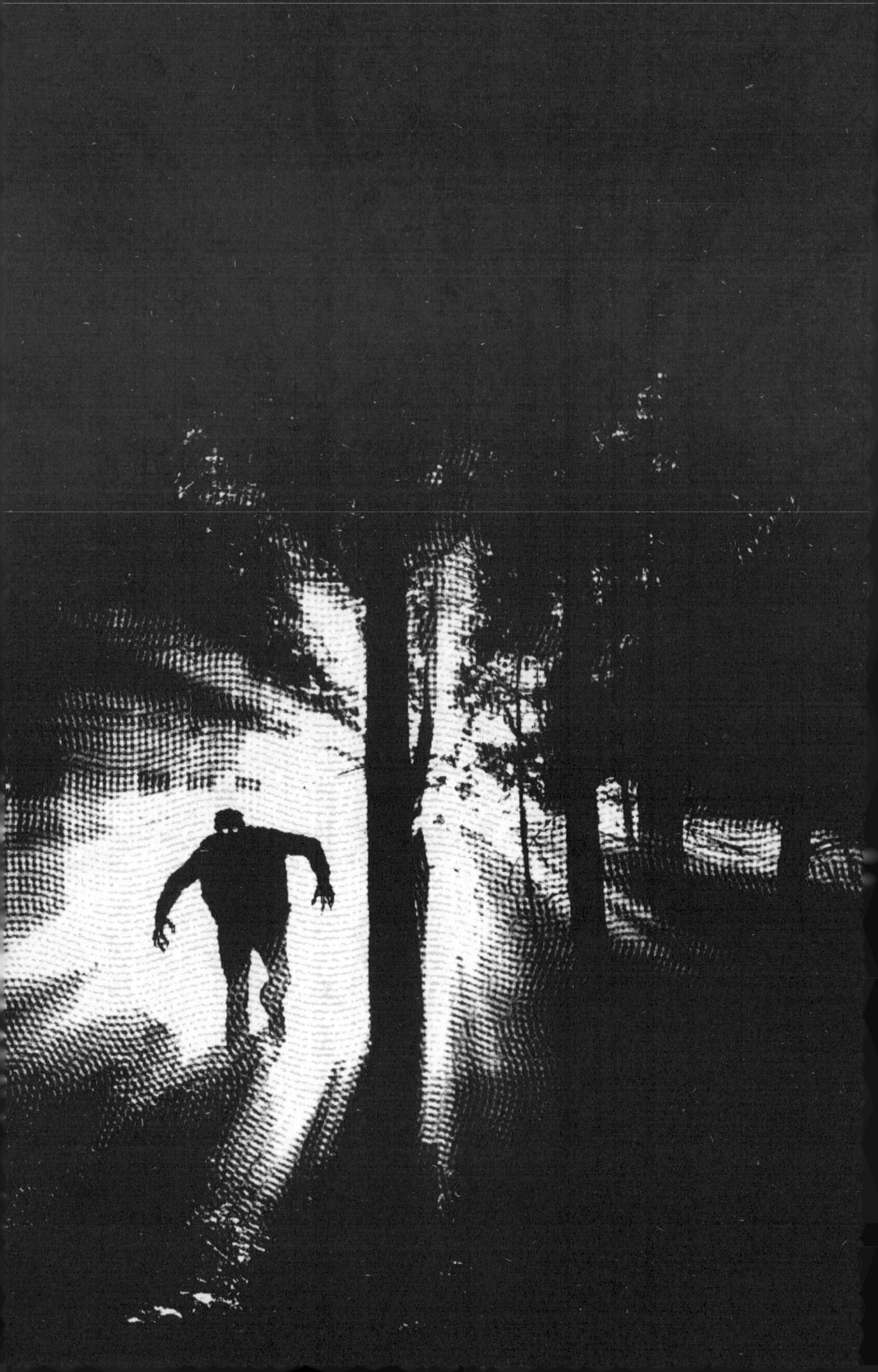

4

AS CRIAS DA NOITE

Há olhos que são feitos da essência da noite e nunca uma lágrima deitaram. Há olhares que, de tão trevosos, murcham as flores da campina e matam passarinhos no ninho. Nunca piscam, observam o ir e vir da vida, tomando toda luz para si. Têm a cor dos abismos e jamais se cobrirão de pálpebras piedosas.

Ah, esses olhos de morte que a morte tem.

Ai de quem neles se deixa afundar!

KIPOW! KIPOW! KIPOW!

A coisa que outrora fora Galeano toma três balaços à queima-roupa e nem se abala. Olha para a tropa como se fôssemos o jantar à mesa. Já sabe de cor os nossos gestos. Uma ladainha que lhe enche a boca de saliva.

A mesa posta. O lugar à espera e o vazio adornando o pesadelo de acontecer.

Que gritos apagados de vida são esses? Meu sargento está feito alucinado entre os homens.

Apenas os braços de Aríete, munidos de sua poderosa lança, separam a hiante demoníaca de minha garganta desprotegida. Uma garra imunda a aperta enquanto me imobiliza com a outra. Os ossos de meu braço estão quase se partindo.

Do outro lado do acampamento, vejo Maluco se preparando para um tiro impossível. Esperto está gritando alguma coisa, mas não consigo ouvir.

Ó estes silêncios entornados à borda do regaço final que anseia meu corpo. Morte, tu tardas, mas sempre vens.

Largo o sabre e forço minha cabeça para além do bafejar do demônio, tentando não me entregar ao inevitável amplexo da morte. Não por hoje. Há tanto o que fazer. O que ver. Tanto o que ver longe do escuro.

KIPOW!

Escuro. Para onde foi a luz do mundo?

***

— Vê esta insígnia? — aponta *Gran Abuelo* para a peça brilhante.

No interior da pequena caixa de carvalho, havia um notável trabalho em prata. A insígnia, composta por uma única estrela de cinco pontas, era encimada pelo brasão imperial. Abaixo da estrela havia uma divisa emblemática com os dizeres "*Supra mors Lux luces*".

A luz triunfa sobre a morte.

— Belíssimo trabalho de ourives, senador Osório — menciono inspecionando-a mais próximo. — Mas não me lembro a qual Campanha pertence. É da cruenta Batalha de Avaí?

Anterior à queda de Assunção, antes que seus ferimentos exigissem sua volta para casa, participamos das batalhas de Itororó e Avaí. Liderados por *Gran Abuelo*, tomamos a posição da artilharia inimiga por completo, mas, durante a refrega, o vovozão foi atingido no rosto por um soldado paraguaio. Mesmo muito ferido, entre dor e sangue, Osório exortava-nos ao combate: "Coragem, camaradas! Acabem com este resto!".

— Ah! — exalta-se o vovozão. — Nosso não mui estimado Câmara, político velhaco, ainda era general! Recorda a caça de López durante a Dezembrada?

— A peleja em Cerro Corá.

— A peleja. Sim. Logo após o caudilho Solano ter ordenado o massacre em São Fernando.

— Vivenciamos tamanho horror naquele morticínio desnecessário.

— Poucos sabiam e posso lhe garantir, meu tenente — sussurrou lugubremente *Gran Abuelo* —, as *matanzas de San Fernando* e ao norte do Paraguai foram absolutamente necessárias.

— Como? Não compreendo, senador.

— Os caudilhos lançaram mais do que a própria avidez sobre estas terras ricas. Amaldiçoaram a noite com as crias do demônio. Para alcançar o domínio de todas as terras ao sul, despejaram todo o inferno ao longo da Bacia do Prata.

Lembrei de cabo Chico Diabo e sua lança vingadora ferindo o demônio.

— No final, nem mesmo Solano López teve controle sobre a calamidade que libertou. Além de toda misericórdia, só o fogo haveria de purgar aquele mal — sussurrou o vovozão.

As verdades de *Gran Abuelo*, mesmo aquelas sopradas em tom de confidência, nunca me faltaram, tampouco haveriam de ser agravadas. Junto a esta Legião de Malditos, sempre ouvi causos de assombrações e umas poucas, bem verdade, cruzar-me-iam o caminho diuturnamente para as Cordilheiras. Mas alguns males não nasciam nos dias. Eram paridos, à noite, pela ganância dos homens e se alimentavam dessa avidez de comer, beber, trepar e viver que os homens têm.

Umas poucas luzes restam. Nasciam da mesma vontade, dos gestos simples de acarinhar, dos abraços, dos beijos, dos risos e das lágrimas. Nasciam na dúvida de todos os dias e no desejo de saber mais. "*Supra mors Lux luces*" é uma mensagem bonita em meio às trevas.

Olho para o inexpressivo senador Osório e vejo seus olhos velarem um passado, não muito distante, mirrado de vida e luz.

***

Luz.

— *Papá*! *Papá*! Levanta-te, homem! — Medroso se adianta e rasga a manga de minha camisa. — Nenhum osso partido, meu capitão!

— Preciso de mais cordas! — é a voz de Esperto, ele continua gritando. — Mais cordas! Aqui, Gismar, Aríete e Cicatriz, deposita-o sobre a carroça! Maluco, se ele piscar, enche-lhe a boca com esse fogo imperial!

Cordas tantas amarram trevas que só a prata faz brilhar e o fogo pode matar.

— Gancho, inspeciona os bolsos desse animal! — o sargento não cessa a gritaria.

Meu ouvido direito parece sangrar.

Realmente sangra. O que é isso? Fui ferido?

Não. Foram as palavras da criatura que o fizeram sangrar.

— Calma, *Papá*! Calma! — examina Medroso. — É interno. Não foi provocado por mordida ou tiro.

— Ei! — protesta Maluco. — Se tem uma coisa que aprendi em meio a vós, foi não atirar em meu capitão!

Um riso tímido às minhas costas.

Olho sobre meus ombros e vejo os dentes de Gismar desaparecerem atrás de uma boca cerrada.

— Ninguém pôs apodo nesse negrinho? — ralho enquanto me recomponho.

— Ensaiamos uns. Por certo, inadequados — resmunga Mosquito.

Mosquito me traz um cantil. O soldado carioca leva a alcunha por causa do surto de febre amarela de 1849. Diziam que tanto a epidemia como seu pai desconhecido vieram a bordo de um navio norte-americano.

— Soldado, aqui — dirijo-me ao carioca. — Vá até minha barraca. No baú, sobre uns papéis, há uma caixa de carvalho. Traga-a até aqui.

— Sim, senhor capitão! — responde Mosquito.

— Maluco, tu estás bem? — emparelho com o atirador e deposito minha mão em seu ombro, ele se sobressalta, depois parece se firmar.

— O que o capelão dizia mesmo sobre morrer, meu capitão? — resmunga sem tirar os olhos da criatura atada à carroça.

— "Morrer para ressuscitar em Cristo" — sussurra Medroso atrás de nós.

— O companheiro aí parece ter ressuscitado por outra obra.

Maluco está certo. Olho para aquele que outrora foi abençoado com a alcunha de Doido. Até ontem, seu nome era venerado entre os irmãos de armas como alguém que, junto a seu parceiro, sempre se doou em prol da tropa. Quantas vidas esse portenho alucinado salvou?

Quantas irá tirar?

A Dama da Cripta o estripara. Enterramos nossos soldados onde tombam. Não carregamos caixões para fora do campo de batalha. Mas parece que o diabo carregou Galeano para fora da cova.

Posso imaginar o que se passa pela cabeça de Maluco. Admiro ainda mais o homem. Que força será necessária para manter o dedo fora do gatilho?

Lentamente, com a mão sobre seu *spencer*, faço-o baixar a mira.

— Desengatilhe, meu bom amigo. Sua intervenção, como sói acontecer, salvou muitas vidas hoje. Mas não é teu fogo que vai livrar nosso irmão da miséria.

Galeano fareja a proximidade da aurora como um cão fareja a carniça. Está descontrolado. Seus membros se agitam espasmodicamente sob as cordas. Sua mandíbula emite sons aflitivos e doentios enquanto tenta morder o próprio elemento do ar. Seus olhos de homem morto percorrem a cada um de nós, buscando, talvez, o elo fraco que possa livrá-lo da destruição.

Não há elos fracos entre os Imperiais de *Gran Abuelo*.

Munido de um bastão, acerto sua cabeça uma, depois outra e outra vez, até que seus olhos estejam voltados unicamente para mim.

— Agora que tenho tua atenção, ouve — digo com firmeza. — Estou saindo à caça de todos vós, crias da noite. Estou aqui para corrigir um erro de Deus.

Nesse momento, além das árvores do vale, a muitas léguas da sombra do moinho, centenas de uivos vazam o silêncio noturno com promessas de vingança imensuráveis.

Sinos. A vila.

Esperto recarrega o *spencer* e dá ordem para os imperiais buscarem cobertura.

Mosquito se adianta.

— Aqui, meu capitão.

Do interior da caixa, retiro a medalha de prata conquistada por *Gran Abuelo* nas matas ao norte do Paraguai. Ali, ferido na alma, o Marquês extirpou um pedaço das trevas desse estranho mundo. Faço sinal para Esperto se aproximar e lhe entrego o objeto.

— Coloca-a na boca desse animal, sargento.

— O quê? — inquire Esperto.

Um olhar basta. Há verdades que se fazem entender melhor sem o uso das palavras.

Forço o bastão sob o pescoço da imunda criatura, a saliva fria vaza pelos lábios frouxos e frementes. Cerra os dentes. Ele sabe. Pressente. Esperto também compreende e investe seu punho para dentro do estômago da besta. A criatura escancara a mandíbula por um centésimo de segundo e a fecha furiosamente.

É mais do que suficiente.

Em poucos segundos, uma fumaça negra começa a sair das narinas, ouvidos e boca daquele que um dia foi nosso irmão imperial. Isso não vai matá-lo, mas serviu para confirmar meus receios mais profundos. O mal que vaga sob a pele do morto, assim como os outros males da Bacia do Prata, não é imune ao nobre metal.

— Esse mal vem por ordem do defunto Solano López.

— Solano? — mui próximo, sussurra o sargento.

— Sim — suspiro cabisbaixo. — Foi o que Doido grunhiu aos meus ouvidos antes que Aríete e os rapazes o dominassem.

"*Solano envía sus recuerdos a la tropa de Gran Abuelo.*"

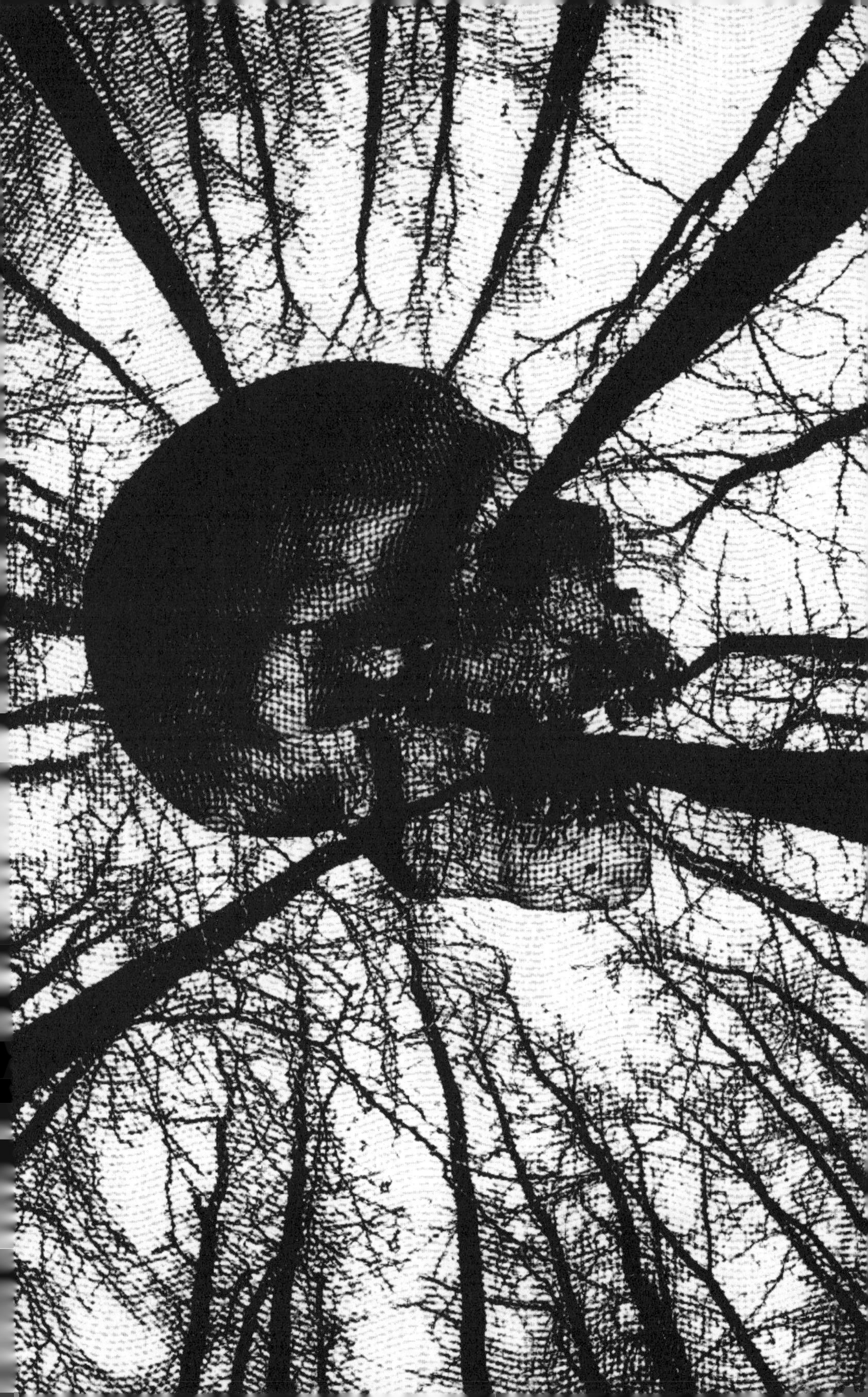

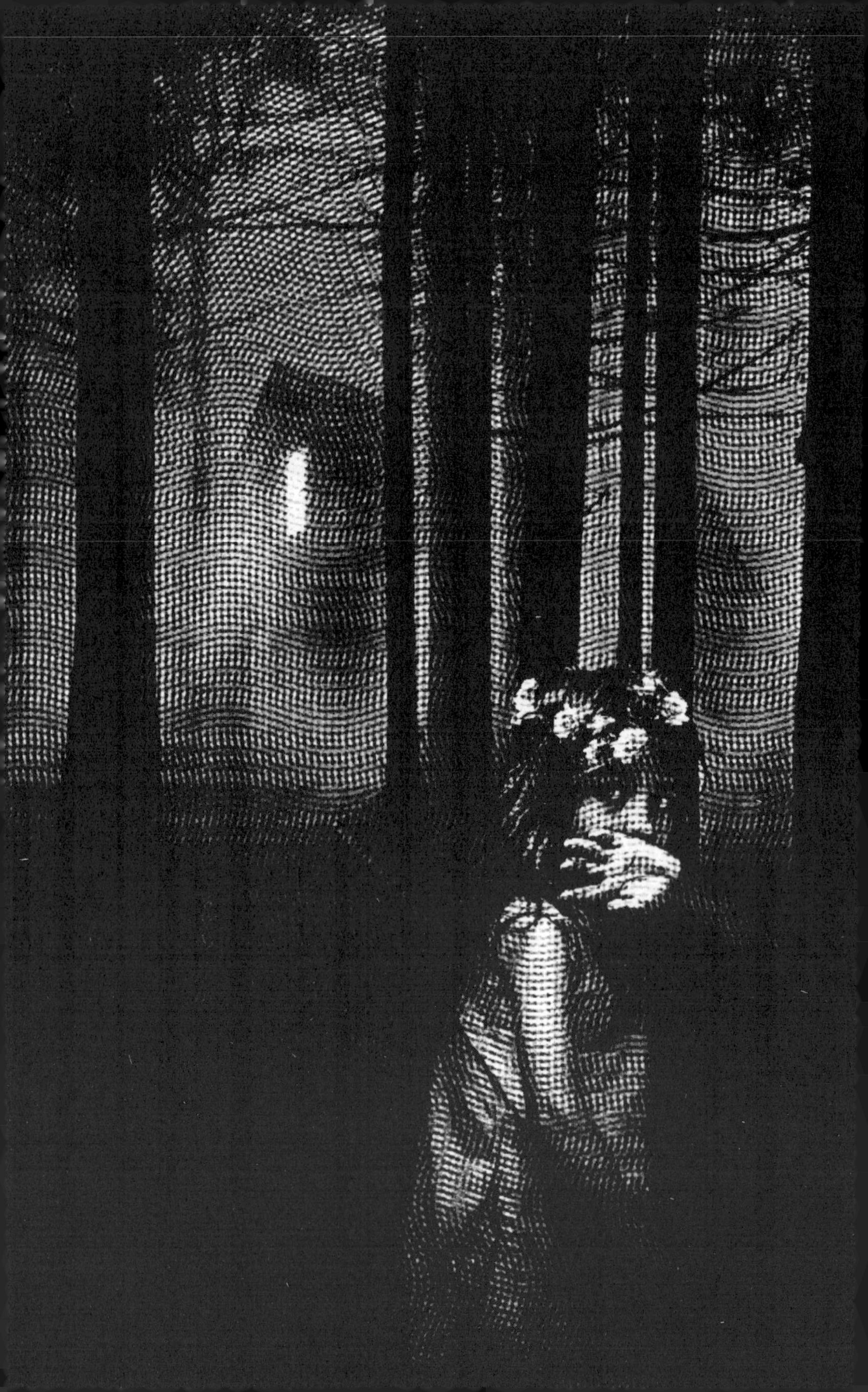

5

A Vila

Quase morta. Espera um sobressalto. Anjos talvez. Essas poucas memórias cairão no regaço do esquecimento, neste pousio da nossa existência chamado *nada ser*.

Não sei se pede ou amaldiçoa, apenas guarda aqueles dias de poucas memórias nos seus olhos. Um pedaço de vida ainda lhe cobre os restos mirrados. Poucas memórias e eu, pobre soldado, tornei-me uma delas. Deveria ser crime tirar a vida de alguém tão jovem. Ergue os olhos para mim, como se erguesse uma súplica aflita aos céus. Ela espera algo diferente. Anjos talvez.

É o soldado quem retribui seu olhar e afasta os cabelos de seu rostinho ensanguentado. Há muito que as ervas de centenas de ossuários cobrem as campas de minhas belicosas viagens.

Não guardo arrependimentos.

Mas, na pequenina, há tão poucas memórias.

Morreu.

A criança expirou em meus braços. O diabo que lhe apartou da existência tem nos olhos a mesma loucura do pobre Galeano. Mas o cabo, velho companheiro, agora é uma pilha de ossos fumegantes do outro lado do rio.

O humilde pardieiro que se equilibra à beira do barranco, entre nosso caminho e o pântano infestado de loucura e morte, viu morrer a velha Estrada do Comércio com os olhos alumiados pelos lampiões de suas janelas. Esta noite, arrombadas as portas, viu chegar à Vila do Porto uma multidão de demônios.

Ainda está lá dentro. Refestelando-se com os restos da família.

Há muitos anos, advinda da capital, lembro-me de uma boa senhora que, a pedido de meu pai, cuidou da educação de uma criança pouco mais jovem que esta menina. Chamava-se Marie e, àquela época, permaneceria em tempo integral na herdade de minha família durante o período em que meu pai, à frente de um efetivo cada vez mais reduzido de homens, tentava suplantar os motins urbanos deflagrados com a abdicação de Dom Pedro I.

A preceptora, munida de sua boa formação europeia, lia, à luz de candelas, os contos de *monsieur* Charles Perrault.

"O Lobo não demorou muito a chegar à casa da avó; bate à porta: toc, toc."
"Quem está aí?"

A horrível visão da pequenina, com os cabelos emplastrados de sangue, irrompendo pela porta da cabana me fez recordar disso.

"É a sua pequena, Capuchinho Vermelho", disse o Lobo disfarçando a voz, *"que lhe traz uma bola e um potinho de manteiga que a minha mãe lhe manda"*. A boa avó, que estava de cama por se achar adoentada, gritou-lhe: *"Puxa a cavilha, que o trinco cairá"*.

Esperto posicionou homens por todas as frestas do casebre. Aríete e Maluco estão junto à porta destroçada, a janela ao lado é franqueada por Cicatriz e Gancho, enquanto à janela posterior, Pé de Cabra, Mosquito e Gismar montam severa vigília. Esperto, Matador e Guilhotina se preparam para entrar, mas é Poncho quem ensaia o movimento mais temerário.

O Lobo puxou a cavilha e a porta se abriu. Ele atirou-se à velhinha e comeu-a em menos de nada; porque há três dias que não comia. Depois fechou a porta e foi-se deitar na cama da avó, à espera de Capuchinho Vermelho, que algum tempo depois veio bater à porta.

Ao sinal de Esperto, Poncho salta pela janela da frente munido de duas tochas acesas, rendendo iluminação suficiente para que o sargento e seus homens adentrem com sabres em punho.

Toc, toc.

"Quem está aí?"

KIPOW! KIPOW! KIPOW!

Atrás do casebre. É o grupo de Pé de Cabra.

A coisa surge à lateral, escorando-se junto ao madeiramento. Os andrajos do uniforme de soldado paraguaio empapados de sangue. Um dos disparos atingiu o lado esquerdo de seu rosto. Um pedaço de sua maldita vida foi arrancado junto com um olho, uma orelha e um bom tanto de osso.

Mesmo assim, a coisa avança.

Vocifera imprecações terríveis, poemas de dor e morte à espera de serem escritos por lábios ferozes em nosso couro.

"Avó, que grandes dentes tem!"

Munido de uma machadinha de abordagem, dessas confiadas aos membros das embarcações de guerra, Gancho fisga o bicho pela nuca e a arrasta até a boca da estrada. A coisa se debate e urra alucinada. Repentinamente, livrando-se do gume pontiagudo da arma, em um movimento impossível que deve ter lhe custado um bom pedaço de dor, o espectro investe a hiante sangrenta contra Gancho.

É Aríete e sua lança que barram, em pleno ar, o avanço da criatura. Empalada pela garganta, com braços e pernas se movimentando a esmo, recebe estocadas de não menos que quatro sabres imperiais.

Quando escorrega para o chão, não passa de um monte informe de carne e ossos triturados. E, mesmo assim, queima em seus olhos um desejo de se fazer além e alcançar, com a volúpia de um *demonete* sanguinário, a todo ser vivente da

Terra. Guilhotina, que faz jus ao apodo pela peculiaridade de terminar com todo filho da puta que teima em se fazer vivo além da conta, derrama óleo de lampião e põe fogo na coisa.

Ela arde como todas arderam em *San Fernando*.

Matador está escorado junto à porta da cabana. Não parece bem.

— Soldado! Está ferido? — inquire Esperto ao passar por ele.

— Não, sargento. Eu...

Ele descarrega o jantar sobre as tábuas do assoalho. Não parece, mas tem um garoto ali. Ao que tudo indica, tentou defender a irmãzinha munido com um forcado.

Matador é um desses casos complexos que exigiria muita ciência de alguém estudado como Medroso. Ele vem de uma linhagem em que a tradição militar é forte, regada a disciplina e espírito de luta. Foi o próprio *Gran Abuelo* quem lhe concedeu a chalaça de Matador quando, em meio às Campanhas das Cordilheiras, viu o batedor assurgir por detrás de uma pilha de soldados lopezes.

Dizia o soldado que as cabeças duras e os corações de pedra dos infantes de López dariam boa cobertura.

A morte do soldado é justa e necessária. É o carvão que faz arder a caldeira e coloca em movimento a máquina da guerra. É parte de nosso trabalho, de nossas vidas. Mas pessoas comuns... Camponeses... Isso mexe com o cerne do beligerante. Em seu íntimo, ele deve acreditar que o mundo lá fora está a salvo. Que há porto seguro onde fazer amarras, que existe colo macio para repousar a tez pesada de tanta morte e aflição.

Que seja um puteiro! Mas que haja puteiro de pé quando regressarmos. Esse é o mote que troa baixo no coração do soldado. Hoje alguém tentou tirar isso de Matador.

Desgraçado de quem o fez.

Deixamos a cabana em chamas, com os restos mortais da família de campesinos dentro. Enterrei a pequenina atrás de um ipê. Nas primaveras que se seguirem, tratará a natureza de lhe cobrir a campa com suas cores e perfume. Descanse em paz, anjo.

A Vila do Porto está a uma légua da velha Estrada do Comércio.

Temos tempo para realinhar.

Poncho seguiu à frente com Aríete, Gancho e Cicatriz. Antes de conduzir duzentos imperiais adiante, preciso avaliar a dimensão do que vamos enfrentar. Cicatriz tem o terreno sabido e bem afinado no contorno de seus mapas. Feio como o Cão, Deus abençoe o sapador Augusto que, a mando de *Gran Abuelo*, com paixão e esmero de um seminarista, farejou todo o pó e caruncho das velhas estantes carregadas dos antigos grimórios das Entradas e Bandeiras, acoitados nos porões da Biblioteca Nacional.

Cicatriz guarda em sua face tantas gilvazes quanto caminhos em seus mapas. Em verdade, seus ferimentos assemelham-se, sobremaneira, aos contornos dos velhos traçados bandeirantes. O sapador costuma dizer que há tantos caminhos quanto emboscadas pelo mundo, e é certo pensar que a morte espera em todos eles.

Nada sei dos caminhos que tantas vezes fiz. Não criei raízes. Mas, agora, arredados de meus passos, eles assombram os meus sonhos.

***

Deitar a cabeça no catre, para quem está no comando, às vezes, é atrevimento pelo qual se paga alta monta. Lá se aninham os rostos dos homens mortos e os que vão morrer. Inalcançáveis para minhas mãos, como se estas estivessem decepadas no jardim onde tantas vezes os vi morrer de braços estendidos no desespero de se agarrarem à vida.

Ao longe, vejo a silhueta de *Gran Abuelo* diante de um incêndio de gigantescas proporções. Seus olhos queimam também. Parecem me gritar urgências.

Distraio-me deles. Um movimento quase imperceptível chama minha atenção.

A menina sob a copa do ipê, como memória de soldado, me segue neste sonho. Agora ela é um desses rostos sedentos de meu auxílio. Carente de toda vida, ela ergue os olhos para mim, como se erguesse uma súplica aflita aos céus.

Ela espera algo diferente.

Anjos talvez.

E eu, pobre soldado, não consigo encará-la.

Acordo sobressaltado. Pensei ter visto alguém ao pé de meu catre.

Nossas ordens chegaram.

O selo do gabinete do Segundo Visconde de Pelotas fede a liberalismo. Herói de guerra ou não, essa coisa de autonomia das Províncias e deputados eleitos cheira a insurreição.

Sinto falta dos antigos militares monarquistas.

Mas o que vai pelo meu íntimo não impede o soldado de cumprir à risca o seu dever. Concomitantemente aos meus batedores, despachei um mensageiro com destino acertado ao Rio de Janeiro.

"Tem meu respeito, capitão. Faça como quiser."

Acompanhei Câmara em Avaí, Campo Grande e no ataque a Cerro Corá. Testemunhei sua bravura mais de uma vez. Hoje não reconheço mais o militar dentro da roupagem de político e, bem sei, *Gran Abuelo* lhe recomendaria novamente severa reprimenda.

Contudo, ao final da guerra, já não reconhecia nem mesmo ao meu próprio comandante.

***

Foi em março de 1870, nas matas ao norte do Paraguai.

Voltávamos vitoriosos da Campanha das Cordilheiras. E nossa recompensa? Acompanhar as tropas do general José Antônio Correia da Câmara, atual Visconde de Pelotas, ao desfecho inevitável da merda que os caudilhos fizeram.

Dom Pedro II tinha um senso de humor dos diabos.

López, acompanhado de um reduzido número de soldados, havia se escondido próximo ao Arroio Aquidabá.

Espalhou-se, entre as fileiras supersticiosas, o estranho rumor de que Solano, por intermédio dos *brujos* das Cordilheiras, solicitara reforços ao próprio Cão.

Fato é que nenhum dos duzentos soldados que escoltavam o mal-afamado caudilho durante a retirada era católico ou benquisto no *Palacio de los López*. Eram uns malfeitores macabros com aspecto repugnante. Andavam descalços e cambaleantes, uns, à moda dos índios norte-americanos, traziam escalpos que conservavam como troféus de guerra.

Carregavam no olhar aquela nesga de desatinos que só os loucos do mais mal-afamado dos lazaretos poderiam ter. Mas, apesar de abrutalhados, não fizeram frente às tropas bem treinadas do general Câmara.

O cabo Lacerda, alcunhado pela sua própria mãe de Chico Diabo, atravessou a campina à frente de nossos homens e feriu, mortalmente, Solano. Tal empenho, no entanto, vinha lastreado por motivações pouco louváveis.

Roncava, entre os soldados, o anseio de colocar as mãos sobre uma recompensa de cem libras em ouro oferecida a quem desse cabo de Solano López. Tanto o velho Marquês Osório como os outros generais tentaram desencorajar tal empenho em meio aos seus imperiais.

Cercado e indefeso, Solano caiu às margens do Arroio Aquidabã, momento no qual o general Câmara, que vinha atrás de Chico Diabo aos brados de "*no matarlo*", intimou-o à rendição.

"*No te encomiendo mi espada; morro con mi espada y por mi patria*", gemeu o caudilho, esforçando-se para se pôr em pé.

À distância, *Gran Abuelo* e eu testemunhamos o momento em que tentaram lhe arrancar a espada e, em seguida, sumariamente, sua execução à revelia das ordens de Câmara.

— Pretensões políticas não comandam homens, general! — ralhou furioso *Gran Abuelo*. — Não era esse o desejo do Imperador. López deveria ser feito prisioneiro.

— Que esperas de mim, Osório? — respondeu Câmara. — Olhe para eles. Esses homens estão longe de casa há mais tempo do que têm pelo no rosto. Cansados, famintos e sedentos por vingarem cinquenta mil irmãos que tombaram em campo. Entre as fileiras se espalha o boato de que, findada a guerra, os negros que serviram ao Imperador voltarão aos grilhões. Na capital, a população questiona o pagamento de impostos para a manutenção de uma guerra dispendiosa demais. Meu bom Marquês, asseguro-lhe, Dom Pedro não compreende a exata dimensão desta guerra. Ela volta para casa e se espalha, como rastro de fogo, sobre o barril de pólvora de sua popularidade.

— Pensamentos tais minam o Império! Estou farto! — disse Osório levando a mão ao manete do sabre.

— Receio, nobre imperial, que já tenha tuas ordens — sussurrou entre os dentes o general Câmara. — Tem meu respeito, Marquês de Herval. Faça como quiser.

Raras vezes vi alguém tirar *Gran Abuelo* do sério, todavia jamais o vira se recolher de uma ideia. Não sem pesar seriamente uma decisão. O Marquês virou as costas e seguiu com seus homens para o norte. Para bem além do território paraguaio. Naquela tarde, urgiam deveres que iam além de minha alçada de conhecimento.

Profeta entre homens, o vovozão previu, com grande acerto, o que viria a seguir. Contudo, coube a nós, sofridos irmãos, doridos de tantos dizeres de pólvora e sangue, levar a cabo o pior.

Dizia Osório serem medidos os passos de seus imperiais. Porém jamais compreendi o motivo pelo qual, sob suas ordens, civis foram assassinados e ranchos, incendiados para dar fim a soldados feridos e doentes.

Inobstante meu pensar, quando regressamos, fomos recebidos, em pessoa, pelo próprio Imperador. *Gran Abuelo* recebeu ordens para se dirigir a Porto Alegre e a garantia de que o Imperador não autorizaria a medalha por bravura em combate a nenhum dos comandados por Câmara.

Fontes outras, entretanto, dão conta de que Chico Diabo recebeu sua recompensa em vacas. Paga muita para quem não obedecia ordens.

***

Mosquito, pelo contrário, apesar de não fazer segredo de seu descontentamento em deixar as linhas para adentrar o gabinete do Segundo Visconde de Pelotas, cumpriu à risca o combinado.

Após ser anunciado, prestou continência e entrou sem limpar as botas.

— O Visconde me examinou de cima a baixo. Mas foi na bosta de cavalo que seus olhos mais se deleitaram — zombou Mosquito enquanto enfeitava com detalhes o seu relatório. — Bem o disse, meu capitão, quando afirmou que o liberalismo demora, sobremaneira, na própria substância.

— *Gran Abuelo* lhe recomendaria uma medalha — disse sorrindo. — A carroça?

— Veio comigo, cheia de presentes. São Nicolau chegou mais cedo este ano. Trinta pistolas belgas calibre onze com nome glamoroso.

— É *lefaucheux*, soldado — repreende Esperto.

— Que seja, sargento — Mosquito sentencia coçando a cabeça. — Trouxe também trinta fuzis *spencer*, modelo belga, seis cartuchos no carregador tubular, um na câmara, com *cão* armado, prontos para disparo.

— Ei, *Papá*! — ri-se Esperto. — Parece que, depois da Vila de Nossa Senhora do Belém de Tebraria, todo armeiro nesse mundo entendeu a necessidade da arma imperial sempre engatilhada. "Prontos para disparo", francamente! O vovozão recomendava isso antes do Paraguai.

— López teria discordado, sargento! — riu-se Mosquito.

— A *Princesa*? — pergunto a Mosquito.

— Foi difícil liberá-la. Os armeiros que guardam o paiol do Visconde não entendiam a necessidade. Já ia subindo ao gabinete do bom Câmara com as botas recarregadas de boas intenções, quando um cabo me barrou na escada. Após severa concatenação, o gajo desceu correndo com o pedido de liberação.

— Mantenha-a na carroça, bem alimentada. Se ela se queixar de nossos modos, faça carinho. Vamos levar tudo. Esperto, arme um efetivo de trinta. O restante retorna para a capital.

Algumas horas depois, o grupo de Poncho regressa. O furriel Camargo, gaúcho de nascença, faz jus ao apodo por preferir o velho poncho das antigas vaquejadas ao pelerine militar que faz parte da equipagem imperial.

Medroso costuma dizer que Camargo parece um mendigo. Não guardo ressalvas. Nas Cordilheiras, ajudou um bocado quando a discrição se fez mais necessária do que um uniforme cheio de fricotes chamando a atenção de atiradores paraguaios. Poncho, munido de muito colhão e uma baioneta, conseguiu dissuadir três bocas de fogo paraguaias, as quais, anteriormente, debandaram fileiras dos nossos batalhões.

— Más notícias, *Papá* — alardeia Poncho. — A vila está vazia.

— O que disse, furriel? — pergunta Esperto enquanto checa o carregador de seu *spencer* pela centésima vez naquela hora.

Esperto anda nervoso. Não tem sido o mesmo desde que Serafim se foi. Os soldados de *Gran Abuelo* não se intimidam nem diante do próprio *Demo*. Já vimos o inferno vomitar coisa bem pior que esse arremedo de morte e putrescência que resolveu cruzar presas com o aço imperial. Mas tem algo errado com meu sargento. Vou ter de ficar de olho nele.

— Sumiram todos! Há por lá vestígios de tiros, uns cartuchos de estranha marca no chão, mas nem sinal do gentio. Parece que fugiram às pressas, levando pouco ou nada consigo.

— Como pode ter certeza?

— O lugar dá arrepios, sargento! Cicatriz e eu avançamos por entre as estreitas vielas dos casebres e não vimos viva alma. Mesmo os cães desapareceram.

— Em meia dúzia de casas, havia fumaça nas chaminés — acrescenta Cicatriz. — Mesas postas, panelas nos fogões à lenha. Estou dizendo, *Papá*, parece que a peste sumiu com todo mundo.

Antes do sol despencar do céu, estamos entrando na vila.

A coisa não está boa.

Passamos pela Vila do Porto no ano passado. Umas cem casas se escoravam umas às outras com muita gente dentro. As vielas afunilam em uma rua comprida, mal calçada e com destino certo ao rio, onde estão os armazéns. O afluente é estreito e baixo. Para chegarem ao mar, os barcos tinham de ser impelidos à vara. Não seria fácil evacuar a vila em tão pouco tempo. Algo está errado.

Epidemias de cólera, varíola e malária haviam comido grande parte da população. Agora parece que arremataram o resto.

Algumas patentes poderiam chamar de temerário o ato de um oficial que, no comando de seus homens, ordena o sítio de uma vila inteira à procura de sabe-se lá que saci. Medroso é um desses casos. Soldado por opção e médico por vocação, ele sabe que não se entra marchando por onde a peste passou.

Mas não foi a peste que deitou a mão ossuda sobre os ombros magros da Vila do Porto.

Uma boa meia dúzia de beligerantes do atual comando militar, à exceção do Ministro da Guerra, o não mui estimado Visconde de Pelotas, de imediato, desaprovariam.

Há quem até tivesse colhões para sugerir a retirada de meu comando. Uns poucos, assim como Câmara, sabiam dos fatos que sucederam a queda de López. Eu mesmo não sabia da missa a metade.

A história toda é um poço de bruxas feito de escuridão. Só as fogueiras de mil anos poriam termo àquela treva.

**

O fogo queimava há um bom amontoado de horas.

Já não se ouvia o grito aflitivo dos soldados feridos dentro das cabanas e os últimos rancheiros haviam sido executados e esquartejados. O que estamos fazendo aqui?

Após cinco anos de lutas, o Império do Brasil, Argentina ministra e Uruguai florista derrotaram o Paraguai de López. Dom Pedro II enviara duzentos mil homens à guerra, dos quais cinquenta mil jamais voltaram, e nem estamos falando dos números reais.

Em Peribebuí, durante a peleja junto ao Conde d'Eu, eu via o Guarda dos Mortos em nosso regimento, um sujeito franzino de má catadura alcunhado de Barqueiro, contando os mortos no campo de batalha.

"Doze com o alferes Costa, com Fortunato somam treze; este não conta, é negro. Catorze com Silva e chegamos a quinze com... quem é este gajo? Alguém viu a cabeça dele? Ora, é negro também. Pois, não contabiliza alma. Cabo Rocha soma o quinze. Este é preto, não gasto tinta. Deus já gastou tinta demais nele!", ria-se o desgraçado enquanto eu tentava não ceder à tentação de sacar a pistola e somar dezesseis com este belo filho da puta.

Estávamos ao norte das matas paraguaias caçando soldados feridos, fracos demais pela fome e que os pobres rurícolas tiveram a boa piedade cristã de albergar por uma única noite sob seus telhados.

Uma noite que lhes custou a vida.

Soubessem os nossos vizinhos o que se passa aqui e teríamos nova aliança contra o Império do Brasil. Mas nossos aliados tinham mais com o que se preocupar. Argentina e Uruguai sofreram perdas pesadas naqueles cinco anos. Os conselheiros de Dom Pedro II calculavam que a metade das tropas de ambos os países tenha falecido em combate.

Os mesmos palhaços de ceroulas limpas e bem aquarteladas no Rio de Janeiro, feitos analistas pelo próprio diabo, estimavam que as perdas do Paraguai chegavam em mais de trezentas mil vidas humanas. Aqueles que não morreram nos combates, morreriam nas semanas seguintes em decorrência dos campos queimados, das lavouras perdidas, dos poços envenenados, da fome e das epidemias. O Paraguai jamais se libertará da hegemonia brasileira. O Império do Brasil tomou para si a supremacia da América do Sul.

Naquela noite de ordens cruéis e terríveis gritos, encerramos a tal Questão do Prata. Ouvi uns oficiais de Câmara mencionarem que um tratado seria assinado pelo Imperador e que terras paraguaias seriam tomadas. Houve especulações sobre indenizações que levariam o país à miséria absoluta, sem falar que os imperiais permaneceriam em solo paraguaio. O que a guerra não colheu, a ocupação militar ceifaria nos anos seguintes.

Semanas antes de toda aquela carnificina, um mensageiro bêbado mencionava em uma taverna que toda essa balbúrdia infernal se devia ao apetite da indústria brasileira por *quebracho* e que a iminente vitória nos levaria a confrontar novamente a Argentina, dessa vez, pelo direito de exploração do Gran Chaco.

— A que custo chegamos até aqui? — murmurava consigo mesmo *Gran Abuelo*.

— Marquês? — sussurrei hesitante.

Dirigiu sua montaria até onde eu estava. Apeou e, dispensando o amparo de meu braço, se ajoelhou junto às cinzas de homens, mulheres e crianças cuja boa caridade, de repartir o pouco que tinham, levou-os à morte.

Mergulhou as mãos nuas na fedentina de pó e morte, ergueu um bocado e observou as cinzas caírem paulatinamente de seus dedos frementes.

A saúde do vovozão não andava boa.

Diziam, entre as linhas aliadas, que um fantasma terrível assombrava seus sonhos e que, mesmo com o toque da alvorada pronunciado a plenos pulmões pelo clarim de Mosquito, esses terrores noturnos permaneciam em seu rastro, levando-o a sustentar olhares de espanto sobre os próprios ombros.

As Campanhas de guerra, os conflitos internos do Império e os anos longe de casa furtaram-lhe um bom pedaço de vida. Naquele último ano, o óbito de sua amada Francisca levou o que restava da alma do bom *Gran Abuelo*. O que sobra do soldado quando tudo o que lhe era certo e confiável, como fumaça na noite, se vai para longe?

Olhei para este homem franzino e alquebrado, ajoelhado sobre as cinzas, e não vi mais o soldado que tomou para si a incumbência de tornar-se o *pai* de todos os imperiais que marcham para longe da Pátria. Seria seu uniforme frágil demais para o peso de tantas insígnias e medalhas? A farda abafou o homem no peito do soldado?

Quem era esse que se apresentava diante de minha justa indignação?

Foi ele quem ordenou o massacre desses civis e nós, pobres soldados, obedecemos sem questionar. Naquela noite, olhando para a sombra que jazia sob meus pés, não reconhecia o soldado.

— López — sussurrou o debilitado Marquês —, nós merecemos a tua vingança.

— Senhor? — um arrepio percorreu minha espinha.

Medo? Jamais. Entre os imperiais não há permissão para sentir medo.

Acolhi o braço do vovozão sob a minha destra. Ajudei-o a se recompor antes que outro oficial se aproximasse. Não havia patente entre nós. Naquele momento, éramos apenas amigos.

Em seu olhos, eu vi a morte.

— Vamos ajuntar um bom pedaço de sede e cavalgar em direção a um puteiro que passamos mais ao sul, meu bom Marquês. Doido disse que não há meninas mais bem dispostas do que as que gemem por aquelas bandas. Discorreu misérias sobre a boa *grappa* que mina dos tonéis paraguaios — proferia eu, em tom apaziguador. — Já dizia o tributo, meu general, onde mirram soldados, recolhem-se os espólios de guerra!

Com um forte e rigoroso tapa, minha petulância se foi.

Gran Abuelo se voltou novamente em direção às chamas que devoravam o rancho e aduriam a carne dos soldados mortos. Sua silhueta era adornada por uma aura infernal. Naquela hora de agouros noturnos, sua vontade inquebrantável, que sempre o distinguiu dentre todos os homens, tomaria para si o inferno de mil tronos.

Eis o soldado.

A qualquer momento, eu esperava que me repreendesse com olhos feitos do gélido aço imperial e me colocasse a ferros por minha impertinência.

— Não entende, meu irmão? — disse *Gran Abuelo* voltando o rosto coberto por lágrimas. — Já estavam todos mortos!

***

Montamos acampamento junto à sede da vila. Aqui onde morrem todas as vielas, uma única e estreita rua conduz ao porto. Alocamos nossos suprimentos na cadeia anexa. Quatro atiradores estão municiados sobre o prédio da Câmara dos Edis, ponto mais alto da vila. Maluco está entre eles. Munido de luneta, o soldado está varrendo polegada a polegada das ruas mal-acabadas desse pedaço de fim de mundo.

Dei ordens para Ceroulas e Tio Zé se encarregarem de uma linha de abatises. A rua do porto, ampla e sem obstáculos, garante uma boa distância de tiro entre qualquer investida e as trincheiras.

Ninguém sabe dizer a razão, mas desde que somou número aos Imperiais de *Gran Abuelo*, o soldado Ramiro foi chamado de Tio Zé pelo sargento. Esperto simplesmente nunca esclareceu o fato. Ele se ocupa, entretanto, de elencar os motivos que levaram o veterano Severo a ser chamado de Ceroulas.

— Primeiro, ele usa ceroulas; segundo, ele jamais tira essas ceroulas; terceiro, em Tuiuti, quando o vovozão foi ferido, ele sujou essas ceroulas!

Medroso, outro cagão, ocupou a metade do prédio da cadeia ao montar um ambulatório na iminência de receber doentes ou feridos. Arrombou umas portas e recolheu dezenas de lençóis limpos das casas abandonadas.

— Merda, Durval! — xingava Esperto. — Preciso de espaço para as caixas de munição! Vai transformar meu paiol em uma maldita lavanderia?

A prioridade era descobrir o que houve com o gentio. Nestes tempos tão brutais em que a indústria avançava sobre a mata virgem e os tropeiros deixavam de lado as mulas para acoitarem-se dentro das minas, não era raro enveredarmos por ermos assombrados de vilas e sesmarias abandonadas. O povo precisa se assentar onde há trabalho. E, anos atrás, essa vila já ia pelo caminho da decadência.

Apesar de lhe assegurar que ninguém entraria em combate sem antes sabermos onde estamos pisando, o médico foi irredutível. Voltou a mencionar cólera, malária, varíola e meio quilo de doenças que estão escritas naquele manual que carrega como uma Bíblia: "Como ser um pé no saco em dois idiomas".

— *Desde luego, estaremos preparados, mi capitán*!

— Esperto, se Medroso tentar falar castelhano novamente, atire nele!

Aríete está guarnecendo os limites do quartel municipal, onde estacionamos o alto carroção de munição, com os grandes bebedouros das animálias. Ver esse colosso arrastando sozinho duzentos quilos de madeira é de constranger qualquer homem.

Tomem nota, meus senhores, de um fato que envolveu o soldado Cardoso, seis marinheiros e uma pequena divergência de opinião.

***

Após a queda de Humaitá, Caxias colocou-nos em marcha, por duzentos quilômetros, até o Arroio Piquissiri, fronteira das fortificações inimigas que barravam o caminho para Assunção. Foi neste ponto que o Marquês de Caxias atinou para o fato de que o avanço aliado seria obstado pela linha fortificada de dezoito mil paraguaios aquartelados no terreno pantanoso e intransponível em que estavam alicerçados os fortes lopezes de Angostura e Itá-Ibaté.

Era o pesadelo de qualquer comandante. Um terreno traiçoeiro, com lagoas e cursos d'água, sujeito a alagamentos imprevisíveis e inexplicáveis. Os boatos de que López agregara forças com o sobrenatural ganhava intensidade entre os homens supersticiosos que, em Campanha há muitos anos, temiam jamais pisar no solo da Pátria novamente.

Guasca como ninguém, o Marquês ordenou a construção de uma estrada através do Chaco pantanoso que se estendia pela margem direita do rio. Seus habilidosos engenheiros deram cabo de tal obra ao término de vinte e três dias, fazendo uso dos materiais existentes no local, forrando o solo dos atoleiros e improvisando pontes com troncos de palmeira para conduzir tropas, canhões, carretas e toda a equipagem de guerra.

Transportados pela esquadra imperial para a margem direita do rio, inauguramos a estrada do Chaco e, para evitar as baterias da fortificação de Angostura — eis que as tropas ficavam expostas nos conveses dos navios durante o transporte —, reembarcamos em Porto Villeta e descemos em terra, na margem esquerda, em *Porto de San Antonio*, surpreendendo López, vinte quilômetros à sua retaguarda.

Apesar de a estrada, pouco tempo depois de ser usada pelas tropas, ter sido submergida por uma inconcebível enchente do Rio Paraguai — obra do Cão, talvez —, essa manobra do exército imperial foi essencial, como todos sabiam, e contribuiu definitivamente para a queda de Solano. Algumas cabeças, entretanto, compartilhavam de pouco entusiasmo e nenhuma admiração pelos imperiais em terra.

Durante o transporte, a bordo de um dos navios despachados pelo Almirante Inácio, futuro Barão e Visconde de Inhaúma, num jogo de cartas que envolvia uma pequena soma em dinheiro, a honra da mãe de alguém foi questionada e, para colocar fim ao argumento de seus opositores, Aríete solicitou-me permissão para ensinar bons modos a não menos do que seis marinheiros. Cruzei olhos com o capitão do navio, que a tudo observava da ponte de comando e que, confiante no empenho de seus calejados marinheiros, gentilmente aquiesceu com um ligeiro movimento de cabeça.

— Cardoso, boas maneiras uma ova — sussurrei com a mão em seu ombro. — Quero o couro deles exposto em um flabelo!

Os regulamentos da Marinha previam o uso de sabres por dois terços da tripulação de todos os navios de guerra. Infelizmente, Aríete veio a se desentender com o outro terço, uns sujeitos vigorosos que portavam chuços de abordagem.

O combate foi aberto com um chute violento bem no meio do primeiro infeliz que ensaiou um movimento à esquerda de Aríete. De onde eu estava, deu para ouvir a amurada do navio estalar com o baque do sujeito.

Dois deles avançaram com os chuços em pique. Os golpes mortais passaram no vazio, uma, depois outra vez. Nosso Golias imperial fintou para a esquerda, depois para baixo e encaixou um direto no queixo de um deles, passou o corpo ágil por cima das costas de outro e, já tomando emprestado o chuço do primeiro parvo, deu com o longo cabo na nuca do segundo.

Eu dividia a atenção entre meu relógio de bolso e o combate. Trinta segundos, três sujeitos no chão. Dois em pé, um terceiro mijado no canto. Aríete nocauteou o mais robusto deles com uma cabeçada que dói até hoje naquele marinheiro. Seu companheiro ensaiou três socos que foram contidos pelos braços e por um fantástico jogo de ombros, momento no qual o mijado começou a mexer em um bacamarte de amurada.

Antes de espalmar um marinheiro que tinha um bigode engraçado e jogá-lo a quase três metros de distância, Aríete encarou o gajo mijado e fez-lhe severa advertência quanto ao uso da arma. O sujeito não entendeu, continuou se empenhando em soltar o pino de amurada. A arma, que se prestava a conter tropas inteiras, pesava quinze quilos e, a cada disparo, vinte a quarenta balins de dez milímetros eram cuspidos pela boca alargada em uma descarga fulminante de fogo e trovão.

Era certo que homem algum conseguia manejar, sem acidentes, um bacamarte fora do pino de amurada. Naquele espaço exíguo sobre o convés, o salmão de água doce ia acabar matando metade da tripulação.

Aríete sorriu um daqueles sorrisos que espantam cobras. Uma pancada rápida com seu pé direito e um dos chuços quicou no chão até as mãos do gigante. Quebrou-o em dois no joelho e, ligeiro, lançou a metade não letal na direção do imbecil.

O sujeito ainda tentava se recobrar da pancada quando olhou para cima e viu um punho do tamanho do Amambai se aproximando da cara.

— Estais ansiosos para ouvir essa arma relampejar, pois não? — gritou o colosso imperial aos marinheiros apavorados que se espremiam uns aos outros.

Em uma espetacular demonstração de força, Aríete arrancou o bacamarte do pino de amurada, apoiou o monstrengo no ombro direito e disparou para o alto a carga de quarenta balins.

Um minuto e cinquenta e dois segundos. Fecho o relógio e procuro pela face boquiaberta do oficial no comando da embarcação. Eu devia passar a mão nesse garoto e ir fazer umas apostas junto àqueles irlandeses do Porto de Boston. Ele comeria o tal Paddy Ryan alardeado pelos jornais.

Quando os ecos trovejantes da poderosa arma finalmente cessaram o seu bestial urro sobre o lodoso Rio Paraguai, o gigante foi saudado com *vivas* pela tropa a bordo. Os marinheiros, entretanto, fazendo símile às expressões estupefatas de seu capitão, permaneceram amuados pelo resto da viagem.

***

Pé de Cabra não encontrou rastro algum.

Retornou para o quartel como se tivesse sido currado por um burro.

— Me sinto um parvo — gemeu desconcertado.

— Vossa mercê não é o único — gritou Cicatriz de cima da Câmara dos Edis.

— Tem algo muito errado aqui, *Papá*. Estou dizendo, ninguém some sem deixar vestígios.

Os caminhos possíveis para centenas de colonos evadirem da vila em tão pouco tempo haviam sido perscrutados pelo experiente batedor. Pé de Cabra fez uso de tudo o que aprendera junto aos índios do norte e, mesmo assim, não encontrou traço sequer deles.

A saída pelos portos era impossível. A água muito rasa não permitiria o embarque de tanta gente em uma frota tão exígua de embarcações, sendo que, por mais miserável que pareça o fato, a maior parte dos barcos ainda estava fundeada no cais.

A única rua que ascendia para dentro e fora do porto estava livre de quaisquer pegadas, fosse de homem ou de animálias.

— Lembra daquele voluntário mineiro em Humaitá? — menciona Esperto.

— O borra-botas que passou três dias metido debaixo da lona da equipagem? Como poderia esquecer? Fui eu quem arrancou o infeliz de dentro da carroça — responde Pé de Cabra.

— Só teu segundo nariz mesmo para encontrar alguém tão ladino e covarde.

— Foi fácil. Ele fedia a medo — riu-se o cabo José Maria. —Recordo-me a razão de tanto tremer.

— Sim, sim. O pobre tinha nas mãos um desenho recortado de um dos semanários que chegavam às linhas — acrescenta o sargento. — Era Solano López, de sabre em punho, segurando uma cabeça decapitada enquanto fazia por onde se equilibrar sobre uma montanha de caveiras.

Essa história circulou entre nós durante um bom tempo e agregou-se ao imenso rol de façanhas farejadoras de Pé de Cabra.

Mérito à parte, todo soldado tem cá um pedaço da glória daquele gigante entre homens, chamado Osório. E, se a premissa *tal pai, tal filho* valer no campo de batalha, então, grosso modo, somos todos Legendários.

Outros, contudo, têm o nome imortalizado por outras razões.

Ouvi dizer que o tal soldado que se deixou assustar pela tinta e o papel, mais tarde, sob o comando de Caxias, enfrentou de peito aberto as balas e baionetas de Assunção.

López causava terror entre alguns imperiais das linhas aliadas, mas, no final do dia, eram todos soldados. Com frequência, ainda cismo sobre aquela caricatura.

O quanto a ilustração se aproximou da realidade?

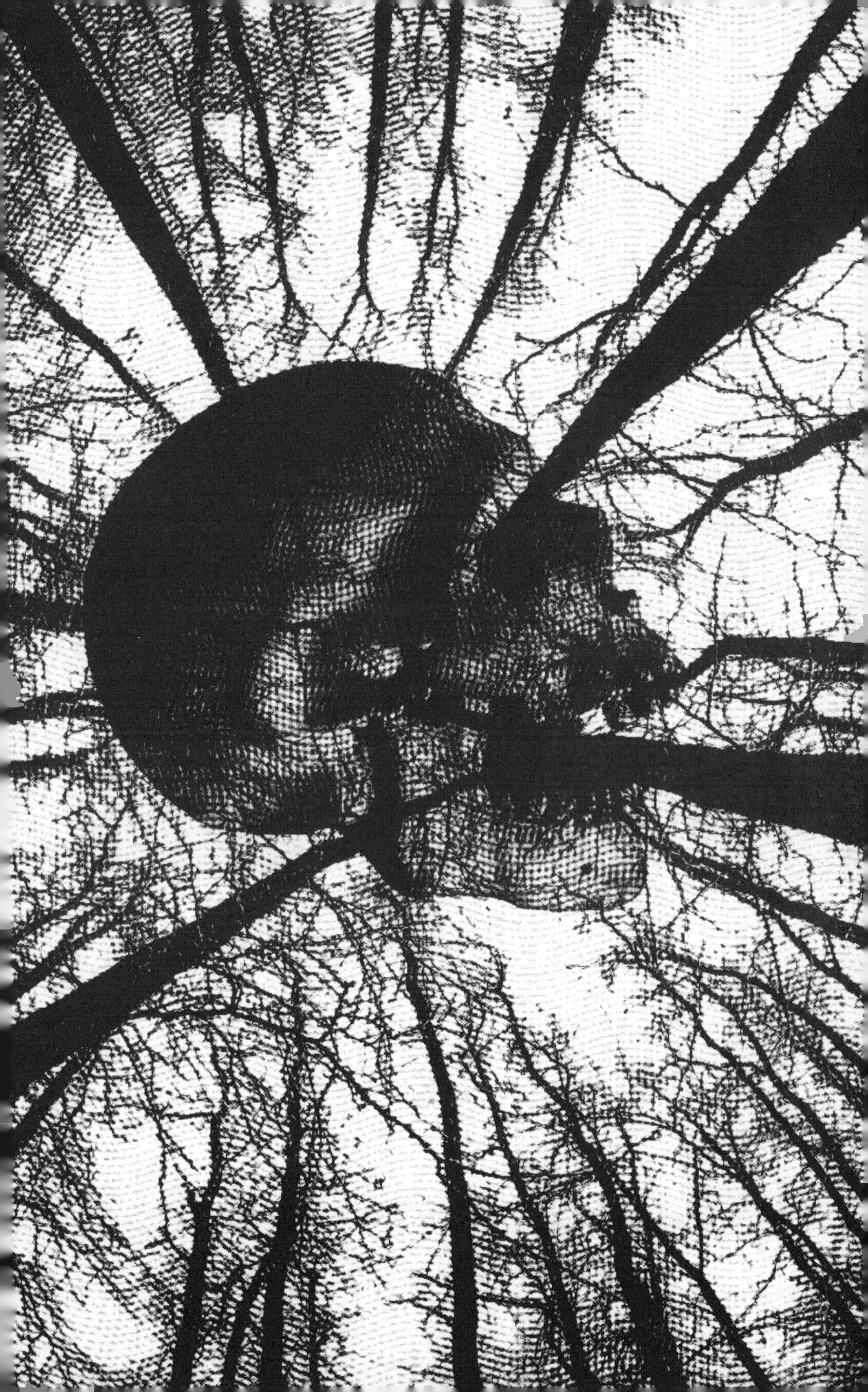

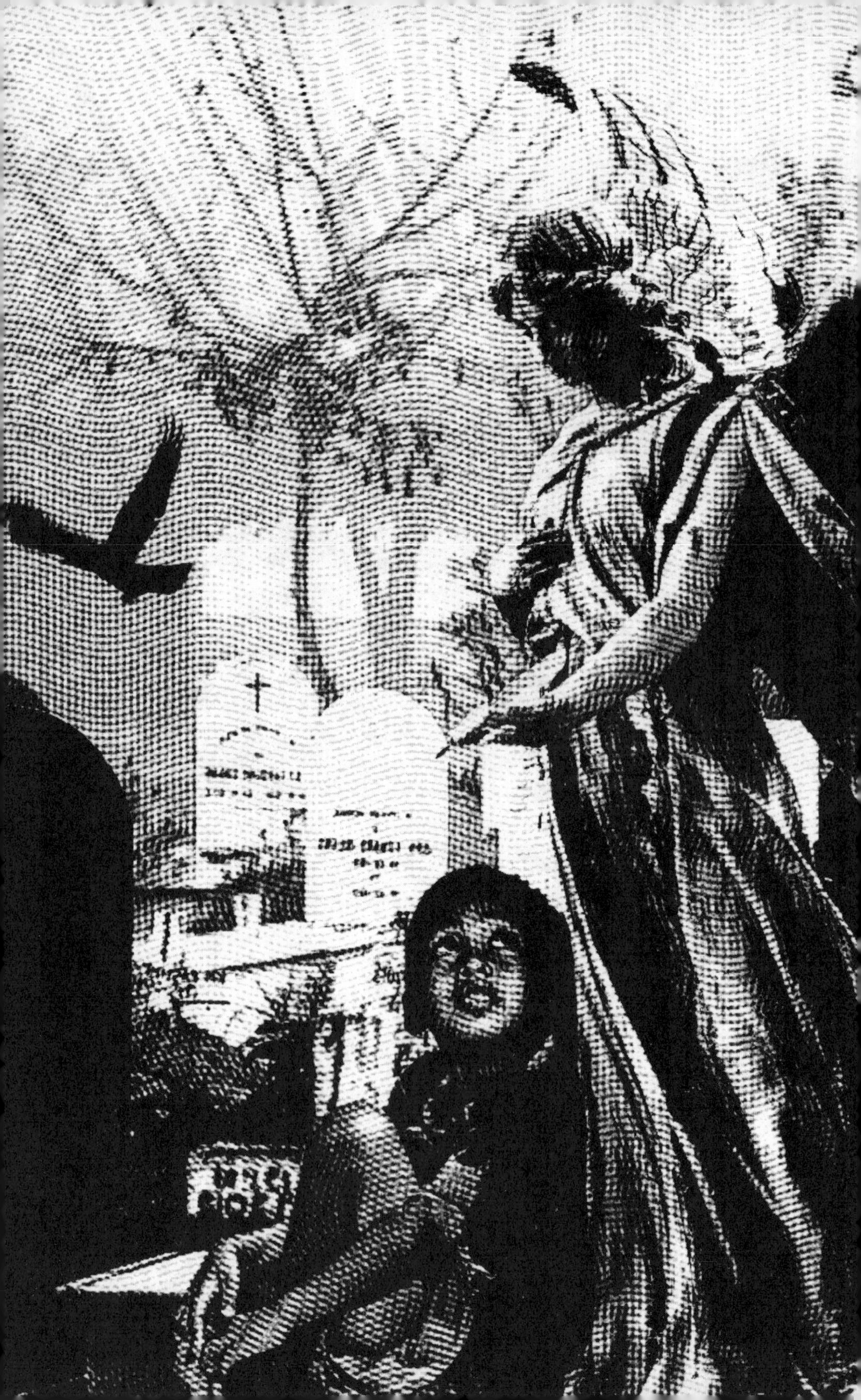

6

Casa Grande e Senzala

Dois dias se passaram.

Nossos batedores passaram o pente-fino em cada arbusto que ladeia a antiga Estrada do Comércio. Cada caco de pedra que pavimenta a avenida calçada em direção ao porto foi checado. Apesar do mercado local nos suprir fartamente com alimentos de todo gênero, os homens já estavam exaustos de caçar chifre em cabeça de cavalo.

Quando o risco de contrair malária aumentou, ordenei que cessassem a sondagem nos fossos malcheirosos do pântano limítrofe à vila. Voltaram cheios de picadas de muriçoca, mas nem sinal de êxodo dos vivos ou dos mortos.

Pesava em minha mente a possibilidade de enviar um mensageiro de volta ao Visconde de Pelotas. O que diabos aconteceu aqui?

— Licença, capitão — era Gismar com uma caneca de café. — Vossa mercê tens de deitar os lábios sobre o grão que vem de *Sun Paulo*. Eu mesmo que torrei e moí no armazém no final da rua.

Apesar da pouca instrução, o negrinho era habilidoso em tudo a que se prestava fazer.

— Grato, Gismar — provei e alcei o sobrolho em sinal de espanto. — O diabo me carregue se não é o melhor café que minha boca maldita já provou nessa desgraceira de vida!

— O capitão prangueja um bocado, mas tomo o feito como aprovado — sorriu Gismar.

— E vossa mercê sorri um bocado — mencionei fingindo censurá-lo.

Em seguida, eu dou um tapinha em seu ombro e retribuo o sorriso. Os sorrisos são tão raros nesse tempo de incertezas. Quem haveria de desmerecê-los?

Gismar é um desses tipos que não cansa de surpreender. Soldado disposto, trabalhador incansável, irmão confiável e copeiro de trincheira. Dia desses, Esperto mencionou um retorno à Vila de Nossa Senhora do Belém de Tebraria para recrutarmos logo mais uns cem desses negrinhos.

— Teríamos encerrado a Questão do Prata em meses ao invés de anos, meu capitão — brincou o sargento.

As motivações de Esperto nem sempre merecem minha simpatia. O sargento Dario vinha de uma longa linhagem de senhores de escravos. Bom soldado ou não, Esperto ainda não via Gismar como um igual, um irmão de armas. Conquanto não o desprezasse, para ele, o negrinho era apenas uma ferramenta eficiente. Talvez por isso o sargento não lhe desse apelido.

No sudeste, tomava corpo um movimento abolicionista. Presente no Parlamento, entre os magistrados, advogados e em setores radicais urbanos, os brados clamavam o fim definitivo da escravidão.

E o sargento, conservador até as tripas, fazia ouvidos moucos aos clamores.

— Vou levar uma caneca ao sargento — mencionou Gismar. — Depois vou dar cabo da limpeza do estábulo.

— Espera, soldado.

Gismar estacou e ergueu dois olhos aflitos como se fosse receber um tiro. Uns carvões precisavam de alguma pressão e polimento para se revelarem verdadeiros diamantes.

— Traz a chaleira e uma segunda caneca para cá. Depois senta com teu capitão e me conta um desses causos que os paulistas narram à luz de suas lareiras, quando o espectro noturno sapateia pelas paredes e o grito aflito do urutau enche de terror o coração dos homens.

Parecia espantado e, quando finalmente abriu a boca, apercebi-me de que apesar de esse soldado, afortunado pela lei, não carregar costas marcadas pelo chicote, tinha ele cicatrizes bem mais profundas.

Homem nenhum deveria ser forçado a suportá-las.

Gismar disfarçava e apenas sorria, como se aquilo não fosse nada.

— Meu capitão, esse negro nada sabe de causos. Nem sequer conheci o interior da Casa Grande. Sabia *de cor* os cantos da cozinha, onde Mãe Benta trabalhava. Daí, então, esse *pretinho* que tu degustas. Não conheci lareiras. Mas sei de algumas fogueiras — sentenciou o negrinho enquanto brincava com o gume afiado de um punhal.

***

Tinha apenas quatro anos de idade quando descobriu que havia diferentes tipos de meninos. Não uma diferença nomeada por Deus ou pela natureza, mas uma diferença ditada pelos homens.

O pai morreu no tronco antes de o filho ter idade suficiente para compreender o que era aquela coisa. A mãe era a negra responsável pela cozinha. Como cozinheira, era muito valorizada na Casa Grande. Com seus segredos de alquimista e temperos exóticos, ganhou o gosto dos senhores — Nhonhôs, como eram chamados pelos escravos — com pratos da cozinha africana, como vatapá e caruru. Mesmo assim, a negra era maltratada a várias mãos.

A cozinha ficava em um anexo da casa, separada dos cômodos principais por depósitos e áreas bem reservadas. Em suas orações, Mãe Benta era grata pela única benesse que conheceu em toda a sua sofrida vida. Pôde manter junto de si o filho Gismar e, dada a essa razão, rendia graças todos os dias à bem-aventurada Princesa Isabel.

Como boa mãe, ao passo que instruía o filho, tentava fazê-lo entender e aceitar as coisas como são dentro do mundo dos homens. As crianças brancas da casa, dois meninos, andavam nuas juntamente com Gismar. Imperava entre eles não a vontade do homem, mas a amizade legítima, eis que brincaram juntos até os seis anos. Possuíam os mesmos jogos e brincadeiras, muitas lastreadas sobre personagens do folclore africano.

Corriam os três, gritando e rindo, em redor da sombra do tronco, frente ao pátio respingado de sangue da senzala.

Mas, aos sete anos, Gismar foi forçado a enfrentar sua condição e precisou trabalhar para manter-se próximo à mãe. Afastado do convívio dos outros meninos que, agora, eram instruídos por preceptores europeus, o negrinho viu a infante amizade fenecer.

Com a adolescência, a civilidade humana, antes instintiva entre os meninos, foi substituída pela atrocidade das castas.

Nas salas de oração, Gismar interpretava o latim *"resurrexit sicut dixit"* como "reco-reco Chico disse" e, logo, atraiu a atenção maldosa dos sinhozinhos da Casa Grande.

As brincadeiras dos dois irmãos ficavam cada vez mais violentas.

Gismar, mesmo forro, era proibido de frequentar a escola.

— Ouvia, do lado de fora das salas de aula, aqueles velhos professores dizerem que a tal lei me fez homem livre — o negrinho sorri desdenhoso. — Livre de correntes talvez. Mas o medo e a vergonha nunca deixaram o meu encalço, capitão.

Era uma tarde de verão. Bem afeita àquela coisa toda de festas natalinas, Mãe Benta trabalhou exaustivamente na cozinha para dar cabo de servir a todos os refinados convidados do coronel Nhonhô. Recolheu-se cedo, exausta de tanto labor, à humilde palhoça que dividia com o filho, próximo à Casa Grande.

Cesar e Justimiano, os dois rapazes do coronel, resolveram se esgueirar dos convivas e passar a mão em uma das espingardas do pai para treinar tiros. Pretendiam se alistar na escola de cadetes do Império.

Não raro que a brincadeira dos rapazes enveredasse por caminhos cruéis, cruzaram olhos com Gismar que, naquele momento, torcia largas folhas de palmeira sobre o telhado da palhoça. Apesar de não ter chovido naquele dezembro, Gismar não pretendia deixar os consertos para a última hora.

O primeiro tiro zuniu próximo à orelha esquerda do negrinho.

Espantado, Gismar demorou a entender o que estava acontecendo. Um segundo disparo atingiu em cheio o travessão sobre o qual se equilibrava. Lascas de dizeres doridos subiram e, apavorado, o negrinho levou as duas mãos aos olhos feridos. No terceiro tiro, a madeira velha e carcomida não aguentou. Cedeu levando consigo Gismar e todo o pesado telhado.

Preso no madeirame lascado que lhe perfurava a perna, Gismar viu, transtornado de surpresa e horror, o lampião aceso espalhar sua chama sobre a palhoça. De onde estava não conseguia ver a mãe, mas podia ouvi-la se debatendo por baixo do trançado dos galhos e palhas do telhado.

***

— Ahhh, inferno! — gemeu Gismar.
Eu sabia. Belo corte. Vai precisar de pontos na mão. Melhor chamar...
— Mas que merda! Medroso?! — gritei surpreendido pela rápida entrada do médico. — Estava ouvindo escondido atrás da porta?
— Com os diabos, não! — respondeu o cara de pau. — Credo, *Papá*! Eu senti o cheiro de café. Só isso.
Olhou para Gismar.
— Há... Vai concluindo tua história, filho, enquanto te remendo.
O negrinho estendeu a mão e sorriu desconcertado.

***

No final, foram os garotos que o socorreram.
Mas era tarde para Mãe Benta. Muito queimada, expirou, após muitos dias de sofrimento. Um acidente, disseram. Viram quando o pesado Gismar subiu no frágil telhado. Quem era o negrinho mirrado para contestar a palavra dos garotos brancos? Pior. Graças a eles, Gismar estava vivo.
A perna ferida jamais foi a mesma. Nem Gismar.
Uma noite, acobertado pelo véu cerrado da madrugada, o negrinho colocou um velho punhal entre os dentes e subiu pela hera que cobria a parede limítrofe ao quarto dos garotos. Como um gato, esgueirou-se silenciosamente entre os dosséis e firmou a lâmina enferrujada sob o queixo de Cesar, o mais velho.
O rapazola acordou sobressaltado.
— O que pensa que estás a fazer, negro? — inquiriu confiante.
Gismar olhava-o convicto. Pretos ou brancos, no final, todo sangue é vermelho. Não ia carregar nem por mais um dia a vergonha de ter como salvador o maldito que matou sua mãe.
O garoto branco, contudo, talvez fosse parido por *nereida*. Quiçá, nascido de ovo ruim que chocou em noite regada de geada, fora amamentado com o veneno de jararaca. Certamente, ele estava predestinado a se tornar um desses políticos influentes na região.
— Se me matar, tua vida não valerá um vintém. Meu pai é senhor destas terras e vai colocar o mundo contra ti. Vão caçá-lo e capturá-lo como o animal que tu és — sussurrava Cesar entredentes. — Vai implorar para morrer. Se escapar... tsc, tsc... vai viver o resto dos teus dias com medo!
A convicção é uma vadia de duas caras. Vai nos trair sempre que confrontada.
Gismar corre, à sua maneira trôpega, em direção à noite. Volta-se uma única vez para a Casa Grande. Junto à janela, o sorriso de Cesar queima mais que as chamas da palhoça.

Trazendo na bagagem apenas o medo e a vergonha, andou dia e noite em direção ao norte. Desde aquela noite, jamais deixara de olhar sobre os ombros. Por necessidade e fome, praticou pequenos furtos. De vez em quando, ele se oferecia como mão de obra para serviços braçais. Mas eram tão poucas as oportunidades de trabalho para um garoto negro e franzino.

Em uma única ocasião, sob os auspícios de um padre, conseguiu alento do sereno noturno e do vento gelado da madrugada. Adormeceu em um dos bancos da Igreja. Enquanto olhava para todas aquelas imagens de santos brancos, Gismar se perguntava qual seria a cor de Deus. Mal o galo cantou, foi expulso a pontapés pelo coroinha.

Não desprezou o convívio humano, contudo, em diversas ocasiões, passou ao largo por algumas vilas, onde o estalo do chicote era ouvido a léguas de distância e longas fileiras de escravos eram inspecionadas por senhores de engenho.

Àqueles que lhe seviciavam não devotou mágoa, mas quanto mais Gismar caminhava, mais arraigava a certeza de que, mesmo livre de nascença, haveria de pôr a tal liberdade à prova todos os dias de sua vida.

Próximo à fronteira com Minas Gerais, conseguiu trabalho junto a uns tropeiros de má catadura que partiriam, em breve, a uma longa e perigosa jornada para o oeste. Muitos meses depois, chegou à Vila de Nossa Senhora do Belém de Tebraria.

O lugar andava às voltas com uma velha assombração carniceira que espantava os colonos, atrapalhando o comércio e intercâmbio de mercadorias. Ali, em meio ao povo supersticioso, conseguiu trabalho, firmou-se e, com muito culhão, passou a conhecer todos os caminhos e trilhas, sendas e ermos, por onde o homem branco se cagava de andar. Deus podia ser branco, mas com toda certeza o tal Diabo era preto como a noite, pois que nenhuma de suas crias jamais molestou o negrinho nessas idas e vindas pelo quintal do inferno.

Certa manhã, foi colocado a serviço da milícia local para emboscar uns sujeitos estranhos que traziam um caixão pela estrada do pântano.

Foi quando o moleque caiu em minhas graças.

***

— Mas que mancada, hein?

— Medroso, Jesus Cristo! — ralho como se alguma força divina fosse capaz de tal proeza.

— O *seu dotô* tem razão. Bem o sabes que tenho esta perna ruim, pois não? Mesmo assim, tu me encomendou a serviço dos imperiais, meu capitão.

— Isso não o torna soldado menos qualificado, Gismar — troça o médico. — Lesado talvez, mas, em verdade, a maior parte desses cornos têm mesmo um defeito ou outro na cabeça.

Gismar me encara desconcertado.

— É verdade, preto burro! — graceja Medroso. — Se listar a metade do *chororô* que já ouvi da boca desses maníacos aí fora, vou ter escrito a Bíblia uma dúzia de vezes. Todo mundo aqui tem história triste e não há que se ressentir ou ter vergonha do passado.

Medroso se serve, sem cerimônia, de uma dose cavalar de café.

— Pela puta que me pariu! — exclama. — Isso aqui é mesmo de outro mundo!

— Não olhe para mim, Gismar — sorrio abanando a cabeça. — Eu desisti de contê-lo há anos. Dia sim, dia não, algum oficial superior mandava executá-lo.

— Olhe para mim, garoto! — atropela Medroso. — Um dia tu vais acordar dentro dessas botas sujas e descobrir que és um puta de um desgraçado sanguinário. Com os diabos, garoto! És imperial! Orgulhe-se, porra!

Hora de poupar o soldado dos impropérios de Medroso. Com uma mão em seu ombro, eu o conduzo até a porta.

— Gismar, *Gran Abuelo* dizia que era fácil a missão de comandar homens livres. *Basta mostrar-lhes o caminho do dever.*

O negrinho sorriu uns dentes amarelos.

— E, apesar do que nos diz, a vida custa a arrancar essa mancha cheia de dentes da tua cara de paspalho! — caçoa Medroso.

— Sim, *dotô*! A dona vida anda mesmo a fazer-me cócegas — casquina Gismar ao apalpar o ferimento que Medroso acabou de costurar. — Grato por remendar esse preto!

— Vai-te daqui! — ordeno. — Apresenta-te a Esperto. Uma boa tarde de serviço deve te curar de toda essa miséria.

O soldado se afasta com aquele manquejar tão peculiar. Quando se aproxima de Esperto, presta continência, coça a cabeça, olha para mim e Medroso, depois sorri.

— Sorriso — menciono a Medroso.

— O que disse, *Papá*?

— Vamos chamá-lo de Sorriso.

***

A noite chega de mansinho por estes lados. Não deve ser fácil para Deus pendurar todas essas estrelas, noite após noite, nestes céus escuros. Tampouco deve lhe pesar menos aquele rasgo de luz chamado lua.

Ao longe, distante do latejar profundo de meu pensamento, ouço a carícia emprestada das rãs. O coaxar, petrificado sobre o limo e musgo dos lagos, serve de coberta para soldados longe de casa. Memória que termina embalada ao pio de coruja e não se sobressalta com o ladrar repentino e distante de um cão. Gosto das noites quietas longe da algaravia das capitais. Nelas, longe de tudo, deito-me na certeza de que Deus está cuidando da lua e das estrelas. Fecho os olhos, deixo que o escuro aconteça, apagando pouco a pouco os sons e as luzes. Surdo e cego posso ver e ouvir melhor, neste pousio surrado e dorido chamado eu.

— *Reco-reco Chico disse*! — grita Gismar ao chutar a porta para dentro e se posicionar junto à janela com o *spencer* agarrado aos braços.

Logo atrás dele, entram Mosquito e Gancho.
KIPOW! KIPOW! KIPOW!
— Mas que merda?! — grito com o coração saltando à boca.
— Contato! — grita Maluco de cima do telhado.
Foram tiros de alerta. Seja quem for, o soldado deixou claro que não estamos para brincadeira.
— Olho neles, ô de cima! Maluco, Ceroulas e Tio Zé! Cubram os flancos e a traseira suja de Cicatriz! — sentencia Esperto.
— Obrigado, sargento! Na bunda onde dona Maria passou talco, vagabundo nenhum põe a mão!
— Ouviram o sapador Augusto, e que o diabo tenha a mãe que põe nome tão bonito numa criança tão feia. Agora mexam-se, quero posições de defesa dos dois lados da rua — grita Esperto.
— Quero saber quem são e a que vieram! Se houver necessidade de revidar fogo inimigo, quero que atirem nos joelhos desses infelizes — recomendo à linha de frente. — O que está vendo, Maluco?
— Um grupo bem surrado avançando pela calçada do porto. Não parece coisa boa, capitão.
— Surrado como? — questiona Esperto.
— Sargento, parece que foram mastigados e cuspidos pelo próprio Satanás. E tem mais saindo do rio! — arfa o soldado enquanto faz mira. — Contei perto de cem. A linha deles avança a passo de cabrito. Vão dobrar a esquina a qualquer momento.
— Que merda ele está dizendo? Esperto suba lá e avalie. O sol fritou os miolos de Maluco, não vejo jangada ou balsa na ribeira das barcas.
KIPOW!
— Maluco, seu desgraçado filho de uma...
— Teste de eco, sargento!
— E então? — resmunga Esperto.
— Na cabeça. Continua vindo.
— SOLDADOS ÀS ARMAS! Protejam o perímetro! Esperto, quero um canal de apoio ininterrupto entre o paiol e os atiradores da primeira linha. Segunda linha carregada e mirando até segunda ordem.
Olho ao redor e vejo Gismar agachado atrás da janela. Não parece bem.
— Sorriso! — grito para o negrinho. — Quer ter a gentileza?
Só se mexeu quando Esperto fez menção de ir até ele. Isso não é bom. Hora inapropriada para achar elo fraco. Após tudo, isso jamais me ocorreu. Onde está a tua fibra imperial, garoto?
— Gancho! — grita o sargento. — Em cima da carroça, guarda a virgindade da moça até o toque do clarim.
— Só entrego ela no altar, meu sargento!
— Esperto, o que tem no estábulo?

— Os mesmos burros de sempre, meu capitão! A primeira linha vai estar bem protegida. O traçado da trincheira principal tem mais reentrâncias que a cara feia de Cicatriz. Mas disponho de dez cavaleiros liderados por Aríete — responde o calejado oficial. — Se alguém for flanqueado, o gigante arremata de lança em riste!

— Os tiros de enfiada devem desmotivar qualquer assalto. Espero não sujar as bandeirolas do gaúcho.

São os malditos do velho moinho. Tenho certeza.

Confiro o fio do sabre e passo a mão em um *spencer*. Chegou a hora de dizer a Solano, ou o diabo que o valha, que não aceitamos esse tipo de provocação nesta terra.

— Vovozão, nós vamos cuidar desse resto!

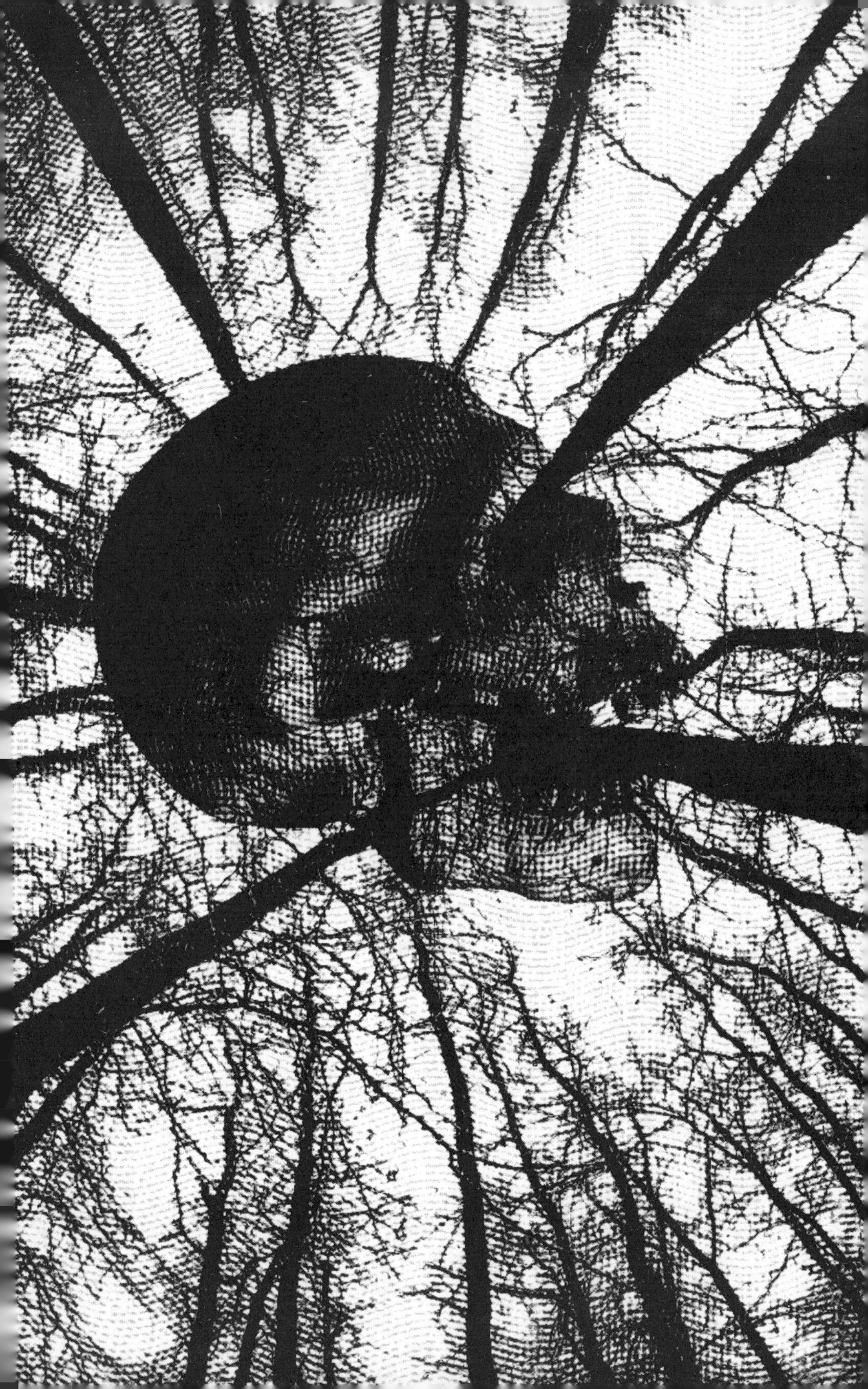

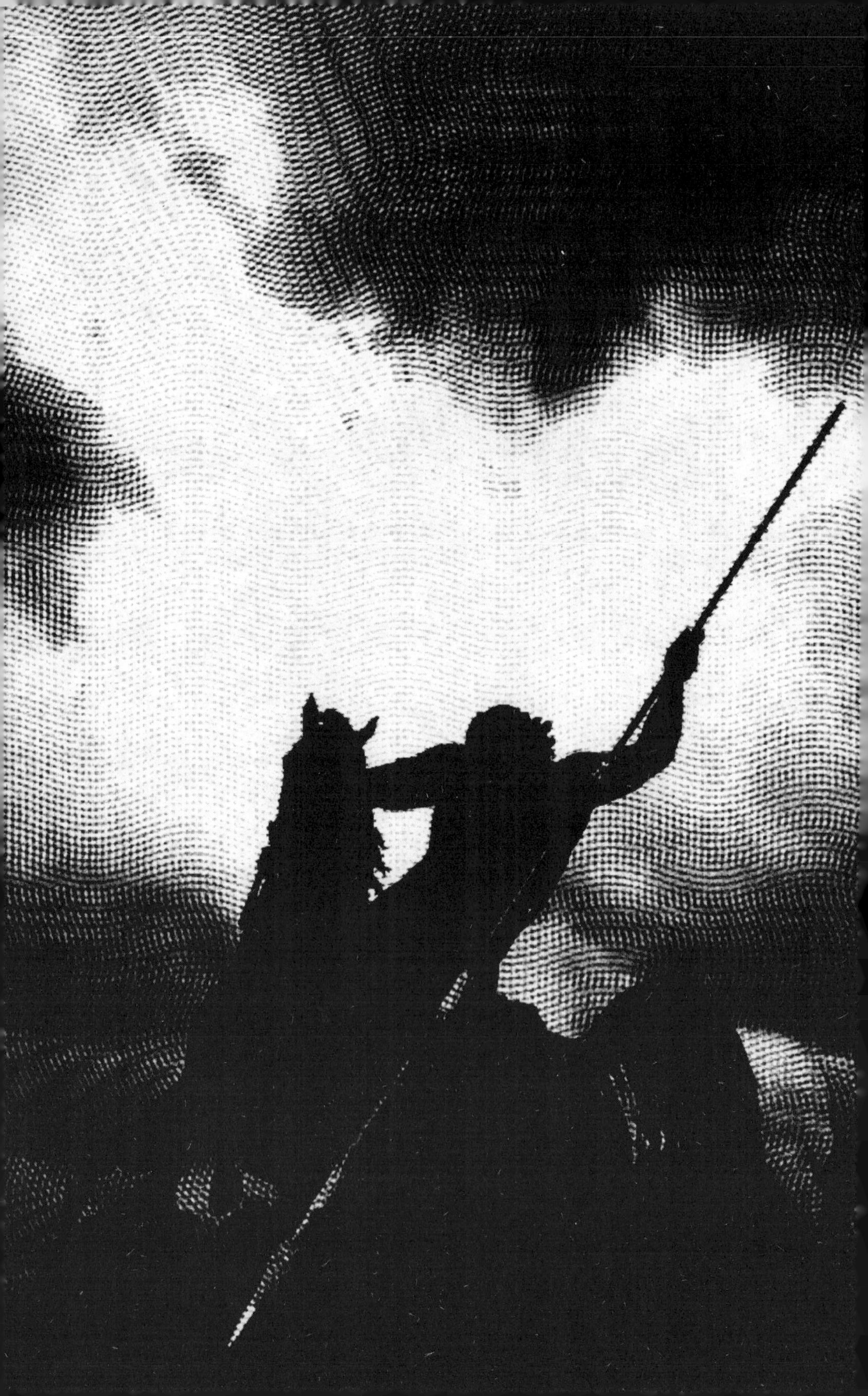

7

Pólvora e Fogo

Homens não são como as feras.

O demônio esculpiu, com ânimo de louco, um bestiário atroz que luta encarniçadamente pela sua própria sobrevivência no mundo natural.

Este mundo, o meio onde vivem as bestas, é regiamente comandado pela lei do mais forte. Não é um mundo idílico, como quiseram nos fazer crer, mas um mundo real, hostil e brutal.

Em um mundo de relações predatórias, repleto de interações hostis, somente a destruição completa de uma espécie interrompe o ciclo de morte das demais.

Nós precisamos sobreviver a esta noite. O mundo dos homens precisa saber.

Essas coisas...

Essas coisas não são homens.

KIPOW! KIPOW! KIPOW! KIPOW!

Demônios foram recrutados para roer os ossos dos homens.

Quase uma hora de refrega. Com duas baixas, resistimos dentro do reduto central.

Um garoto franzino, que Esperto teimava em trazer, e um veterano da avença no Paraguai, a quem ironicamente chamávamos de Falador. Calado como um túmulo, umas poucas vezes ouvi a voz de Falador. A última foi para ouvi-lo gritar uma agonia inimaginável quando caiu pela borda do poço com um daqueles demônios colado junto à sua garganta.

As crias da noite o cercaram próximo aos abatises, quando o soldado, em uma arriscada manobra, tentava chegar ao poço à esquerda para concentrar o fogo de seu *spencer* nos demônios que forçavam o obstáculo.

Galeto, o garoto que mais se assemelhava a um franguinho, foi pego e arrastado para trás dos abatises.

Animais cruéis! Bestas sanguinárias! Podem vir, seus malditos!

Os imperiais que marcharam sob a sombra de *Gran Abuelo* e beberam do garrafão das suas estratégias, não se limitavam a um magro suprimento de cartuchos. O fogo de nossas linhas se sustenta por períodos longos. A rotina estabelecida pelo primeiro sargento, com a constante prática de tiro, garante que não haverá desperdício, tampouco será negligenciada a precisão de longo alcance.

Economia de pólvora é esbanjamento de vidas.

KIPOW! KIPOW! KIPOW! KIPOW! KIPOW! KIPOW!

Mesmo assim, vencidos os abatises, levam saraivadas de fogo imperial e continuam avançando. Não portavam armas e nem por isso eram menos terríveis à luz do luar. Chegam às trincheiras, sedentos de morte e famintos por ruína. Seu ímpeto só é contido à força dos sabres que rasgam noite e carne de demônios.

Parecem um enxame de marimbondos furiosos. Um olhar mais atento em um deles e o sargento ordena que sejam todos degolados. Em poucos minutos de contínuo labor, o fio dos sabres já começa a falhar. É quando amaldiçoo a imprevidência de ter deixado, à míngua, as baionetas.

Muitos generais falharam em apreciar a dimensão psicológica das armas cortantes, hoje em dia, infelizmente, utilizadas de maneira intercambiante.

Mesmo quando munidos pelas ineficazes *miniés*, os Imperiais de *Gran Abuelo* eram temíveis inimigos. As poucas ocasiões em que os táticos militares faziam uso das baionetas não tolhiam nossa confiança na arma para infligir baixas imediatas no inimigo. Nossos imperiais estendiam seus mosquetes à frente e corriam para os soldados paraguaios, ameaçando atravessar quem quer que permanecesse à sua frente. As cargas que, em nossas linhas, avançavam de maneira frequente, não deviam sua eficiência à destruição física que poderiam provocar, mas ao elemento psicológico.

Quando se tornava evidente que os assaltantes estavam determinados a resolver a questão pelo aço frio, os homens que não fugiam gritando de medo nos momentos finais do ataque entravam em pânico e se entregavam às nossas linhas. Tomávamos a posição sem grandes perdas.

Mas essas coisas... não são homens.

Elas não têm medo.

Elas são o medo.

KIPOW! KIPOW! KIPOW! KIPOW! KIPOW! KIPOW!

— Capitão! — grita Cicatriz, descarregando fogo do alto do prédio. — Não parecem os habituais arruaceiros dos protestos do vintém!

Cada enxadada é uma minhoca. Contudo, mesmo a eficiência de nossos atiradores não parece arrefecer o ânimo do inimigo.

— Que caralha é aquela? — berra o sapador Gancho de cima do carroção. — Está moendo a linha de abatises a socos!

— É mais carne para fogo de chão! — gargalha Maluco enquanto recarrega o *spencer*.

Do outro lado do obstáculo habilmente engendrado por Ceroulas e Tio Zé, uma algaravia descomunal de berros e urros inumanos eclode, e os ramos espinhentos dos galhos e troncos começam a se destacar da linha e subir aos céus enluarados.

Uma cabeça bestialmente talhada, com uns olhos frios e luminescentes, espia por entre uma abertura que, há poucos segundos, alargou-se de modo ameaçador. A coisa me encara e sorri uns dentes escuros do tamanho de ferraduras.

Esperto não destoa. Arregaça mangas e concentra o fogo de seus homens no ponto que estava prestes a se tornar o portão do inferno.

KIPOW! KIPOW! KIPOW! KIPOW! KIPOW!

A coisa parece ter sido dissuadida pelos bons modos do sargento.

A luta prolonga-se cada vez mais acesa, mais sangrenta. Maluco, com a boca escura de pólvora dos cartuchos que morde, no afã de repetir tiros mortíferos, observa, com a luneta, aquelas coisas que se levantam inopinadamente do lodoso rio.

— Vêm mais por aquela rua, capitão! — grita, cuspindo pólvora.

— Imperiais, comigo! — ordeno, saltando da trincheira principal.

Desato a correr para, bem afeito aos abatises, bradar meu rigor. Com coronhadas do *spencer*, trituramos umas cabeças.

Ceroulas, Gancho e mais três garotos robustos estão comigo.

As fuças ensanguentadas, cobertas com pouco ou nenhum cabelo, assomam por momentos esparsos sobre a vista da linha de galhos e troncos, para logo rolarem ao negrume fundo. Golpeamos com os manetes dos sabres e as coronhas dos fuzis, tal como esmagadoras maças medievais.

É quando vejo o garoto do outro lado.

Galeto está coberto de sangue. Um ferimento horrendo deixou exposto o osso e lacerou os músculos de seu braço esquerdo, incapacitando-o para o combate. Mesmo assim, o guri se equilibra sobre os abatises e, com ânimo de suicida, ignorando o fogo dos fuzis imperiais, salta para nosso lado da barreira.

— Ceroulas! Gancho! — agachado de costas para os abatises, grito exasperado enquanto improviso um torniquete com o barrete do garoto. — Levem-no daqui! Para Medroso, rápido!

KIPOW! KIPOW! KIPOW!

Os tiros passam a milímetros da minha cabeça.

Que merda Esperto está fazendo?

— Atrás de ti! Atrás de ti! — grita e gesticula o sargento.

Não é uma visão para tão cedo esquecer.

Através de um rombo na linha dos abatises, alguma coisa estica um imenso e bestial membro com gigantescos dedos munidos de garras imundas e aduncas. Instintivamente me atiro para trás. Quase me agarra, fico tonto com a queda pesada no chão pavimentado de pedras. Minha cabeça gira e os sons do mundo parecem chegar aos meus ouvidos de distâncias incalculáveis.

Compelida pela visão da presa indefesa semeada ao chão, a coisa derruba o obstáculo com dois decisivos golpes. Avança para mim. Arrasto-me junto às poeirentas lajes, procurando pelo manete de meu sabre. Os três soldados que disparam suas carabinas junto aos abatises cogitam deixar seus postos de guarda.

— Não abandonem a linha! — grito, mesmo sabendo que essa ordem vai me custar a vida. — Segurem com eles!

A coisa imensa assurge como uma montanha à minha frente. Seus passos pesados fazem tremer o chão sob meu corpo. Sorri aquele punhado vergado de ferraduras negras que se fazem de dentes e murmura uma bravata de grotesco assassínio:

— *Yo tomo su cabeza a los pies de la gran montaña de Solano.*
KIPOW! KIPOW! KIPOW! KIPOW! KIPOW!

Os tiros dos *spencers* da primeira trincheira, petardos de fogo, são meras picadas de inseto no peito da criatura. Isso nem lhe aborrece.

Puxo o *lefaucheux* e descarrego o conteúdo na cara do sujeito. Enquanto a fumaça da pólvora permaneceu suspensa no ar enluarado, a ideia até que não pareceu das piores.

Então, a fuligem esvanece e eu percebo.

Agora ele ficou puto!

Escorrego para a direita quando uma avalancha de garras imensas faz subir grandes lascas de terra e escombros de pedra. Enfio meu sabre até a metade através dos trapos andrajosos que cobrem sua imensa panturrilha, em seguida, sem tirar os olhos do monstro, tento me afastar aos tropeções.

Ele alcança o meu tornozelo e, como se eu nada pesasse, lança-me para o alto da barreira de abatises. Por muito pouco não fui empalado vivo. Do outro lado, posso distinguir terríveis silhuetas que avançavam a passos cambiantes pela rua do porto.

KIPOW!

É a vez de Maluco. A nuca do bicho explodiu, mas ele continua me fitando com aqueles olhos cegos de homem morto. Agora, tenho tempo e altura suficientes para deitar a sola de minha bota na cara hedionda do sujeito.

— Cai, desgraçado! Por que tu não cais?!
— UORRRRRRRGRRRRRR! — rosna ameaçadoramente o demônio.

Agarra e faz girar a um imenso tronco. Em sua fúria descontrolada, ele atinge os madeiramos que sustentavam a varanda de uma das casas na lateral da rua. O peso do telhado, desguarnecido de seu apoio, leva a casa toda a entrar em colapso. Tudo vem abaixo, arrastando o madeirame do velho e decrépito assoalho para uma imensa profundidade.

— Mas que inferno?!

Foco! Minha caceta! Foco! Não tenho tempo para pensar nisso agora.

Recuperado seu equilíbrio, a coisa avança a passo mortal. Tal como *Adamastor* rebelado, sua fúria não pode ser aplacada por meros mortais.

— A linha, mantenham a linha! — grito a Esperto enquanto tento recarregar a pistola.

Nova investida. Dessa vez, ele arremessa o imenso tronco a quase dez metros por sobre a trincheira. Os tiros continuam ecoando de cima do telhado. Tenho de rastejar para fora do alcance dele. Os soldados nos abatises, à força de sabres e marradas, obtêm relativo sucesso em conter a massa pútrida que avança pelo lado do rio.

Merda! As costas de sua imensa mão me atingem.

A janela da casa colonial parece ser feita de lacerante dor quando a atravesso.

Ao me erguer de cima dos destroços de uma antiga mesa de jantar, sinto junto às minhas costelas uma dor que não se nomeia. Um caco de vidro do tamanho do soldo do Visconde de Pelotas. Não devo me preocupar com isso agora. Tenho visita.

O imenso filho da puta atravessa a casa como se ela fosse feita de papel. Jogo-me para fora no instante em que tudo vem abaixo. Não vai ser fácil ignorar o caco de vidro. Uns pontos escuros nublam minha vista e acredito que a umidade toda debaixo de meu uniforme não seja água.

— Ahhhhhhh! Arghhhhhh!

São os guris dos abatises, a linha foi rompida.

KIPOW! KIPOW! KIPOW! KIPOW! KIPOW! KIPOW! KIPOW! KIPOW!

Os tiros vêm de cima do telhado da Câmara dos Edis.

Rubras estão as bocas fumegantes das pistolas, pois o trovejar dos *spencers* quedou-se e a fala do aço frio imperial não é suficiente para escrever nova canção.

Esperto está economizando a munição do Visconde?

— Pelo amor de Cristo... Sargento... Dispare... — gemo ofegante enquanto mordo ao chão de tanta dor.

Uma sombra medonha e gigantesca eclipsa o luar, e uns pés da cor do apocalipse se colocam à minha direita e esquerda.

Atrás. A respiração da besta, o hálito do diabo.

Está bem em cima de mim.

Escuro.

Vento, poeira e sangue.

Por que ele está relinchando?

Há um dito popular dando conta de que, ao sul, as fronteiras gaúchas foram traçadas a casco de cavalo e à ponta de lança. Aríete é de lá. A cavalaria é sua canção de morte e as suas bandeirolas finalmente beberam o sangue da batalha.

O borbotão escarlate, onde calou fundo a lança, faz jorrar o sangue imundo do diabo. A fúria do cavalariano penetrou feérica, em golpe acertado, no coração do imenso dragão.

Ainda em pé, acobertado pelo espanto de novamente ver a morte de perto, ele oscila entre este mundo e o outro.

O tropel dos cascos atravessa a escuridão de meus olhos.

E, em meio à poeira que arriba aos céus enluarados, vejo o cansaço e o sangue que se estampam nos rostos dos homens na trincheira. Atrás, mutilados sobre o caldo quente e vermelho que se espalha, jaz imensa trilha de corpos postos à terra pelos sabres e hastas imperiais.

À minha frente, caíram os abatises.

Um homem, entre todos, move-se determinado. Vem correndo em minha direção.

É Matador de facão em punho. Esse *mister* sagrado, por si professado no campo de batalha, não deve ser desertado. Um pé em meu sabre, outro na lança de Aríete, escala o monstrengo e, firmemente apoiado sobre os ombros fabulosos da fera, o soldado desfere dois golpes no pescoço repleto de grossas veias.

Falou a lâmina em seu idioma ímpar. A besta demoníaca vai ao chão sem cabeça. Atrás de nós, o ruído do entrevero sangrento diminui.

É nossa chance de chegar à trincheira. Não escuto mais os relinchos, nem as botas baterem esporas. Ecos distantes de tudo, de toda vida, anunciam a carga que se finda.

— *Papá*, levanta-te, homem! — Matador grita-me urgências. — Se foram! Os cavalarianos tombaram mortos sobre as linhas inimigas! Vem comigo, meu capitão!

Meus *centauros*! Os que de dia faziam a guerra, à noite faziam serenatas de amor e entreveros de sabre e de lança. Quando todos se forem para sempre, quando o último ginete tiver em batalha perecido, quando só restar medo e escuridão, não me falte a glória do altissonante clarim!

Mosquito enche os pulmões com mais do que ar quando, do alto do prédio, viu o último cavaleiro cair ao longe. Nesta escuridão fria de agouros sanguinários, quando a cria da noite, à caça da carne dos homens, escorrega para fora do buraco do abismo, tem ele a incumbência de chamar à luta a *Princesa*.

Um brilho prata cega a mim e Matador. Caímos ao chão coberto de lajes e sangue. A lona do carroção defronte ao quartel é desfraldada.

Minha dama, minha salvação, quantos poemas escrevi para ti.

Linda. Impávida. Meu corpo dorido anseia tuas palavras.

Um rastro de fogo e faíscas oscila sobre nossas cabeças. Os oito canos rotativos descarregam a munição ponto cinquenta no coração das trevas. Gancho mantém os dentes trincados e a respiração suspensa para não inalar demasiado a fumaça que a *Princesa* cospe das entranhas.

Gatling gun. Um mil e trezentas balas por minuto. Altamente eficiente, confiável e mortal. Presente do presidente norte-americano Abraham Lincoln a Dom Pedro II, por ocasião do casamento da Princesa Isabel com o Conde d'Eu.

A herdeira do Imperador, por óbvio, não viu utilidade naquele presente. Liberal e abolicionista, a Princesa Isabel ordenou que o presente de mau gosto fosse guardado no paiol do Império.

A notícia logo vazou e tornou-se sonho comum, em qualquer catre de soldado, desposar o fumo de uns bons gritos de fogo daquela boca ardente.

Uma aura de fumo e fogo emoldura o semblante selvagem do sapador Diego. Gancho está em êxtase.

***

A noite se vai, os corpos ficam.

Com a proximidade da aurora, os poucos remanescentes do ataque engendrado fogem para as águas barrentas do rio. Atrás da linha defensiva há apenas um movimento. Um soldado, munido apenas com um imenso chuço de abordagem, caminha ereto entre centenas de corpos. Vez ou outra, para ao lado de um moribundo e desfere violento golpe com o gume afiado.

— Jesus Cristo! — geme Matador. — É Aríete?

O gigante se aproxima a passos lentos da primeira linha de trincheiras. Apesar da disciplinada postura, os olhos traem seus sentimentos. Perdeu soldados, irmãos de lança, cavalarianos sob seu comando, em única investida contra o mal libertado por Solano. Tanto física como mentalmente está exausto. Todos nós estamos.

Junto ao paiol improvisado, Esperto está berrando como um louco alucinado e maldizendo a alma desgraçada que alojou cartuchame *minié* em caixas para *spencer*. A munição da primeira linha esgotou logo após os garotos e eu termos avançado em direção aos abatises. Somente o fogo que vinha de cima do telhado da Câmara dos Vereadores garantiu alguma segurança. Guilhotina, Matador, Cicatriz e Mosquito estão levando as caixas para fora.

O médico precisa de espaço.

Medroso, que febrilmente tem costurado, remendado e amputado desde que os primeiros feridos começaram a chegar, nunca viu seu sargento assim. Evita até cruzar-lhe o olhar.

Doze imperiais mortos em combate. Oito estão muito feridos para prosseguir. O garoto, Galeto, grita tão alto quanto o inconformado sargento. Prisioneiro de incomensurável dor, não consegue sequer falar. Nosso médico teve de amputar-lhe o braço ferido. Há poucos instantes, após um breve olhar, Guilhotina cogitou acabar com sua miséria.

Caminho, com a vista turva, entre meus bravos.

— *Papá*, por Deus! — sussurra Medroso ao me amparar. — Quer sangrar até a morte, homem? Deixe-me cuidar desse talho!

O regulamento tornou o bom doutor o único responsável por todos os soldados sob o meu comando e, no estado das cousas, o médico procurou se cercar de todos os recursos na hora da moléstia.

Enquanto sutura, Medroso faz relatório do estado do garoto. Ele não está bem. Nem mesmo a cara morfina, contrabandeada pelo médico, às próprias expensas, para dentro de nossa Legião de Malditos, parecia aplacar o sofrimento de Galeto.

Toda a área de detenção tornou-se hospital. Muito embora a sua precavida abordagem, quando disputou o lugar com o sargento, tenha salvado muitas vidas, o melindroso cirurgião está ocupado demais para se gabar.

Os oito imperiais feridos, inclusive Galeto, estão alojados em esteiras que improvisamos no chão da cadeia. Na parede interna, bem ao lado do local onde ficava a mesa do carcereiro, vejo algo inconcebível.

— Que merda é essa? O que diabos está acontecendo aqui?

— Foi Esperto quem o encontrou — menciona Medroso enquanto inspeciona o curativo de um paciente. — Estava escondido na capela.

— Pela anágua da Princesa Isabel! — praguejo. — Mosquito, traga o sargento até aqui!

Esperto entra bufando pela porta da cadeia. Desisto de repreendê-lo assim que deito minha vista sobre seus olhos. O veterano ainda não exprimiu a metade de sua indignação pelas caixas de munição trocadas.

Quando coloca os olhos em Gismar, sua fúria aumenta.

— E tu, negrinho covarde! — sussurra entredentes. — Quando eu arrancar o couro do filho de uma porca naquele paiol de liberais que nos municiou com cartuchos catorze ponto oito, penso em como te deixar branco de uma vez por todas!

Pendurado pelos pulsos pelas grossas algemas de parede da cadeia, Sorriso apenas chora lamentoso. Nem mesmo no assalto às Cordilheiras, vi paraguaios debandarem com essa angústia no olhar, tal é a expressão de medo estampada no rosto do soldado.

Cometi um erro ao aceitá-lo em nossas linhas?

Imperiais não têm permissão para sentir medo.

***

Mesmo com poucos recursos, manteremos o cerco.

Havia colocado Tio Zé e Ceroulas na estrada antes do sol esticar seu pescoço morno por trás dos Montes. Com um pouco de sorte, voltarão com reforços, munição e minha encomenda especial até o sol se pôr. Precisamos dar cabo dos filhos da puta que voltaram para o lodo do rio.

Aríete não larga aquele chuço. Diz que quer ser enterrado com ele.

O colosso escapou ileso das linhas inimigas. Nem um único arranhão. Que luta digna de um herói olimpiano deve ter ocorrido atrás daqueles abatises! Está em pé, à beira do cais do porto, montando guarda. Vez ou outra, quando cisma com algum movimento, manda Mosquito cutucar o fundo do rio com uma longa vara.

Com o esmero de um poeta apaixonado, Gancho está lubrificando peça por peça daquela linda donzela de trezentos e sessenta e três quilos que repousa firmemente alojada em sua pobre barbeta de moça honesta. Foi uma noite de pólvora e sangue para esses amantes apaixonados. Deus os abençoe por isso.

Olho para os céus e faço uma oração de soldado.

Sim, senhor vovozão.

Ainda temos neste paiol de imperiais um bom estoque de sangue ruim.

Rogo para que meu comando não o derrame além da conta.

Esperto, Pé de Cabra e eu chegamos a cabana destruída. Descemos à borda do buraco que se abriu debaixo do assoalho e, à luz de tochas, constatamos a existência de um túnel. Pé de Cabra seguiu por ele. Aposto que, quando retornar, vai me contar que desemboca além da antiga Estrada do Comércio e do seu pântano infestado de morte.

Então foi assim que os colonos da vila se evadiram. É claro. Os sinos da capela. Ao primeiro sinal de confusão, evadiu-se o povo. Tanto melhor. Mas por que as crias da noite não ofereceram-lhe caça?

Por qual razão permaneceram alijadas no fundo do rio?

Descobrimos a razão pouco depois do café.

Enquanto procurávamos ferramentas mais apropriadas para a feitura de covas, demos de cara com dois grandes barracões, junto aos portos, que abrigavam as senzalas da vila. No primeiro deles havia sangue por todo lado. O chão estava repleto de tudo o que um dia foram homens, mulheres e crianças negras.

No segundo, umas duzentas almas se espremiam, no escuro, silenciosas e temerosas de que, após os ribombos da pólvora, o mal voltasse para arrematar com a vida de todos.

Quando viram Esperto e Cicatriz à porta, bendisseram aos céus pelas bênçãos atendidas. Deus enviou-lhes anjos.

— Não somos anjos, merda! — xingava o sargento. — Me deixe! Me largue, negro burro! Senhora! Senhora! Me solta, porra!

Esperto é um soldado durão e um escravagista convicto. Inobstante o verniz grosseiro e feio, alguma coisa se mexeu dentro daquele filho da puta nesse dia. Depois de orientar aos soldados que dividissem a comida e água dos armazéns com eles, deixou ordens para Pé de Cabra, após reconhecimento, escoltar a todos para fora da vila pelo mesmo caminho que os brancos fizeram.

Mesmo os negros mais robustos não quiseram somar força ao nosso escasso contingente. Quem os recriminaria? Passaram longos dias de privação, trancados no escuro da senzala, enquanto ouviam demônios se refestelarem com seus filhos, irmãos e amigos. Ninguém ali trocaria o alento por qualquer chance de vingança.

Ademais, livres de correntes do lado de fora das senzalas, aquele sofrido povo viu a maior parte dos demônios morta, com os corpos apodrecendo ao sol, ao alcance de sua justa indignação.

Os mais velhos entre essas pobres almas, seus anciões de costas marcadas, talvez ainda se recordassem de que o primeiro demônio que viram, inobstante o breu do espírito, era branco como nós somos.

Ao passar por eles, o sargento deixou a mão repousar por um momento na cabeça de um menino. O garoto olhou para cima e sorriu, seu primeiro sorriso em muito tempo, momento no qual os negros renderam nova salva de hosanas a *Santo Dario*.

Quando me viu olhando, praguejou e saiu trotando em direção à cadeia.

Umas nuvens cor de chumbo se ajuntavam acima das matas ao leste.

A chuva que sobreveio depois continuou por toda a manhã.

Sem possibilidade de avanço nos trabalhos, não houve razão para desgastar os rapazes além da conta. Retomamos o trabalho após o almoço. O sol, entretanto, permaneceu encoberto, a atmosfera pesada e carregada de denso nevoeiro.

Medroso veio ter comigo.

— Nosso sargento pediu um momento a sós com o prisioneiro.

— O que acha? É o fim dele? — inquiro.

— Bem sabes que Dario nunca se recuperou da morte de Serafim — assuntou Medroso. — Ora, tendo já devolvido meu receituário de calmantes naturais, empregado palavras inconvenientes, feito voltar as receitas com recados impróprios e pouco dignos, digo sem receio de errar: nosso sargento precisa de um bom sabão!

— Doutor?

— Meu bom *Papá*, faço explicação. O cirurgião tem de sujar as mãos, muitas vezes com matérias purulentas e contagiosas que água pura não pode despir sem o socorro de um bom sabão — certifica o abalizado Medroso. — Meu amigo sargento vem de longa linhagem de senhores escravagistas. Tu bem o alinhaste quando da feitura dos relatórios.

— Conclua.

— Por certo. Vos digo, todo sabão que o sargento precisava estava dentro daquelas senzalas. Nas condições subumanas que homens, mulheres e crianças foram deixados à míngua para servir de distração enquanto covardes fugiam. Mais do que o escravagista, bem no fundo, há um soldado sob aquela farda.

— E a farda não abafa o homem no peito do soldado.

— As verdades de *Gran Abuelo*...

— Nunca nos faltarão, doutor.

O último dos escravos deixava a vila naquele momento. Pé de Cabra o conduzia em segurança pelos túneis. Eu estava certo quanto à saída ser longe da Estrada do Comércio. Pé de Cabra se certificou de que, a apenas cem metros, ela encontrava um bem aparentado sistema de túneis, provavelmente uma mina abandonada, e que se findava a quase três quilômetros da assombrada estrada.

Dali para frente, os escravos estão por conta própria.

Um grito apavorante vazou das cercanias da cadeia.

Corremos todos. Os soldados que estavam do lado de fora, entre estes Guilhotina, Matador e Ceroulas, entraram derrubando a porta.

Esperto estava entre Sorriso e Galeto, fazendo uso de uma cadeira e toda sua força para segurar o mirrado frangote cotoco que tentava, a todo custo, chegar ao apavorado negrinho.

Quando Galeto ouviu o alarde às suas costas, se voltou.

Não era Galeto. Não como o conhecíamos. Não o rapaz que entregaria a própria salvação por um irmão imperial. Era uma daquelas coisas nefastas que o caudilho maldito e seus asseclas miseráveis libertaram das Cordilheiras.

A boca hedionda aberta grotescamente. Grossos nacos se desprendendo dos dentes e sangue escorrendo pelo queixo imberbe. Já havia atacado um dos pacientes de Medroso. Somente a intervenção ligeira do sargento livrou Sorriso das garras da dona Morte.

Descarregamos chumbo suficiente naquele animal para encher uma bota. Foi o próprio sargento quem se encarregou de decapitar o irmão que um dia chamamos de Galeto. Quando soltou Sorriso das correntes, o pobre se jogou aos pés de Esperto.

— O-obrigado! Obrigado! Por Deus, sargento! *Reco-reco Chico disse*! — ululava um choroso Sorriso. — Vos juro! É-é só me mostrar o caminho do dever!

— Hoje é um daqueles dias — arfou Esperto.

— O que houve, sargento? — perguntou o médico horrorizado.

— Sabe Deus dizer! — resmungou o sargento tentando se desvencilhar de Sorriso. — O garoto parou de gritar há coisa de meia hora, estava quase morto da última vez que cheguei e, quando dei por mim, ele já tinha mastigado o pobre Vasquez e estava olhando para Sorriso como se fosse a sobremesa pendurada.

Fiz recolher à capela os demais feridos, mas não sem antes Esperto e Medroso vistoriarem bandagem por bandagem. À exceção do garoto, os demais haviam se ferido por causa do tronco arremessado pelo monstro. Galeto foi mordido. Em menos de doze horas, transformou-se naquilo que combatemos.

Lá fora, Guilhotina começou a queimar os mortos.

Os mortos.

Algo morre dentro de meu íntimo.

— *Papá*? O que foi? — grita-me Esperto. — Para onde vai? Homem, o que há? Pelo amor de Deus, diga uma palavra!

Corro para os estábulos. Mosquito me encara como se tivesse visto um fantasma. Tomo de suas aflitas mãos os arreios do pampa cinco. O soldado ensaia dizer algo. Dou-lhe as minhas costas. Outras vozes se elevam, atrás, na poeira que deixo sob os cascos da montaria que açoito desesperado na ânsia de saber.

Esperto está parado no meio da estrada gritando como uma gansa que perdeu a ninhada.

Meu sargento, meu irmão. Tu querias as palavras, mas as palavras nunca dizem tudo. As palavras, por vezes, nos iludem. Negam as verdades e escondem as coisas mais simples sob a capa dos artifícios. Se silêncios houvesse neste peito de soldado, talvez as palavras não morressem na ilusão de se fazerem entender.

Mas os silêncios não existem no peito do soldado. Longe da paz, o silêncio não se sustenta. E as palavras, meu amigo, as palavras não dizem tudo.

Os cascos de meu malhado se fazem urgentes. Firmes e convictos, ignoram toda a aflição e o pavor que a noite causa no coração dos homens, e avançam para dentro das trevas caudilhas.

Dobro a última viela. Às minhas costas, eleva-se a fumaça. A fogueira alta que devora os cadáveres do porto assume contornos de um sol tardio nesses bosques cinzas onde o diabo edificou seu trono.

Só ela me interessa.

Pobre, queria ser uma flor no jardim. Sentir o calor da casa, o colo da mãe. Os olhinhos brilhantes que expressam cantigas sobre o sorriso aceso de menina neste espaço tão pequeno, que sua infância ajardinava.

Que sabia do mundo? Queria as histórias contadas pelo pai, que a recebia de braços nus, escancarados no prazer de ver crescer algo tão bonito.

Queria ver os irmãos contados, um a um, na fileira que enchia a mesa onde não faltava o prato de sopa quente e cheirosa.

Queria, por apenas mais uma vez, ver florir o ipê.

E saber-te raiz, pequenina, fez-me gostar mais das flores.

Apeio com olhos atentos às trevas. Saco o sabre e faço uma oração.

É Esperto quem chega primeiro, antes da tropa. Sua devoção ao amigo é maior do que o dever de soldado. Devia pô-lo a ferros por isso. Gran Abuelo não deixaria por menos.

Quando me alcança, não se fazem necessárias as palavras.

Mas ele sente sede por elas. Dou-lhe as poucas que tenho.

— Não deixe que os imperiais me vejam assim.

Mesmo sabendo da inutilidade da ação, Esperto ordena aos homens que montem cerco ao perímetro e busquem pelo bosque.

— Se foi! — olho para meu sargento enquanto algo frio e pesado escorre de minha face exangue.

Esperto se ajoelha junto à terra revolvida.

Ensaia trazer algum consolo ao mundo.

Não consegue. Não pode.

Ele é um soldado. Não um anjo.

— A fanada flor que aqui deitei, ergueu-se do canteiro e levou consigo minha alma — sussurro enquanto minhas mãos frementes varrem inutilmente a terra do túmulo sob o ipê.

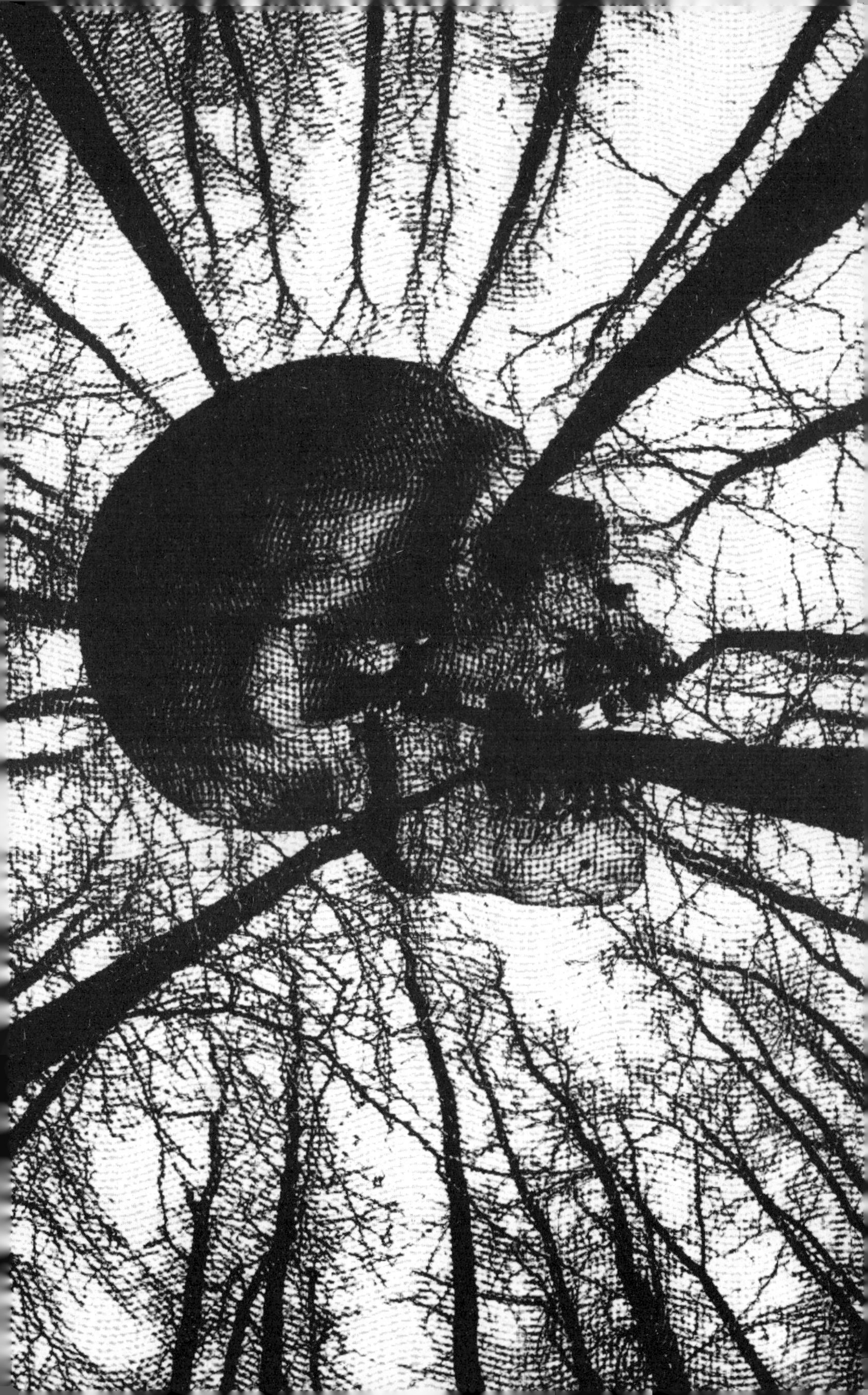

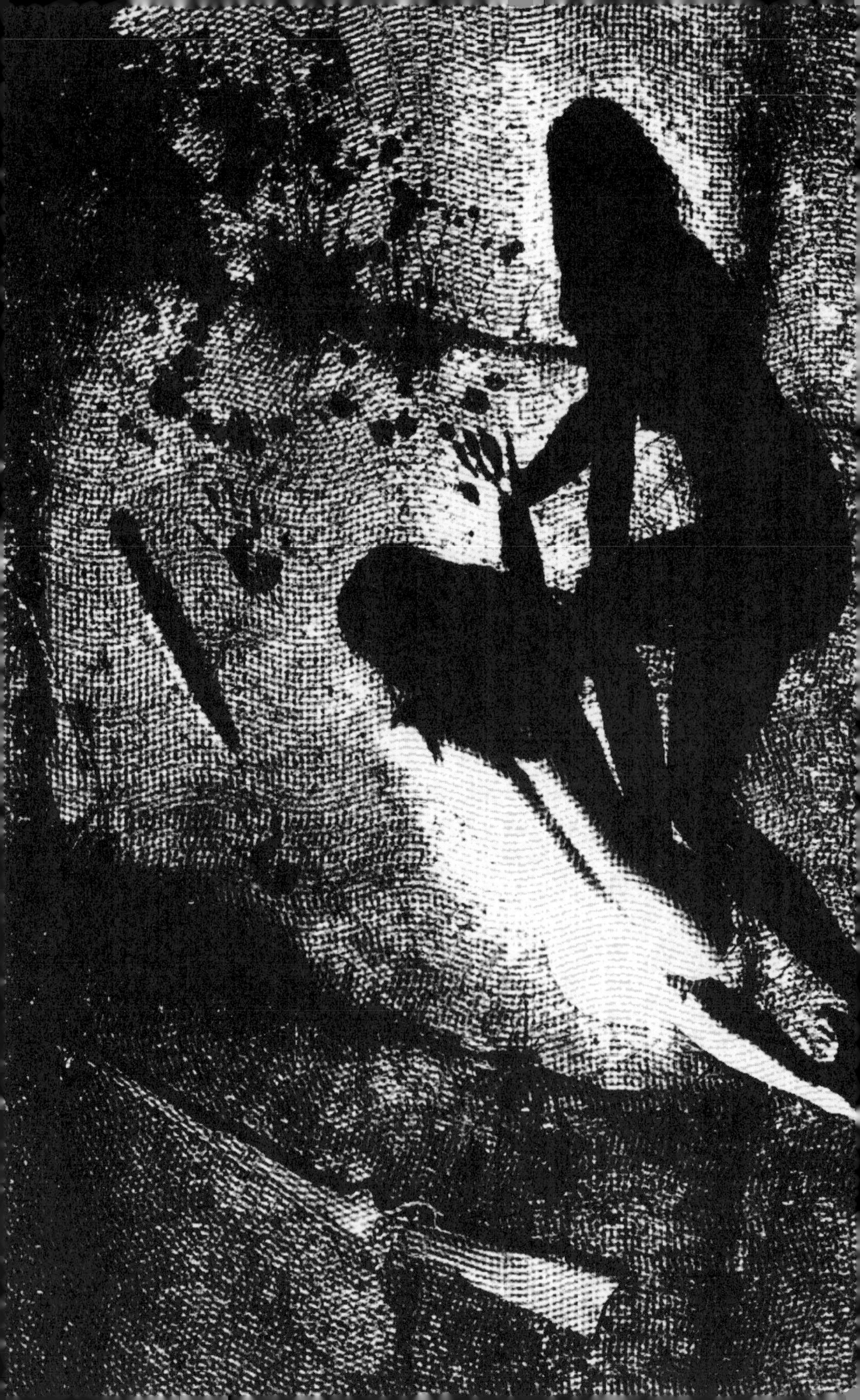

8

A Caravana dos Mortos

Falador se esgueirou através das vielas vazias.
Perdeu uma das botas. Seu passo é trôpego e inconstante.
Olha para um lado, depois para a rua que conduz ao porto. Cheira o ar e, por um instante, deixa à mostra uns dentes sangrentos e ameaçadores. Seus olhos de gente morta só enxergam as trevas.

A ascensão do poço não foi nada breve.

Pouco após a meia-noite, ouvimos um esturro lamentoso e distante de onça acuada, depois o agatanhar de unhas nas pedras limosas.

Quando a água se agitou ao fundo, já tínhamos o poço sob a mira. Acompanhamos seus movimentos de cima do prédio da Câmara dos Edis. O vento está a nosso favor e a lua está quase cheia. Pé de Cabra previu com acerto. A coisa cambia uns passos trevosos em direção ao cais do porto.

Oh, velho irmão de armas! Que caminhos tortos, agora, tu irás escolher?

Que febre é essa que te alimenta de loucura?

Olhos bem abertos, uma caneca de café passada de mão em mão, a bala deitada na agulha, sussurrando heresias ao ouvido do soldado. A velha tocaia de sempre. Era mais fácil durante nossa estadia em terras paraguaias. Tínhamos olhos no céu.

A memória do soldado, este uniforme amarrotado de recordações, é um paiol cheio de engenhosidades. As vozes do passado, por vezes, nos comunicam essas impressões, principalmente quando olhamos para o alto, em uma noite clara de ventos mornos.

Durante a guerra, os imperiais enfrentaram mais do que soldados paraguaios: o desconhecimento cartográfico sobre o terreno; a ferrenha determinação dos lopezes em fazer uso do charco pantanoso para elaborar um complexo sistema de entrincheiramentos defensivos; as dificuldades logísticas intrínsecas à penosa e longa Campanha militar; epidemias que liquidavam mais vidas do que as sangrentas batalhas; e, por derradeiro, a custosa navegação em um rio que estava, à sua margem esquerda, bem guardado e salpicado de minas navais.

Dado o retardo das operações navais, as forças em terra não recebiam nem apoio de fogo, nem reforços em suas linhas, sendo certo que a carência constante inviabilizava as operações ofensivas mais vultosas.

Avançar pelo terreno desconhecido custava vidas aliadas, mormente quando se tratam de banhados paraguaios sujeitos a inundações imprevisíveis. Certo é que os desconfortáveis uniformes, que vestiam os corpos mirrados dos soldados argentinos — que vezes sem conta vi chegarem acorrentados aos acampamentos —, eram excelentes alvos para os atiradores paraguaios. Sorte nossa, entretanto, o efetivo das armas do inimigo ter tão pouco alcance.

Façam nota, meus senhores, que avançar aos tropeços por campos pantanosos, sem apoio logístico de seu comando, com aliados que denunciam sua posição, jamais foi vantagem em nenhum combate.

A chuva tornava ainda mais lenta e difícil a operação. A nossa vantagem em armamento muitas vezes foi reduzida em virtude do clima, fato que elucida, sobremaneira, o constante uso da baioneta, espada e lança em combate.

A mais sábia das armas foi munida de manete.

Sacar com ela significava, muitas vezes, pôr termo a uma discussão, encerrar o assunto com o inimigo, levar de vencida a um monstrengo e abrir uma boa garrafa de vinho. Em guerra de tão curta distância, é amiga confiável para o soldado que precisa continuar lutando e não dispõe de tempo para recarga do fuzil.

Entretanto, neste interlúdio, devo celebrar a torcedura de meu braço. Houve várias entre muitas daquelas inovações bélicas que verdadeiramente me deixaram de queixo caído.

O balão foi uma delas.

Não que tenha funcionado tão bem em terras platinas quanto o fez nas norte-americanas. Por certo que não, meus senhores! Durante dois anos da Guerra Civil Americana, os aeronautas dos balões cativos de hidrogênio providenciaram úteis vigilâncias aéreas para os generais da União. Muitos desses voos proporcionaram informações vitais que evitaram, na maioria das vezes, desastres federais.

Mas, como mencionei, lutávamos contra soldados que eram uns diabos tenazes e engenhosos. Suas contramedidas, aliadas ao clima de merda daquele país, dissuadiam qualquer observação aérea. Tão logo pudemos contar, em campo, com dois pilotos americanos com vasta experiência em combate real, surgiram os problemas.

Ao avistar os gigantes aeronáuticos singrando os céus paraguaios, os lopezes providenciavam queimadas que obstavam, sobremaneira, o trabalho dos oficiais de engenharia e aeronautas que participariam das poucas ascensões realizadas.

Havia ainda o problema do combustível. O hidrogênio utilizado no enchimento dos balões era obtido a partir do derretimento de limalha de ferro por ácido sulfúrico. Óbvio que, em um efetivo militar desabastado de rodas que sobrelevassem longas extensões de banhados, raras vezes se viu chegar matéria-prima às linhas em quantidade suficiente para suprir os balões.

Deveras, ainda que tenha havido um impressionante salto tecnológico no contexto da Guerra do Paraguai, a eficácia do tal balão em campo de batalha foi sumariamente rechaçada. Então, meus senhores, por que diabos eu faço festa a tal empreendimento aeronáutico?

***

Esperto ainda não reclamou.

Pelo menos, daqui de baixo, não ouvimos o menor resmungo do sargento e seu auxiliar, Sorriso. O bom vento sul tem sido generoso conosco.

Em seu cambiar trevoso e monótono de besta noturna, Falador nem sequer notou a enorme sombra do balão.

O propósito de nosso estratagema é desalojar o inimigo de sua posição oculta, a fim de, em um segundo movimento, prosseguir um ataque fulminante em seu território. Levamos em conta o comportamento dessas coisas infernais.

No escuro, como alcateia, eles invadem o território humano e atacam os indefesos. Uivos chorosos foram quase sempre o sinal de que os furtivos predadores estavam por perto e uma investida era iminente. Sorrateiros, desleais e fortes na capacidade ofensiva e evasiva, eram inteligentes o bastante para avaliar os custos e benefícios de suas caçadas.

Fartamente municiados e aparelhados de imperiais bem treinados, aguardávamos um maciço ataque à vila. Logo nas primeiras horas noturnas, tal expectativa foi frustrada ao identificarmos um minguado grupo de dez adentrar a rua principal.

Naquela noite de pólvora e fogo, à retaguarda e em conta sabida, evadiram-se dos beijos da bem-amada *Princesa* mais de trinta, entre estes estavam negros escravos recentemente agregados às hostes infernais. Relatos posteriores de Aríete, que esteve do outro lado e voltou vivo, davam conta de mais de cinquenta. Era necessário acabar com todos. O pobre Galeto nos demonstrara isso. A sobrevivência de um é garantia de novos recrutamentos.

Medroso está rascunhando anotações em um pequeno livreto com capa de couro. Da última vez que olhei, o médico traçava paralelos entre essas coisas e os suínos. Diz que os porcos também eram incapazes de olhar para cima.

A ideia mirabolante surgiu a partir da constatação de que o ataque molestou severamente a todas as posições de batalha, à exceção dos efetivos municiados sobre os telhados.

Anos atrás eu dizia serem, os paraguaios, uns porcos! Mas isso é ridículo.

Esperto sinaliza com uma bandeirola curta. Movimento ao norte. Estão reagrupando e Falador está indo em direção a eles. O grupo em terra se demorou a farejar a cadeia e a capela de onde removemos todos os feridos. Horas se passaram. Um dos grandalhões chegou a lamber a terra das trincheiras. Seus olhos brilharam de maneira hedionda. O sangue é seu chamariz.

Um urro gutural. Vem do norte.

A caravana dos mortos parte. Os de terra saem cambaleando, em princípio saltam no rio, depois, acobertados pelo manto noturno, saem na outra margem e prosseguem naquela mesma direção.

Maluco acompanha com a luneta. Um grupo de mais de sessenta deles chegou a um casarão abandonado, ladeado por morros de imensos canaviais. Bandeirola longa e um gesto obsceno.

É... aparentemente, o sargento não estava inclinado a aquiescer às minhas ordens para subir a bordo do balão.

Tinha, abram aspas, citarei-o: "receios de altura".

Desassossego sem fundamento! O rendimento operacional do balão de oito metros de diâmetro era à prova de eventualidades. Com seus dezessete mil pés cúbicos, era virtualmente fácil de operar.

De qualquer forma, o valente Sorriso seguiu com Esperto.

O utilitário aéreo chegou desacompanhado de instruções, por intermédio e bênçãos de Tio Zé e Ceroulas. Vinte imperiais listados pelo sargento escoltavam cinco carroções repletos de limalha de ferro, munição *spencer, gatling e lefaucheux* — cito novamente Esperto: "vistoriadas a olho de pai de donzela".

Em tempos de paz, não é tarefa das mais fáceis conseguir esse dote da boa dispensa do Visconde. Por isso, Tio Zé levou ao gabinete de Câmara um dos meus mais bem precisos e pormenorizados relatórios: a cabeça decepada do colosso que me atacou. E, apesar da demanda corresponder à oferta, a resposta de Câmara atravessou-me o gasganete.

Não obstante vosso empenho em colocar em forma tais temores, face o pequeno número de inimigos sitiados pelos bem treinados imperiais, aos quais tenho a muito distinta honra de ser seu comandante em chefe, prevejo que os lamentáveis acontecimentos são favoráveis às nossas armas por estar o seu desfecho prestes a ocorrer em campo de nosso conhecimento. Dado o relato recente, estou convencido de que devem exterminar-se os restos de forças que ainda lhe sobram, pois delas nada diviso senão perigos para com nossos interesses.

Não nomeio o inimigo por falta de crenças em sua existência.

Contudo, há uma missão definida. O contraste, todavia, é-me pesaroso.

A inesperada missão foi confiada ao senhor.

Há imperiais sob vosso comando.

Das caracterizadas dignidades que vos ligam à Casa Imperial, entre estas, disciplina e lealdade, queira condescender-se a receber em boa hora esta minha exposição pessoal: o próximo que adentrar meus ofícios com botas sujas, mandarei executar.

José Antônio Correia da Câmara

Segundo Visconde de Pelotas e, com grandeza, Ministro da Guerra.

Fiquei a segundos de pedir um daqueles chás medicinais ao bom doutor. Temores? O uniforme imperial não comporta bolso para guardar essas frescuras de político. Os Imperiais de *Gran Abuelo* tampouco alimentam receios. Pelo ginete do Todo-Poderoso e pelo Jesus que vive em cada tiro, as próximas botas sobre as quais o Visconde deitará olhos serão as minhas!

Ao amanhecer, antes de seguirmos ao ponto de encontro, por ocasião de rastrear os registros dos moradores envolvidos no êxodo dos túneis, chocamo-nos com prendas não declaradas do gentio de batina.

— Vossa mercê não vai acreditar — sibilou Cicatriz.

Cicatriz e Ceroulas já se ocupavam dos arquivos nos fundos da capela há um bom par de dias. Não bastasse a Igreja ainda ter o monopólio de registros dos nascimentos e óbitos dos habitantes do Império, parece que o padre da paróquia passou a *lavar a égua* por essas bandas.

Mas diferente do pó de ouro que os negros traziam contrabandeado no pelo dos cavalos, o bom sacerdote guardou mesmo foi umas boas preces ajuntadas a um saco cheio de pepitas de ouro.

— Tem seguramente umas cinco arrobas aqui, capitão — sussurrou Ceroulas.

Olhei para o Cristo na cruz, fechei as pálpebras e passei a mão pelo rosto.

— Quem já sabe sobre isso, sapador?

— Meu capitão, desse jeito me ofende! — gemeu o indignado Cicatriz.

— Quem?

— Todo mundo — murmurou Ceroulas olhando para o pó no chão.

— À exceção de Mosquito, que tirou turno de descanso! — resmungou Cicatriz. — Quer que eu o acorde, senhor?

Já deveria saber. Não há segredos entre irmãos.

— Mantemos o saco onde está! — rosnei ameaçadoramente. — Ninguém solta este cordame paroquial sob pena capital. Só papel sai dessa sacristia. Estamos de acordo?

— Sim, senhor! — responderam em uníssono.

Mais essa agora.

***

O balão estava firmemente estacionado sobre os galhos de um imponente jequitibá. Era possível observar, abaixo da copa espessa de seus ramos avermelhados, os cordames cortados da aeronave. O cesto estava em terra, tombado muitos metros abaixo.

— Senhor, nem sinal deles — gritou o batedor.

— Pé de Cabra, auxilie Matador. Quero entender o que está havendo aqui — gritei enquanto saboreava o gosto amargo do arrependimento. — Imperiais, cerco ao perímetro. Quero cada saída desse puteiro vigiada. Mosquito?!

— Sim, senhor capitão! — respondeu ao conduzir a montaria até a minha.

— Chame Cicatriz à retaguarda e acompanhe-o pelo terreno. Não quero surpresas com essa coisa de túneis e passagens secretas durante a refrega.

Esperto deveria ter descido duas léguas à frente. Aqui estava sem cobertura dos *spencers* ao solo, sem apoio que lhe socorresse o traseiro. Ação temerária para um Imperial de *Gran Abuelo*, mormente o sargento, dotado de uma razão mais forte.

O que deu nele para descer tão próximo ao alvo?

Perguntas que, na bacia das dúvidas, somam-se a outras tantas.

O povo da vila não deu notícia na capital. Mil almas que, abismadas no mais acerbo medo, abandonaram tudo o que possuíam, inclusive escravos. Sei de alguns olhos de morto capazes de inspirar tal terror. Mas daí a desaparecerem sem deixar rastro algum, eram muitas léguas de indagações.

Sou um soldado velho e extremoso. Velhas batalhas deixaram cicatrizes, mas só o que vimos nas Cordilheiras, Passo da Pátria, Rio da Prata e na Vila de Nossa Senhora do Belém de Tebraria, fazem-nas latejar.

Esses horrores noturnos que uivam à noite e se fartam da vida humana; essas coisas malignas, alforriadas do além-túmulo, que caçam os vivos.

Mas, conhecedor das vicissitudes a que estamos sujeitos neste Vale da Sombra da Morte, por vezes o melhor é reconhecer que em tais ocasiões o único caminho a seguir é a resignação aos Decretos do Altíssimo.

Entretanto, Medroso cismou em levantar especulações outras. Elucubrações científicas, para ser mais específico. Diz que tal mal não advém do além, mas da ciência do homem.

Quero, por todos os santos, depositar minha fé no médico!

Cicatriz, Gancho, Matador, Guilhotina e outros nomes não menos intimidadores. Nossa Legião de Malditos não é nenhuma companhia de balé, daí as chalaças ameaçadoras. Uns garotos trataram de apelidar também ao inimigo de Campanha. Não menos ameaçadores, os pequenos recebem a alcunha de *capelobos*, os grandes são chamados *mapinguaris*. Coisas folclóricas do norte, onde as selvas mais espessas guardam os segredos mais indizíveis.

Eu procuro ao redor. Procuro o cabo José Maria.

Matador e o nosso mais experiente batedor estão subindo, a pé, o morro atrás do jequitibá onde colidiu o balão.

À nossa volta e ao largo, os caules em colmos do vasto canavial fazem-nos sítio com suas folhas afiadas de bordos serrilhados. O movimento ondulante e monótono provocado pelo vento causa sobressalto em alguns cavalos. É como se um espírito maligno espreitasse por entre cada vaga que ondula pelo oceano verde. Os nobres alazões estão muito exaltados. Alguns imperiais foram incumbidos de conduzir a tropa de animálias para longe daqui.

— Senhor! — é Guilhotina quem se achega.

— Diga, soldado.

— Descemos a lona vazia de cima do jequitibá — disse o soldado enquanto recuperava o fôlego. — Buracos de tiro. Oito rombos na lona. Calibre alto, senhor.

— Mostre-me — respondo enquanto uma garra fria e áspera começa a acariciar meu estômago.

Além dos tiros de fuzil também havia evidências de que os cordames que sustentavam o cesto foram cortados a golpes de sabre. Não sou o pensador mais habilitado e nem sequer possuo imaginação suficiente para presunção, mas parece que algo deixou o sargento, após o impacto com a imensa árvore, com muita pressa para descer à terra.

Gancho está abraçado à esposa imperial. A carruagem dos nubentes está aterrada vinte metros à frente da entrada principal do casarão de três andares. Apesar da proximidade, ele tem boa visão de tiro dos dois lados da escada. Ceroulas, Aríete e outros dois rapazes estão enchendo sacos de areia e empilhando em redor do carroção da *Princesa*. Vão dar cobertura e apoio de fogo à *gatling gun*.

Os sacos se tornaram necessários. Cogitar que aquelas coisas, mesmo cheias do veneno da bestialidade, ainda saibam como operar uma arma de fogo era fora de questão até o momento em que vi os rombos na equipagem do balão.

Aríete ainda não se desfez daquele chuço monstruoso. Quando abraça aquela coisa, aparenta ser um gigante bárbaro da Idade do Bronze. Deus me defenda da oportunidade de jogar cartas com ele!

— Imperiais! — grito em meio ao engatilhar de armas, estocar de pás e relinchar das animálias. — Penas afiadas e molhadas no mais denso sangue. Eu quero pôr ponto final e não reticências à peleja!

— SANGUE RUIM! — gritam uns.

— POR *GRAN ABUELO*! — bradam outros.

O canavial em redor responde em outra língua. Isso carrega meu coração com agouros sinistros de velhas escaramuças. Os caules avermelhados sempre irão sobrepujar aos verdes. Essa terra, essa nossa terra do Oiapoque ao Chuí, tem apetite para o sangue. Já o provou tantas vezes, sabe-lhe o gosto.

Solano ergueu a destra do homem morto e os caminhos do inferno se abriram. Agora um vento estrangeiro, incomum a estas paragens, ruge tal como um *viking* em fúria.

E, quando os ventos do *Valhalla* sopram frios, o sangue jorra!

— Cale-te, espírito! — ralho entredentes.

Conduzo meu cavalo ao morro. Alheio ao que diz o vento, o animal parece eufórico. Depois de tantos entreveres, já está habituado à excitação que antecede o ribombo da pólvora. Curioso não ter lhe dado nome. Não que seja raça pouco recomendável, pelo contrário, é um pampa, esperto, forte e bem-disposto. Tem um número romano grafado à ferrete sobre a anca direita. *Cinco* está comigo há anos.

Talvez eu tema me afeiçoar ao animal. Erro frequente de alguns dos imperiais que integram essa Legião de Malditos. Dizem que Medroso, enquanto devoto de São Francisco, antes de se recolher ao catre, costumava orar junto ao seu potro nas Campanhas nas Cordilheiras.

Ninguém ousa comentar, mas Mosquito, em sigilo, jurou-me que após a queda de nossos cavalarianos, dias atrás, percebeu uma lágrima sorrateira no rosto de nosso Golias de chuço enquanto este remexia os arreios do finado companheiro. Aríete não fazia segredo a ninguém de seus sentimentos em relação ao seu mangalarga marchador.

E Esperto? Ora! O meu primeiro sargento foi se derreter pelo instrumento de sua salvação, quando da ocasião do ataque ao Reduto de *San Solano*, ao norte de Humaitá.

Infausta hora para recordar quarenta e seis canhões.

Após quatro anos combatendo sob as piores condições climáticas, chuva e granizo, inundações e lamaçais, chegara o momento de chover fogo sobre os imperiais.

***

Era a última noite de ataques a Humaitá.

Gran Abuelo ostentava o título de Barão e nos liderava ao norte, na empreitada de conquistar *San Solano* e flanquear, para Caxias, o traseiro intransponível da fortaleza-chave do Paraguai. Duas divisões de infantaria, um corpo de cavalaria, uma brigada de engenheiros e um batalhão dos putos mais engenhosos do Império estavam à disposição do vovozão.

Os soldados à frente gritavam: AVANÇAR!

Os canhões, manobrados pela guarnição do coronel Pedro Hermosa, respondiam: BRUUM!

Bem sabeis, homens da civilização, que, feito o bombardeio prévio, as bocas de fogo emudeciam e os infantes arremetiam contra o objetivo. Isso geralmente em qualquer combate. Mas não em *San Solano*. Como se alimentadas pelos próprios servos de *Hades*, as peças de López despejavam continuado fogo e toneladas de morte sobre nossos imperiais.

As bocas de fogo lopezas transformavam a noite em dia; e piqueiros, atiradores e granadeiros em pedaços. Os disparos ininterruptos do reduto e a necessidade imperiosa de romper as linhas da passagem de Humaitá não nos deixavam opção.

Para a morte ou para a glória, doze mil ascenderam.

Esperto tomou parte do assalto, montado sobre o destemido Serafim. Pouco comum entre os *caçadores* que um animal daquele porte não se ressentisse do estrondo medonho dos canhões. Alguns homens presumiam, erroneamente, que o cavalo do segundo sargento Dario fosse surdo.

BRUUM! BRUUM! BRUUM! BRUUM!

Pairava sobre o campo de batalha a névoa da morte. O fumo do canhão a tudo cobria. As peças de artilharia raiada do coronel Hermosa dizimavam batalhões.

O Barão de Herval, inobstante sentir sangrar o coração pelas baixas, admirava-se com a precisão das bocas de fogo. Tomamos parte da contenda. De sabre em punho, saltamos a trincheira e colocamos a cavalaria em movimento.

Lideradas pelo segundo sargento, para além do *Aqueronte* e do *Estige*, as animálias da guerra avançaram, desejosas por conquistar o *Hades* para a *morte* findar!

BRUUM! BRUUM! BRUUM! BRUUM!

— Romperam as linhas! Romperam as linhas! Esperto e seus cavaleiros entraram! — alardeava um furriel de uma posição avançada. — Entrou de bandeirola em riste! Levou de vencida aos paraguaios.

— Estão batendo em retirada! — gritou *Gran Abuelo* tentando enxergar além da fumaça. — As bocas de fogo estão sendo desarrimadas! Carga!

CARGA!

Bem afeitos ao sangue e a montículos fumegantes, os Imperiais do Barão Osório, os mais impiedosos filhos da puta desse propalado Vale da Sombra da Morte, avançaram. O campo de batalha estava repleto de cadáveres.

KIPOW! KIPOW! KIPOW!

Fogo inimigo retornando das brumas sinistras por onde se entrincheiravam os traiçoeiros atiradores paraguaios.

— À esquerda! Tiro de enfiada! Tiro de enfi... — cessara o grito do furriel ao cair, já cadáver, sobre a lama sangrenta de *San Solano*.

KIPOW! KIPOW! KIPOW! KIPOW!

— Firmes, homens, ao passo do diabo! — gritou *Gran Abuelo*.

— Esperto está atrás das linhas! — gritei em meio à retomada trovejante do canhão. — Precisamos cobrir-lhe a esquerda!

BRUUM! BRUUM! BRUUM! BRUUM!

— Homens, ao meu comando. Baionetas à frente! Me dê isso, anspeçada! — gritou o vovozão tomando a *minié* das mãos do soldado ferido. — Sargento, baioneta!

— Senhor?! — respondi desconcertado pelo pedido do Barão.

— Uma baioneta que esteja com sede, meu primeiro sargento! — cuspiu-me *Gran Abuelo* me segurando com uma só mão pela gola do uniforme. — Tem por aí, entre tuas penas de poeta, uma ponta afiada para fazer versos no couro paraguaio?

Eu vi fogo naqueles olhos de homem velho. O aço frio das navalhas e a tenacidade de um soldado que jamais se daria por vencido. Juro-vos, senhores, se eu hesitasse naquele momento, o vovozão atiraria em seu primeiro sargento!

— Toma, meu marechal! Essa tem o nome de Hermosa!

— Bravo! Para a morte ou para a glória! À força do aço imperial, vamos arrancar umas minhocas paraguaias daquela terra miserável!

KIPOW! KIPOW! KIPOW! KIPOW! KIPOW!

Avançamos à esquerda, Osório à frente de baioneta calada na *minié*, bradando promessas de dores imensuráveis aos atiradores entrincheirados. Próximo à nossa ofensiva, explodiram dois projéteis. Cinco imperiais tombaram. Entre sangue e terra fumegante, que se desprendeu dos céus de fogo, nosso assalto frontal prosseguiu.

KIPOW! KIPOW!

Os tiros escasseavam e, à medida que a distância entre baionetas e trincheiras diminuía, os atiradores paraguaios perdiam a precisão.

— *Perdieron su convicción, señores*? — urrava a plenos pulmões *Gran Abuelo*. — Pelo Jesus que vive em cada tiro, vos ensino a mirar!

Apenas dois defensores guardavam a trincheira. Os demais haviam abandonado armas, posições e companheiros entregues à pior sorte.

No ímpeto da batalha, rasgamo-os de cima a baixo!

A neblina funesta dos canhões finalmente amainava. Soldados em retirada corriam em bloco através do campo em direção à posição de Humaitá. Vez ou outra, topavam com um dos nossos cavaleiros. Derrubavam-no e descontavam no pobre toda a humilhação sofrida.

Sobre as amuradas, era-nos possível observar as bocas fumegantes sendo deixadas à mercê de nossos homens.

A bandeira do Império foi alçada alto.

A linha fortificada de *San Solano* finalmente caiu!

O flanco para Fortaleza de Humaitá estava aberto, convidativo, sorria para Caxias.

— Essas desvalidas barbetas, esse forte entrincheirado de covardes, são eles os mesmos que me custaram tantos imperiais? — rugia indignado *Gran Abuelo*. — Onde está Esperto? Por onde anda meu segundo sargento? Caíram os meus centauros?

Um relincho heroico.

Além das linhas inimigas que retrocediam, havia três cavalarianos carentes por regressar ao corpo de seu exército. Vinte paraguaios munidos de baionetas e lanças barravam-lhes o caminho. Esperto, de sabre em punho, ordenava-os ao ataque.

KIPOW! KIPOW! KIPOW! KIPOW! KIPOW! KIPOW!

Apenas um cavalo avançava agora.

À força de cascos, na veloz passada, derrubou seis deles. Os remanescentes miraram as costas do cavalariano. A valente montaria, cheia do puro instinto de guerra, pressente o perigo e coloca maior velocidade à cavalgada.

Mas nem o mais veloz dos cavalos compara-se às balas.

KIPOW! KIPOW! KI...

BRUUM!

Membros e cabeças voaram. Imperiais sobre a amurada da fortaleza forçaram, goela abaixo, o próprio veneno paraguaio. Vovozão sorriu um daqueles sorrisos de gente maldita que, à viva força, tomou o inferno do diabo.

Cavalo regresso às linhas, tomou-lhe os arreios o próprio *Gran Abuelo* que, ao ver seu segundo sargento quase morto debruçado sobre a valente montaria, ordenou o animal aos meus cuidados.

Desceu, à força de seus braços, o segundo sargento da sela. Com a ajuda do finado portenho Doido e do anspeçada Pé de Cabra, conduziu-o até a tenda de Medroso que, àquelas horas, com pouquíssimos auxiliares, andava às voltas com centenas de feridos.

Horas depois, no interior de *San Solano*, enquanto eu inspecionava as bocas de fogo sobre a amurada conquistada, *Gran Abuelo* veio ter comigo.

— Ordena que limpem o sangue da pelagem do bom Serafim.

— Perdão, meu marechal de campo? — indaguei sem saber do que falava Osório.

— O nome dele é Serafim — sussurrou o vovozão. — Foi o que me disse Esperto quando recobrou os sentidos e exigiu que seu cavalo fosse tratado, doravante, com o respeito devido.

***

Serafim. Bonito nome. Os seres criados por Deus para estarem ao redor de Seu trono e proclamarem, dia e noite, a santidade do Criador.

Queira, daí do céu dos pangarés, zelar por aquele burro que o conduzia, nobre Serafim.

Eu faço uma promessa solene ao homem debaixo da farda.

Silencioso, guardo-a em meu coração.

Olho para minha montaria. Cavalo inteligente, desconhecendo o movimento sobre sua sela, ele retribui o olhar.

KIPOW!

Tiro de alerta. Lanço-me aos cascos do pampa, de pistola em punho e procurando o fumo inimigo. O animal está imóvel, firme e convicto de seu dever. Cavalo de soldado. Ao longe, quase ouço a mobilização furtiva dos imperiais. Espero que não venham todos aqui por causa de um tirinho de nada.

Ergo as vistas para um amontoado de sujeitos grandes. Cinco em pé. Os demais, bem acoitados ao pé do morro.

— *Ha, ha, ha, captain! Alten verbündeten!* — irrompe a voz germânica. — *Nós velha aliada.* Imperiais. *Ja?*

Eu não acredito. Resmungadores!

Contava encontrar o próprio Satanás por trás desses morros. Mas *brummers*?

— Achei que a vossa quintessência de mercenários havia regressado à Alemanha — menciono ao me colocar em pé e montar no pampa. — Oribe e Rosas foi há muito tempo. Não pagaram suficientemente a todos vós, fanfarrões?

— *Ouro nunca ser demais, captain!* — sorri o abrutalhado soldado.

Guardo a pistola no coldre. Com uma das mãos para cima, vou até eles.

Pé de Cabra, Matador, Sorriso e Esperto estão com eles. Surpresa, surpresa.

— Graças a Deus, *Gran Abuelo* não está vendo isso — digo olhando firmemente para o sargento desarmado. — Morreria de vergonha.

— *Ah, não lastime, captain!* — ri-se o germânico. — *Todas* lutaram como uns *dämonen. Essas* dois aqui, após uns tiros para o céu, desceram *do* árvore e vieram ter conosco de sabre em punho. Homens *da* Osório, sem dúvida! *Ja?*

— Não duvide. O que os trazem às terras do Império do Brasil? Possuem salvo-conduto de alguém para desfilar essas caras feias por essas bandas?

— Ah! — gargalha. — Trabalho é trabalho. *Nossa* contratante é *uma* nobre *da* litoral. Senhor de muitos e infindáveis recursos. Não importa *a* nome. Não importa *o* causa. Importa *a* ouro, *ja?*

— E meus homens? — questiono ao *brummer* enquanto inspeciono o estado de Esperto e dos outros.

— São *suas.* Tenho os *minhas* — ria-se um bocado o mercenário. — Como disse, *ja?* Caras feias! Ha!

— Alvejou meu balão com que propósito? Pretende erguer armas contra os imperiais?

— *Nicht, nicht, captain*! Como diziam, ninguém ergue armas para as... — dirige os olhos para um dos seus homens. — Saymon? Como chamavam *elas?*

— *O Mão Direita do Todo-Poderoso, captain!* — resmunga o mercenário Saymon.

— Não toleramos desacato.

— *Captain, ich habe* trinta fuzis *dreyses.* O que *a* senhor tem, além *desse* pistola belga?

Ri-cleck. Ri-cleck. Ri-cleck. Ri-cleck. Ri-cleck. Ri-cleck. Ri-cleck.

— Um número igual de *spencers* imperiais mirando a cabeça de cada um dos seus homens — murmurei calmamente. — Se eu espirrar, acha mesmo que eles vão gritar "gesundheit"?

— *A senhora* parece *boa* de saúde, *captain* — riu-se o veterano mercenário.

Nada era capaz de estragar o dia daquele desgraçado. Eu odiava isso.

***

— *A* clima é *tórrida a* ano *inteira, Friedrich*! — cuspia e resmungava o mercenário ao término do combate em Monte Caseros. — Soldo, *ha*! Escrevi carta *a minha* pai para pedir moeda e comprar *o* roupa.

O germânico ainda envergava o velho enfardamento dos caçadores alemães, utilizado durante o conflito para a unificação da Alemanha. Tinham a alcunha de *brummer* dada a condição usual de ficarem reclamando de tudo.

— Em forma, soldado! — gritou *Gran Abuelo*. — Mercenário ou seja lá o que valha, não permito arruaça sob meu comando!

— *Ja, coronel*! — responde o alemão sorridente.

— Furriel, o que faz aí? — perguntou o vovozão, dirigindo-se a mim enquanto eu inspecionava um fuzil *dreyse* de retrocarga, ofertado pelo sargento Eric a um preço bastante convidativo.

— Senhor! Confraternizando com o aliado, senhor! Pensei que após o combate poderíamos conhecer melhor quem lutou ao nosso lado.

— Há quanto tempo está sob o meu comando, filho? — ralha o tenente-coronel Osório.

— Seis meses nas linhas, senhor! — apresso-me em repetir uma ladainha que ensaiei anteriormente: — Tenho a honra de servir sob seu comando, senhor! Isso dignifica a memória de meu pai, senhor!

— Seis meses sob o fogo de Oribe e Rosas? E o frangote ainda tem crista? — riu-se *Gran Abuelo*. — Quem foi teu pai, furriel?

— Major Carabenieri, senhor! Seus homens o chamavam de Carabina!

— Ah, meu bom Jesus da pólvora! Conheci Carabina após a abdicação de nosso mui estimado Dom Pedro pai — disse o vovozão baixando os olhos e coçando a barba do queixo. — Hum. Lamentei seu passamento durante a Farroupilha. Dois anos antes, o bom major estava comigo na ocasião em que o Marquês de Caxias promoveu-me a tenente-coronel.

— Meu pai o admirava muito, senhor.

— Não sou tão digno de admiração quanto são os feitos de teu pai, garoto — disse *Gran Abuelo* depositando a mão sobre meu ombro. — Agora vamos! Deixe esses arruaceiros brigando entre si e, pelo amor de Deus, esqueça a espoleta ultrapassada desse alemão fanfarrão. Venha comigo. Gostas de armas antigas, pois não? Vou te mostrar um fuzil *chassepot* francês.

Gran Abuelo ainda se dirigiu ao *brummer* que estava oferecendo o *dreyse*:

— Vós todos, mercenários indisciplinados e pouco afeitos às normas que regem esta companhia, me deixais doente!

— *A senhora* parece *de muito boa* saúde, tenente-coronel — riu-se o *brummer*.

***

— Como *na* Caseros, *captain*! — continuava rindo o mercenário chamado Eric. — *Amigas*! *Amigas*! Vamos baixar *esses* armas. Temos assuntos em comum naquele *casarón*. Podemos, *ja*, trabalhar *juntas* como *na* Caseros, *ja*?

— Esperto, levas teus colegas reféns para a frente da casa — ordenei ao sargento. — De passagem, digas aos rapazes sobre o morro para desengatilhar armas e voltarem ao trabalho. Acabou a diversão.

— Sim, senhor — lá ia o sargento, mais magoado do que antes.

Atrás dele, seguiam Sorriso, Pé de Cabra e Matador. Quando Matador passou por mim, agarrei-lhe pelo braço.

— Como? — inquiri olhando-o nos olhos.

— Ameaçaram cortar a garganta do sargento se não depuséssemos as armas, *Papá* — sussurrou o batedor.

— *Ja! Ja!* Águas passadas não movem *as* moinhos, *captain* — sorriu o mercenário alemão. — E por falar *na* moinho... *Essa* grupo aí da casinha, *nós seguia* desde *a* moinho.

Desde o moinho. Filhos de uma...

— *Eu pensar* que a *spencer* de imperial sempre engatilhada, *ja*? — troça o capitão Eric.

— Mera cortesia do oficial no topo do morro. Grosseria disparar tiro de alerta em antigo aliado — mencionei. — Então me digas, senhor: deveis ter dado de encontro com um grupo grande de moradores que deixava a vila, não?

— *Nicht*. Nada de *moradoras* — arguiu o ladino e sorridente mercenário. — Mas *a captain* ainda contar conosco.

— Não dispomos de ouro ou ceroulas velhas para pagar teu preço, *brummer*.

— Ah, *captain. Non* contei? — sorriu desdenhoso. — *Já fomos pagas*.

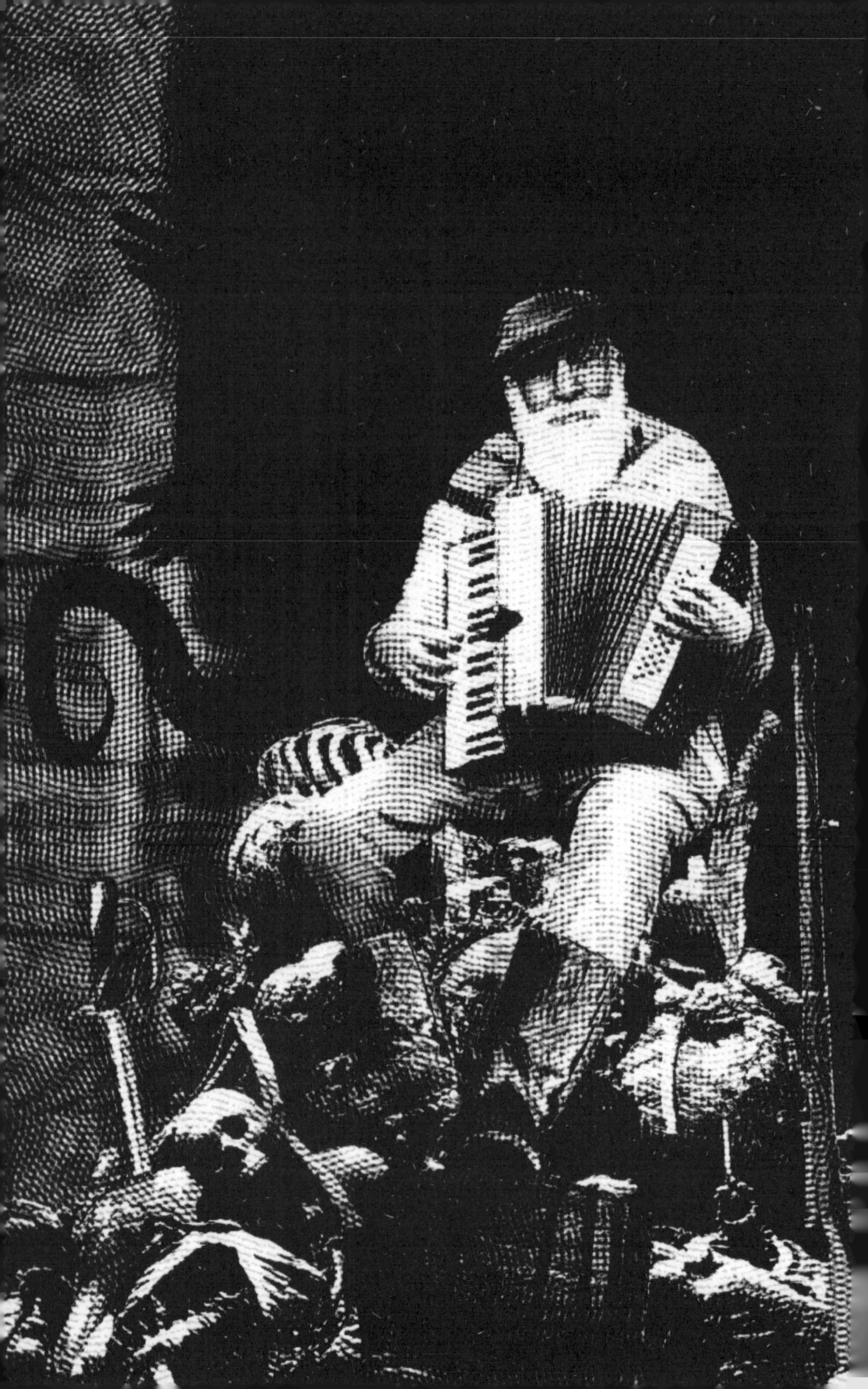

9

Velha Canção

Apesar de estarem em menor número, eram uns soldados grandes e calejados. Aceitáveis, sim. Recrutáveis, jamais. Durante a Campanha contra Oribe e Rosas, o perfil dos soldados era reprovável, digno de severos castigos.

Antes mesmo de irem ao *front*, já brigavam entre si. Havia, pois, grande rivalidade e diferenças que se aprofundaram durante a viagem entre os membros do grupo. A maior parte era muito jovem e frequentemente promovia arruaças nos acampamentos militares que terminavam a ferros. Indisciplinados, briguentos e beberrões, eram essas as recordações que tínhamos dos soldados alemães.

Uns poucos entre esses maníacos se destacavam. Houve quem, entre eles, até firmasse raízes em solo brasileiro e se dedicasse, de modo responsável e pacífico, a uma comunidade. Com o passar dos anos, ouvi, de fontes confiáveis, notáveis feitos de veteranos *brummers* nas belas serras de Nova Petrópolis.

Posteriormente estiveram com as nossas unidades na Guerra do Paraguai. Findada a guerra, os mais cultos, tais como professores, advogados e jornalistas, regressaram para as terras do sul e se tornaram grandes líderes políticos.

Outros, com menos tutano na cabeça, ainda andam por aí enchendo a cara e colocando suas armas a serviço de quem pagar mais.

É o caso deste heterogêneo grupo de vilões.

"*Die Wacht am Rhein, Die Wacht am Rhein!*" — cantam os alemães do segundo grupo de *Jaëgercorps* em redor de uma enorme fogueira. A canção, de pouca ou nenhuma valia em terras brasileiras, é de natureza patriótica. É a resposta dos fanfarrões cervejeiros aos bebedores de vinho franceses que alegam ser o Rio Reno a fronteira natural da França.

— Descansa *a teu* alma, *a vígia* está firme *na Reno*! — brada capitão Eric, a plenos pulmões, quando percebe que eu estava atento à canção.

O sol está para se pôr.

— Sargento, inspecione as linhas.

— Sim, senhor.

A razão de esperarmos a noite para atacar decorre da descoberta de Cicatriz.

Mais túneis a leste. Não há como presumir quantas ramificações possa ter. Desperdiçamos a maior parte da tarde sondando as imediações e identificamos apenas três bocas de túnel. À força de dinamite, arrasamos com elas. Não arriscarei imperiais. Adentrar por qualquer uma delas seria combater o inimigo em seu território.

A noite também é território do inimigo. O que sabemos, contudo, é que com tais possibilidades destruídas terão de sair por onde entraram. Discutimos a ideia de incendiar o casarão com os colegas alemães. Capitão Eric foi irredutível. Seja quem for seu contratante, o pagamento deve ter sido alto.

— *Ohne feuer! Ohne feuer*! — gritava o caçador alemão. — Nada de fogo, *captain*! Os *brummers* querem o mal frequentado sobrado intacto.

Capitão Eric insistiu, igualmente, para que o ataque ocorresse no período noturno. "*As pequenas* se escondem *na solo profunda* durante *a dia*, impossível *localizar eles*", acrescera o ardiloso mercenário.

Eu nem posso imaginar um tiroteio por eventual discordância. Só nos faltava combater a dois inimigos em um mesmo campo.

A noite promete ser longa. Seu desfecho, incerto.

Ocorreram-me umas promessas não cumpridas. Umas palavras que eu não disse. Uns gestos que deixei cair no esquecimento. Vidas que deixei ressuscitar para a morte. "*As pequenas*". Será que a menina está lá dentro? Terei coragem de passar a vista naquele rosto?

Hora inapropriada para remissões.

Ficaram outros rostos pelo caminho.

Uns jamais voltarei a ver, outros, anseio deitar versos.

Olho para trás e as minhas mãos vazias desejam a nudez que lhe desampara os gestos. "Volte para mim", disse seu olhar. A pele, o murmúrio aceso de lembranças dela. O pedir-lhe tanto que não me esqueça sem que lhe diga que guardo cada instante dela.

— Senhor... *Papá* — balbucia Esperto me arrancando do devaneio —, sobre o que aconteceu hoje...

— Minha confiança em seu ofício não arrefece, sargento.

— Tudo bem, é que eu... não sei o que nos espera lá dentro — gagueja inseguro.

— Vê aquele número sobre a anca de meu malhado, Esperto? — digo apontando para o "V" queimado a ferro no lombo do cavalo.

— Pampa cinco, belo animal, *Papá*.

— Animal não, sargento — sorrio deixando-o à vontade. — O nome é Victório.

— Apropriado, senhor! — sorri Esperto prestando continência e batendo as botas como se estivesse presente em uma cerimônia de troca de patentes.

O sol vai tingindo o horizonte de vermelho. Esperto toma posição junto aos demais. Os *brummers* param com a cantoria e espalham-se pelo terreno.

— Também não sei o que nos espera lá dentro — sussurro para o homem sob a farda e, em seguida, olho para os céus. — Mas, pelo menos contigo, eu quitei a promessa, pangaré.

— *Captain*? — é Eric admoestando-me.
— Sim, capitão caçador?
— Nada tema! *A vigia* está firme *na Reno*!

***

Confiro os ponteiros. Já passa da meia-noite. Nenhum movimento, o casarão está morto. Ouço uns murmúrios constantes pelas bandas dos *brummers*. Mesmo sendo fraco o meu alemão, entendo que os cães pretendem convidar as moças da casa para o baile.

Um deles se levanta, caminha até a escada e saca o punhal.

Movo-me rápido, aproximando-me de rastos até onde Eric está.

— O que diabos está fazendo, capitão?! — sussurro segurando-o pelos ombros. — Seu homem está na minha linha de tiro! Seu *brummer* maluco de uma figa, vai colocar meus homens em risco! Tire-o de lá!

— *Nicht, captain*! — sorri o *brummer*. — Espera. Olha.

O soldado na escada corta a palma da mão com o punhal. Não é um corte profundo, mas o sangue pinga fartamente sobre a escada.

Uivos. Gritos.

Sob os alicerces do casarão e mesmo abaixo de nós.

Olho espantado para o chão sob meus pés.

— Cacete!

O sangue é seu chamariz.

— Saídas cobertas! — grito exasperado. — Gancho, quero sentir o hálito de sua donzela ao menor movimento na varanda!

Olho para o camarada germânico ao meu lado. O filho da puta está rindo!

— Não vai arder, mas vamos vazá-lo de balas por todos os lados, capitão! — digo apontando para o casarão.

— Que são *umas furinhos no* parede para quem barra *o bala da canhon na* peito, *já*?! — arremata Eric ao engatilhar seu fuzil.

— CONTATO! — grita Esperto.

KIPOW! KIPOW! KIPOW! KIPOW! KIPOW!

Outra vez, a pólvora. Essa velha canção de todo combate. Essa prece antiga, suspirada por toda alma de soldado. Os rifles pipocam por todos os lados da casa. Dada a altura em que se alojam as saídas na varanda, os homens estão bem posicionados e seguros. É como atirar em alvos de papel por detrás de um balcão em um daqueles parques de diversões europeus.

BRACK! BRACK! BRACK! BRACK! BRACK! BRACK! BRACK! BRACK!

Gancho arrematou com a maior fatia do bolo. Os corpos vão se avolumando e rolando pelos dois lances de escada que ladeiam a imensa varanda. Cabeças e membros são decepados pela língua de fogo da *Princesa*.

Uns poucos ensaiam romper as janelas. São contidos pelos *spencers* e *dreyses*.

Estão mais fracos. Famintos. Não parecem as mesmas coisas que combatemos na vila. Diminuídos talvez, mas não menos letais. Um deles escapa ao cerco, alcança as linhas defensivas dos *brummers* e se lança ao ataque. De onde estou, posso acompanhar os membros e quepes alemães que voam para fora da profunda trincheira.

Alguns deles ainda tentam escalar por cima do barranco quando um alemão, quase tão grande quanto Aríete, arremessa uma barrica com óleo de baleia no buraco. O cheiro acre e rançoso de peixe estragado se espalha pelo campo de batalha. O alemão, calmo como se fosse acender o fogão a lenha, risca um fósforo no queixo e atira o palito no buraco. Se havia, ali, alguma inimizade por dívida de jogo, o grandão acabou de acertar as contas.

O capitão Eric também gosta de brincar com fogo. Tira um cachimbo do bolso e acende com um graveto que apanhou da fogueira. O fanfarrão está caminhando pelo pátio encoberto pelo fumo da metralha, como se estivesse em uma praça.

— Cessar fogo! — grita o sargento.

— *Ein Männlein steht im Walde ganz still und stum. Es hat von lauter Purpur ein Mäntlein um.*

— O que ele está fazendo, sargento? — pergunta Sorriso.

— Acho que está cantando uma trova infantil.

— Esse branco me dá arrepios.

Uns poucos movimentos dentro do sobrado. O inimigo finalmente se intimidou.

Mas não é hora para heroísmos ou decisões precipitadas. Nesses campos de batalha, já vi muita virada de maré afogar tropas inteiras. Não vi nenhum dos grandes ainda. Sorriso disse que dois deles seguiam com a caravana dos mortos.

— Sargento! — precisamos pesar opções. — Coloque uns homens ao pé daquela escada. Sorriso, vem comigo. Vamos sondar o...

— *Jaëgercorps, wir geben*! — ordena o alucinado capitão *brummer*.

Os desgraçados entram no casarão com se estivessem prestes a beber em uma taverna. Grupo pequeno, apenas seis. Armas curtas, facões e tochas. Estão querendo se matar?

— Mantenham as posições, homens! — ordeno às linhas. — Esses cornos vão atirar por todas as janelas!

— *Das da steht im Wald allein. Mit dem purpurroten Mäntelein* — cantava o alemão no interior da casa de horrores.

Kipow! Kipow!

Faíscas de fogo chamejam. Correria pelo saguão de entrada. Uma das crias da noite salta do segundo andar. Já estava morta antes de bater no solo. Um riso depravado. Provavelmente os germânicos lançaram o monstro pela janela para fazer-nos uma chacota.

Luz no segundo andar. Tochas subindo. Mais correria pelas escadas. Botas pesadas de caçador, nada de pés descalços. Terceiro andar.

Kipow!

Tomaram o casarão de assalto. Agora descem ao porão.

Mais tiros isolados e esparsos. Os clarões cessaram.

Acabou?

De súbito, o maior filho da puta que eu já vi em minha vida atravessa a parede logo acima do porão. Traz pelo pescoço um dos homens de Eric. Olha para os imperiais e sorri uns dentes ensanguentados e escuros. Tem a cabeça de um chacal enlouquecido. O torso nu, repleto de terríveis feridas, é proporcionalmente maior que o comprimento das pernas. Os braços são à prova de qualquer comparação, imensos e longos, e só podem significar a morte de quem neles cair.

— Acho que o gorila quer tirar a *Princesa* para dançar — sussurra Gancho.

— A julgar pela curvatura do pescoço, aquele alemão já bateu as botas — acrescenta Medroso.

— Fogo! — grito para Gancho.

Os disparos pulverizam o cadáver do pobre *brummer*. O grandalhão é extremamente ágil. Salta sobre a parede, arranca um pedaço de alvenaria com as mãos nuas, depois volta ao solo e o arremessa.

Tudo acontece em um piscar de olhos. É Gancho quem leva a pior. O sapador é atirado a mais de cinco metros quando o imenso bloco de tijolos vermelhos atinge a *gatling*. Maluco vai ajudá-lo. Aríete sobe ao carroção e tenta manusear a metralhadora.

— Merda! — grita o soldado. — Está quebrada, sargento!

— Aríete, atrás de ti! — berra Ceroulas.

O soldado salta e rola ao chão, as garras passaram no vazio, mas foi por muito pouco. Privada de sua presa, a besta enlouquece e arremessa o corpanzil contra o carroção. Após transformá-lo em uma pilha de lascas e aço retorcido, parte para cima de Ceroulas e Sorriso.

Esperto, Matador e Guilhotina se posicionam para atirar.

— Atire, homem! Atire! — grita Ceroulas para Sorriso.

Kipow! Kipow! Kipow! Kipow! Kipow!

— Ah, desgraçado! Tomara que eu lhe dê uma bela dor de barriga! — brada o feroz anspeçada Ceroulas quando se vê fuça a fuça com a coisa que saliva obscenamente.

Uma nesga de aço aparece bem acima do umbigo da coisa, que desvia os olhos de Ceroulas e baixa a cabeça para a própria barriga.

Aríete coloca maior força, e o chuço atravessa completamente.

KIPOW! KIPOW! KIPOW!

Disparos vindos de cima. Um deles atinge o bicho bem na testa. *Brummer* no terceiro andar. Ah, canalha, bem-vindo!

Kipow! Kipow! Kipow! Kipow! Kipow! Kipow!

Mais tiros fulgurando no interior do casarão. Muita gritaria.

Os alemães estão com problemas.

Esperto e Matador estão descascando o abacaxi maior a golpe de sabre. Mesmo empalada por Aríete, a coisa ainda tem energia de sobra para brigar. Um movimento rápido para a esquerda, seu dorso monstruoso esbarra em um dos postes de iluminação da propriedade, a madeira estala. Quando vem abaixo, a coisa o toma como porrete. O poderoso desgraçado parece abanar um leque.

— Tiros à distância! Cuidado! — grita o sargento.

BADABRUUM!

Que diabos? Um tremor imenso sacode o pátio do casarão.

— Veio do porão! — exclama Guilhotina.

O som parece ter distraído nosso oponente. Imperiais não desperdiçam chances.

Duas lanças entram concomitantemente na besta. Desprevenido, o enorme filho da puta olha surpreso para as duas bandeirolas, depois para as próprias garras imundas, e grita agonizante.

KIPOW! KIPOW! KIPOW! KIPOW! KIPOW!

Ele tomba ruidosamente aos pés de Esperto que, apenas para garantir, ainda dispara a pistola à queima-roupa na monstruosa cara de lobo.

— Arremesso meio bosta, sargento — grita Guilhotina do outro lado.

— O seu também não foi dos melhores, mão de seda — caçoa.

O segundo monstro assurge ao fundo. O peito nu, vazado por todos os lados pelas *dreyses* alemãs. Menor em proporção, mas tão forte quanto o primeiro. Gêmeos na índole e aparência, diria *Gran Abuelo*. Avança a saltos pelo terreno como um touro furioso. Derruba os imperiais de Poncho que flanqueavam o ninho à direita, pega um deles pelo braço e morde-lhe a cabeça como se estivesse abocanhando uma grande mexerica.

Não consegui ver quem era.

BADABRUUM!

A explosão arremessa a mim, Esperto, Cicatriz e quase duas toneladas de chão para cima. Alemão maluco de uma figa! Dinamite! O desgraçado está usando a nossa dinamite.

— Merda! Não consigo ver nada! Balbúrdia infernal! — geme o sargento enquanto se coloca em pé. — Devia ter um túnel abaixo de nós.

— Esperto, vamos mover os homens para... Ah, merda! Direita, homens! Atirem! Atirem!

Maluco e Medroso, que acudiam Gancho, foram acuados pelo amedrontador gigante. Munidos de tochas, os imperiais tentam dissuadi-lo da ideia de mastigar as suas cabeças. Três dos menores assurgem dos fundos do casarão e atacam concomitantemente.

KIPOW! KIPOW! KIPOW! KIPOW!

Tio Zé é desses soldados que decidem o jogo. Eu nem vi o filho da mãe sacar o sabre. Quando percebo, ele está bem no meio dos bichos; abaixa, seu braço gira, elegantemente, à altura de um pescoço; gira e desce na diagonal saindo ao lado direito da cintura do outro oponente. Que espadachim dos diabos! A terceira, uma garota lívida e deformada, ele barra com um disparo de pistola. O fumo evanesce e sobra um borrão vermelho no lugar da cabeça da franga.

Aprovisionados da coragem imperial, Aríete, Matador e Guilhotina investem com os piques pontiagudos de cima dos cavalos. Uma vez, depois outra e mais outra, na rápida passagem, a besta foi ferida mortalmente pelas hastas dos cavalarianos.

Sangrando aos borbotões nos tendões e no pescoço, cai de joelhos, momento no qual Maluco mergulha de cima da escada com o sabre firme entre as duas mãos. A lâmina penetra fundo sobre o crânio alongado da criatura. Com um baque surdo e violento para trás, finalmente, ela expira.

Kipow! Kipow!

Ainda há disparos abafados no porão. Maldito alemão!

— Matador, tira esse sorriso da cara! — grito ao furriel. — Desça dessa égua esquálida e entre no casarão. Tem mais filé para o fogo de chão! Aríete, Guilhotina e Maluco! Com ele!

— Ouviram o capitão, bando de desmiolados! — grita o sargento. — O que estão esperando? O Dia do Julgamento? Entrem lá e acabem com isso antes do café da manhã ou nem o Todo-Poderoso me arranca das vossas ancas brancas!

KIPOW! KIPOW! Kipow! kipow!

Dez minutos depois, vejo os garotos imperiais deixando o casarão. *Spencers* fumegantes, sabres emporcalhados de sangue inumano. Meus guris de sangue ruim!

Matador corre até o sargento. Esperto olha para meu lado como se estivesse prestes a parir uma melancia. Matador abana a cabeça para Esperto, depois vem ter comigo. Jesus!

— Há, capitão?! — Matador sussurra desajeitadamente. — Esses *brummers* loucos capturaram viva uma daquelas coisas.

— O quê? — rosno indignado. — Homens de prontidão, Matador. Sinalize ao sargento, *spencers* prontos para um desfecho sangrento. Ainda não acabou.

Eric, seu maldito! Quer matar a todos nós? O que pretende?

Volto-me para a escada do casarão e acoberto meus sentimentos dentro do meu peito. Mas meus olhos me traem.

Trazem-na a ferros. A despeito de seu diminuto tamanho, resistentes grilhões prendem seus bracinhos atrás das costas. O passo trôpego e selvagem, conduzido pelo brutamontes alemão. Um saco de pano lhe oculta a face. Uns fios dourados escorrem por baixo.

Ela? O que fazem esses brutos com a pequena flor?

Serão os meus olhos de soldado firmes o bastante para passar a vista sobre seu rostinho? Será a minha mão forte o bastante, estável o suficiente, para não precisar fazê-lo?

Coloco minha mão sobre o manete do sabre. Ela treme descontroladamente. Não consigo. Não posso.

Capitão Eric ri de minha fraqueza. Ele sabe.

Gran Abuelo, tenha pena de teu soldado! Não sou digno desse uniforme.

Ela só queria ver florir o ipê.

Amor de mãe e pai, o carinho dos irmãos.

Ela já viu soldados demais.

— *A captain* não me parece *bom da saúde*, sargento.

Esperto e Guilhotina estão atrás de mim. Discretamente, o sargento se achega ao meu ouvido, murmura algo e me empurra. Vamos, pés, um passo à frente.

Soldados demais.

O canavial está falando mais alto. Os ventos do *Valhalla* estão soprando.

Vamos dançar *Die Wacht am Rhein*, seu maldito alemão?

— Eric — murmuro.

— *O nossa* contratante foi bem *precisa* em *suas termos* — sorri o mercenário. — *O criança* e só, *ja*? Nenhum mais escapa *viva*.

Os caules avermelhados ululam sinistramente em redor dos soldados. Olhos de fogo percorrem ambas as linhas. Sobrou muita munição dos dois lados. O canavial sussurra expectante. Que vontade maligna se esconde atrás desses ramos longos?

Que fogo há no coração do homem?

— *A ouro* nunca é demais, *minha captain*. Mas *o nossa* paga é maior *desse feita*. — Sorri o *brummer*. — *O boa* contratante cedeu-nos *a domínio desses terras* em *nossa redor*. E, cumprido *a acordado*, *o captain e suas homens* estão, agora, pisando sobre *os nossas terras*.

— *Nicht, nicht.* Invadindo, talvez — sussurra Saymon aos demais.

— Ah! Quê? O que diziam mesmo sobre invadir *as terras da outrem*, amiga Saymon? — pergunta Eric sem tirar os olhos dos meus.

Eu baixo as vistas para a criatura cativa e além do pano que lhe cobre a face. Depois volto a encarar o sorridente maníaco.

Minhas mãos tremem. Alguém ousaria?

— *O cerca* sempre precede *a ribombo do pólvora* — sorri Saymon.

Arranco o saco da cabeça da criança.

Os fuzis *dreyse* são engatilhados. Silêncio frio e mortal em nossas linhas. A arma de um imperial está sempre engatilhada. A hora de gentilezas acabou.

Não é ela!

Um menino magro, pálido, de olhos mortos e cabelos longos. Grunhe como um animal, um trapo imundo tapa a pequenina boca.

— *O filha* da contratante, *ja*? — sorri Eric. — Estava *no vila*, visitava *a irmão da pai*, se perdeu há *algumas* dias. *No meia de todo este bagunça*. *O nossa* contratante requisitou *as nossos* serviços para encontrar. Quando achamos, já era tarde.

— Esperto — dirijo-me ao sargento furioso às minhas costas. — Vamos levantar acampamento das terras desses bons senhores. Agradeça ao bom amigo, capitão Eric, pela gentileza em nos albergar.

— Vá tomar no cu, alemão filho de uma puta! — diz o sargento, exacerbando generosa reverência, antes de ir ter com os homens.

— *Jesus Christus*! Que modos! — gargalha o *brummer*. — É sempre *uma prazer* receber *cavaleiras imperiais tão educadas em nossos terras*.

— Deves saber que o que tem aí não é brinquedo, meu bom capitão — digo-lhe sem rodeios. — Acaso, a simples posse desse... — olho para o menino — ... artefato de guerra, pode muito colocar-nos em vosso encalço novamente. Inobstante vosso contrato, vou precisar comunicar aos meus superiores.

— Ora, isso? — ri-se Eric. — Isso é *do teu conta, captain*?

De um só movimento, veloz como uma serpente, o veterano saca e arremete de volta à bainha a espada. Os grunhidos cessaram. A pequenina cabeça rola, com olhos surpresos e esbugalhados, ao chão.

— Entrega *ao boa* Visconde de Pelotas, com *as minhas cumprimentos* — sorri o mercenário alemão ao apanhar a cabeça do chão. — *Non* desalente, *minha boa captain*. Seja o que for que *tua coração* desejasse, nem todos *as bichos* saíram *da túnel. O explosão* levou a muitas delas.

Brummer maluco, filho de uma cadela louca escondida em um puteiro de leprosos.

Arrebanhamos o que podemos dos destroços da batalha. Vai ser complicado explicar aos armeiros do paiol, mas a boa *Princesa* se foi. Seu noivo, conquanto fora de perigo, ainda está desacordado. Medroso vai com ele em um dos carroções. Queimamos o corpo do imperial que tombou pelas garras do monstro. Alfinete era sua alcunha.

Alfinete era uma dessas caras novas que vieram se integrar às nossas linhas após os eventos da Capela de Santo Nicolau. Tinha poucos anos e pouca carne debaixo do uniforme. Mas o garoto possuía espírito suficiente para honrá-lo. Morreu como soldado. Prestamos nossas condolências como imperiais.

— Era um garoto magro — murmura Aríete.

— O que disse, grandão? — pergunta Medroso.

— Eu disse que ele tinha o apelido de Alfinete por ser um tipo magro, senhor.

— Acabou, *Papâ*? — inquire Esperto. — À capital?

— Não, sargento — olho para o sussurrante canavial. — De volta à vila. Narizes nos registros notariais. Dessa vez, quero devassa nos registros públicos também. Quero saber quem era o dono dessas terras.

O dia já está raiando quando montamos. Próximo à pira fúnebre de Alfinete, armado com seu clarim, o soldado Mosquito presta uma última homenagem. O toque de silêncio ecoa triste e profundo pelo vasto canavial. As frias aragens do *Valhalla* cessaram. Amainaram-se os sussurros heréticos de deuses mortos.

Não conduzimos caixões para fora do campo de batalha, mas seu capitão, nesta ocasião, carrega muitas dubiedades.

O bom Victório relincha revigorado pelos verdes pastos e água fresca das novas terras dos alemães. Em verdade, todos os imperiais parecem repletos de novo e saudável ânimo.

Pela primeira vez em meses, vejo o sargento com algo morno no olhar. Não que isso mude o soldado. Muito embora se aqueça, o coração do homem ainda é um carvão. É o verniz que o primeiro sargento aplica nos soldados que melhor brune as insígnias e sabres da Legião de Malditos. Mesmo após o tal sabão da vila, o sargento continuava um soldado sob o uniforme. Nada vai depurar isso. Mas, agora, ele olha para sua nova montaria, acarinha-lhe o pescoço e sorri.

— *Reco-reco Chico disse* — benze-se o negrinho ao deixar a pira de Alfinete.

Sorriso ainda ensaia aquela cara amarrada de quem se cagou. Observei o soldado durante o último combate. Ele não deixou a desejar, mas, por dentro, ainda se acha descalço. Falta a ele compreender que usa botas imperiais.

Aríete, Matador e Guilhotina cavalgam próximos, estão envolvidos em um colóquio bem empolgado. Riem e gracejam o tempo todo. Falam de um puteiro ao sul. Medroso já apontou a cabeça para fora do carroção por duas vezes para censurá-los.

Os Imperiais de *Gran Abuelo* respiram aliviados. Ainda somos os sujeitos mais durões desse propalado Vale da Sombra da Morte, não somos?

Podemos, finalmente, desertar de nossa vigília noturna.

— *Captain*! — grita Eric das cercanias do casarão.

Seus homens estavam atarefados recolhendo e queimando corpos em uma enorme fogueira no pátio. Mesmo quando dois de seus *brummers* foram retirados sem vida do porão, aquele sorrisinho germânico não desapareceu da cara do capitão.

O dia daquele desgraçado nunca acabava mal. Eu odiava isso.

— Diga, alemão maluco de uma figa!

— *Non* esqueça! *A vigia* está firme *na Reno*!

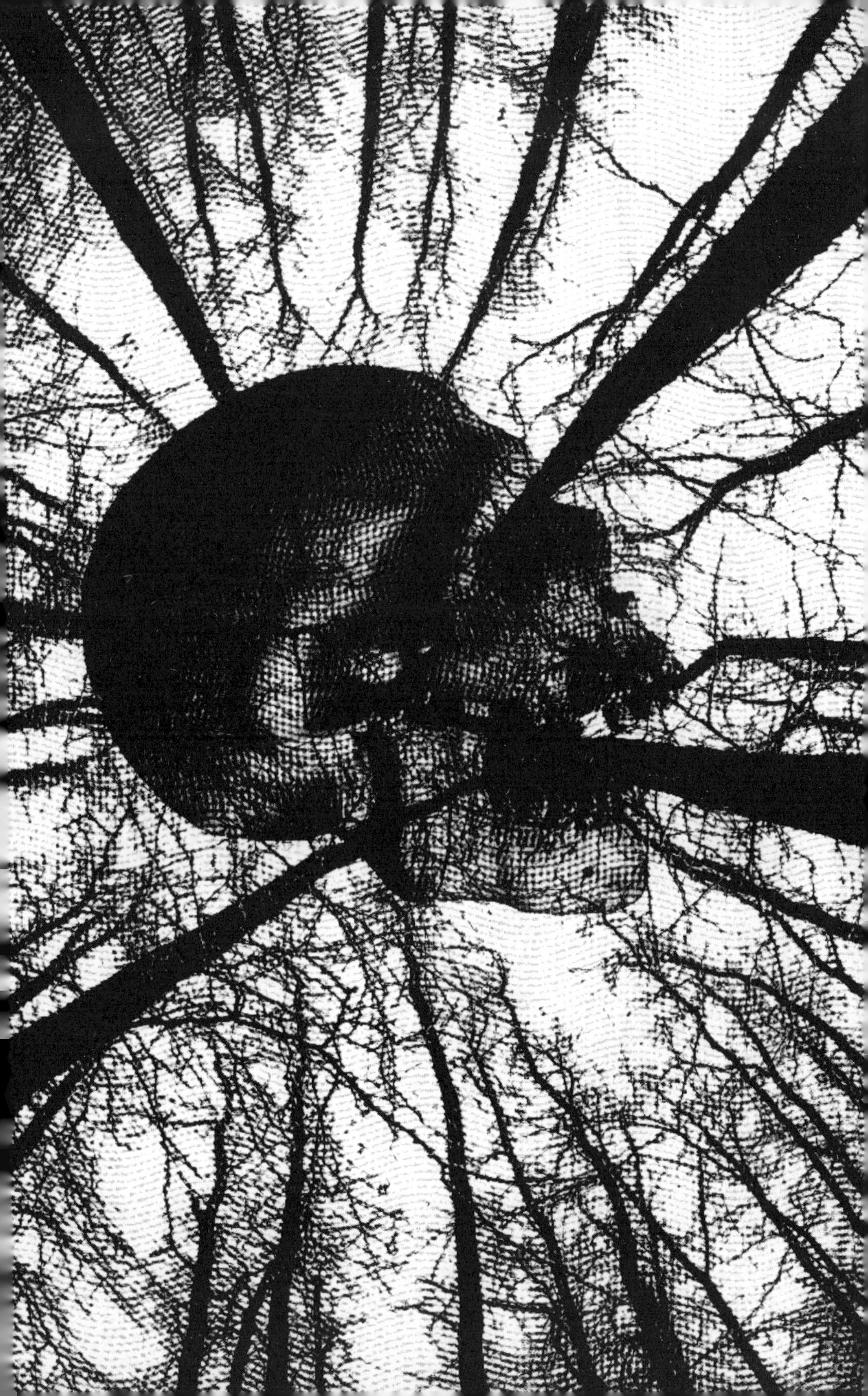

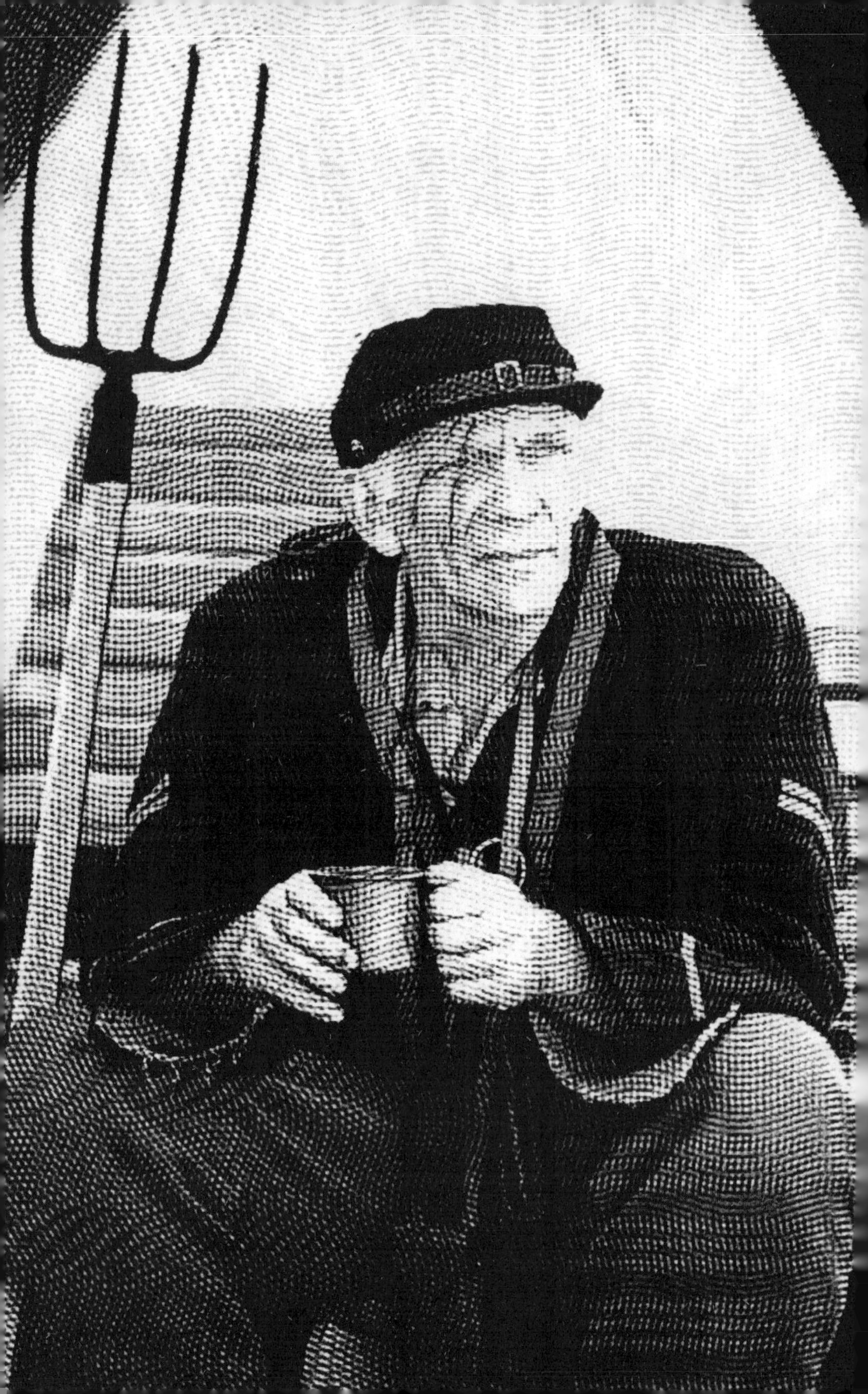

10

Buraco no Céu

A vila estava como a deixamos.
Nenhum cachorro vadio deu a fuça por aqui.
Silenciosa e vazia como a tumba violada de um faraó. A pequena comunidade, entretanto, não foi destruída por saqueadores através dos séculos. O mal que a visitou veio com a noite. Tinha faces conhecidas. Amigos, parentes e velhos escravos dignos de confiança se acobertavam, agora, sob aquele véu escuro que todos os pesadelos vestem no sono da morte.

Mesmo os comerciantes usuais evitaram-lhe o caminho naqueles dias escuros. De cima do velho prédio da Câmara dos Edis, observamos os tropeiros e as carroças passando ao largo da velha Estrada do Comércio, evitando se aproximarem da vila, como se a sombra de um cataclismo anunciado ainda pairasse sobre as casas.

Uns, para não se achegarem demais à localidade, conduziam suas montarias através de pastos de mato alto e denso. Poncho e Aríete os interceptaram a fim de obterem umas respostas.

— Apenas um falou e só depois que o gracioso Aríete começou a afiar a ponta do chuço com a barba, capitão — mencionava Poncho quando regressou às nossas linhas.

A notícia sobre uma peste se espalhou a partir da capital muito antes do meu relatório de dentes grandes chegar ao gabinete de Câmara. Medroso e Esperto especulam que, antes da chegada das crias da noite às terras da vila, os campesinos já tinham o pé na estrada.

Segundo minhas mais altas patentes, os moradores estavam de sobreaviso antes mesmo do repique dos sinos.

Então, para onde foram?

***

Dois dias se passaram.
Os garotos já estão ficando entediados.
Inobstante o túnel colocá-los a uma distância segura da vila, nenhum dos campesinos deu as caras em quaisquer comunidades das imediações. Munidos de

alguns registros de nascimento encontrados nos arquivos da Igreja, Poncho e Aríete rastreavam parentes e conhecidos ao longo de vinte léguas da vila.

Todos sumiram no ar.

Os sítios mais ao largo eram quase sempre encontrados nas mesmas condições que as casas da vila. Tinham por lá razoável quantidade de gado e cavalos de boa marca já padecendo dos efeitos da fome e da sede.

Aríete é um soldado disciplinado e o puto mais sanguinário que conheço, mas quando viu os animais largados à própria sorte nos mangueiros, falou mais alto o coração do menino gaúcho que brincava de boiadeiro nas terras ao sul.

Dizem que nas terras distantes da Índia, a vaca é tida como um animal sagrado. Mas, lá pelas bandas do Rio Grande do Sul, onde se criam gigantes como Aríete, são a razão de viver de toda gente.

Nem o *Cão* dissuadiria o gigante.

Perto do pôr-do-sol, avistamos a imensa nuvem de poeira se aproximando pela Estrada do Comércio. Dava para divisar os movimentos realizados por Cardoso, sobre a montaria, à medida que conduzia a tropa. Vez ou outra corria, de chibata em punho, atrás de algum desgarrado.

— Desculpe se perdemos o almoço, *Papá* — suspirou Poncho. — Mas o grandão fez questão de salvaguardar a todos os bois nos pastos abandonados das imediações, bem como conduzir essa meia centena de cavalos e muares até os estábulos maiores da vila.

— Aríete está usando gibão, perneiras, luvas e alpercatas? — inquiro refreando o riso.

— Achou os apetrechos em um curral abandonado — gemeu Poncho. — Queria por toda força que eu os colocasse também. Jesus, Maria e José, capitão! Basta-me esse poncho fiel! Melhor o bom doutor examinar a cabeça do grandão!

— Pelo menos, agora, tenho como dar serviço a uns gajos desocupados — ralhava Esperto.

Enquanto caminhava para os estábulos, ia apontando o dedo. Sorriso, Matador, Mosquito, Ceroulas, Maluco, Guilhotina e... ah, lá estava sua melhor presa!

Já ensaiava ordenar Medroso aos bons ofícios da pá e do forcado, quando este, de súbito, começou a discorrer sobre os malefícios da carne vermelha. O sargento seguiu para o estábulo que o colocasse mais distante daquela ladainha monótona de médico virtuoso.

Alguns aspectos do ocorrido são à prova de quaisquer especulações. Outros, contudo, começam a fazer um terrível sentido.

Pé de Cabra e eu desenterramos dos registros notariais um bom repertório de dizeres. Havia na vila um bom punhado de paraguaios. Homens, na maioria, com idade suficiente para terem servido na guerra de dez anos atrás. Mas, de todas as prendas, o melhor *regalo* foi o título de posse e domínio da grande propriedade ao norte da vila. A atual fazenda *brummer* ostentou durante muitos anos o nome de seu dono. Um velho rival.

***

Durante a Campanha das Cordilheiras, no empenho de se capturar o caudilho López após a queda de Humaitá, em substituição a um já adoentado Caxias, Dom Pedro II nomeara seu genro como comandante das forças brasileiras.

— Esse rapaz tem tanto de soldado quanto eu tenho de frade — sussurrava levianamente o general Câmara quando da ocasião da revista do Conde d'Eu às linhas.

Gran Abuelo mantinha o semblante austero de militar em inspeção. O Conde era, de longa data, seu amigo e aliado no empenho de modernizar as forças imperiais. Entretanto, à frente das linhas, durante a inspeção, Osório era mais um vigoroso soldado. Apenas umas poucas rugas, que se aprofundavam no entorno dos olhos, traíam sua dor.

Mantinha-me por perto do vovozão. Tanto por dever quanto pela sombra da preocupação. Na qualidade de oficial mais próximo, ofertava com frequência o braço ao aguerrido Marquês Osório. Sua saúde, desde o passamento da esposa, debilitava-se a olhos vistos.

O labor da caçada ao caudilho, essa peleja de guerrilhas em terreno desolado, seria longo e cansativo. Se para seus generais era extenuante ao ponto de questionarem as próprias convicções, para os soldados era excruciante.

O desânimo era nota comum entre as linhas as quais o Conde d'Eu batia em revista. Há tantos anos no Paraguai, sob as auguras do pior clima, os imperiais agora lidavam com dúvidas ocasionadas pelo pagamento em atraso dos próprios soldos.

Os acampamentos estacionados em Potreiro Capivari e São Joaquim, privados do abastecimento de suas tropas, eram acometidos de fome. Havia por lá, em verdade, mais munição do que comida.

Um número crescente de refugiados paraguaios chegava aos fortes. Seviciados e igualmente famintos, carentes, acima de tudo, de esperança. Deixavam para trás vilas repletas de crianças despedaçadas pela artilharia de López e mulheres grávidas sacrificadas a golpes dos sabres aliados.

Estupros e outros comportamentos degenerados entre os seres humanos estavam sendo praticados em nossas próprias linhas. Os generais, que temiam uma debandada em massa, a tudo toleravam, imprimindo falsas escusas às atitudes de seus soldados.

Frustrado, até mesmo o Conde d'Eu, de sabida índole moderada e afável, viria a perpetrar atrocidades. Durante a caçada nas vilas ao norte, em alguns confrontos, depois de terem seus pais mortos, crianças de seis a oito anos agarravam-se às lanças e vinham em defesa das mães que se escondiam do desejo dos soldados nas matas. No fragor da batalha, ao final, as espavoridas crianças agarravam-se às pernas dos soldados e choravam para que não as matassem. O Conde ordenou que fossem todos decapitados e queimados. Mães e filhos. O fim era matar até os fetos nos ventres das mulheres.

A virada da maré sucederia semanas depois.

Constatamos, surpresos, que o empenho do general Câmara para com seus homens começava a render frutos. Suas fontes, antes dúbias, captadas a punho pelos seus inquisidores, vinham de prisioneiros e desertores paraguaios.

Mas, para *Gran Abuelo*, faltavam peças naquele quebra-cabeça. Nossos caçadores montados, que tropeçavam sobre os próprios pés naquele imenso terreno desconhecido ao norte, agora pisavam com espantosa precisão os mesmos passos de Solano López.

Na noite anterior à captura e morte de López, *Gran Abuelo* e eu, incidentemente, adentramos a barraca do general Câmara de garrafas em punho.

— Boas noites, meu bom Câmara — simulava o experiente vovozão. — Tenho cá estas garrafas de uma excelente safra as quais quero compartilhar com vossa mercê. Ah, meu bom sargento Carabenieri, apresente ao general seu saca-rolhas.

Efetivamente, eu saquei o sabre.

À nossa frente, com as botinas bem afeitas sobre um baú, estava ninguém menos que o coronel Pedro Hermosa do exército paraguaio.

— Senhores, meus senhores! — intercedia Câmara. — Se antes de bebericarmos essa tal água mijada que trazes à minha barraca, meu bom Osório, já temos tantos ânimos exaltados, o que diremos uns aos outros após desarrolhar?

Hermosa sorria e, calmamente, abastecia seu cachimbo com fumo retirado de uma caixa com o símbolo imperial. Nem parecia ter se dado conta de nossa presença.

— Coloque essa rolha de volta, rapaz — rugiu Câmara. — Ou te coloco a ferros!

— Ah, mas antes vai ter de explicar ao Imperador o que fumo imperial faz naquele cachimbo paraguaio, meu caro senhor — sorriu o vovozão. — Via de dúvidas, desarrolho outra garrafa.

O sabre imperial sibilou sinistramente nas mãos de *Gran Abuelo*. Um uivo expectante e amedrontador parecia crescer em torno do gume afiado da arma à medida que a aragem da Cordilheira adentrava a barraca de Câmara.

Somente seus homens mais próximos, entre os quais tenho a honra de dignificar-me, conheciam aquele sorriso do Marquês de Herval.

Esperto, que ainda se recuperava dos tiros disparados às suas costas pelos simpáticos soldados desse borra-botas, costumava dizer que esse sorriso prenunciava grandes tempestades. Havia carne paraguaia pendurada em sua baioneta da última vez que o vi sorrir assim. Isso foi há algumas semanas, em uma trincheira em *San Solano*.

— Não ordeno nada menos que grilhões a este animal! — rugiu *Gran Abuelo*. — E tire essas botas sujas de veneno caudilho de cima do baú!

Ao receber um violento chute, o coronel e seu novo amigo se deram conta da presença de um gigante no interior da barraca. O general Câmara resignara-se a assentir. Chamou dois de seus homens, que imediatamente conduziram Hermosa à cadeia.

Sabres descansando. O Marquês olha para mim. As rugas desenhavam um risco feio na face pesada de dores do vovozão.

— Ah! Tanto faz! — sorriu Câmara. — Já tenho o que precisava. Vamos abrir essas garrafas, meus amigos?

— Primeiro sargento! — ordenou *Gran Abuelo*.

— Senhor!

— Leve-as à tenda médica. Veja com Medroso se o bom Dario já tem saúde para receber o remédio de minha adega — rosnou o Marquês. — Se tiver, venha me chamar em minha barraca.

— Imediatamente, senhor! — disse olhando para a cara fechada de Câmara.

— *C'est la vie*! — sorri Câmara. — Ah! Osório, meu marechal de campo, logo após comunicar as utilidades de Hermosa ao nosso mui estimado Imperador, chegaram essas ordens endereçadas a ti.

Gran Abuelo tomou-lhe o envelope sem a menor vênia.

Jamais esquecerei a sua dramática fisionomia naquele instante. A dor atravessou cada ruga do rosto do velho soldado quando baixou vistas sobre o conteúdo da carta.

— Sabes de uma coisa, Osório? Parece que o tal Conde tem mesmo algo de soldado! Agora tens ordens, meu marechal de campo — sorriu Câmara. — Com vossa licença, senhores. Amanhã parto para a Serra de Maracaju, bem cedo.

Saí daquela barraca com pesadas dúvidas. Mas a veracidade de tudo provém da mais cínica das respostas. Findada a guerra, em retribuição aos seus comandantes, o Poder Imperial fatalmente distribuiria cargos políticos, comandos militares e títulos de nobreza.

No caso de Osório, a nobilitação seria justa e devida.

Mas o que dizer dessa monstruosidade?

O coronel paraguaio, tendo recentemente desertado dos interesses de *la patria* e adentrado *la vida del ciudadano brasileño*, receberia, em troca de informações privilegiadas, paga em boas terras canavieiras a serem designadas pelo futuro Ministro da Guerra.

***

— Eu sou assim! Carne e espírito; arroto e *toicim*! — dizia Ceroulas.

Riam-se os imperiais designados por Esperto para a limpeza dos estábulos. A risadaria, por certo, atraiu a mim e Medroso. Estacionamos o peso de nossas preocupações sobre o entorno dos currais.

Há poucos minutos compartilhei a descoberta com o bom doutor. Juro-vos, senhores, parecia que eu enxergava aquelas rugas do vovozão em redor dos olhos do médico. Irmãos de armas e das mesmas queixas lúgubres, uma cabeça a mais no problema poderia situar ramificações que eu não havia auferido.

Os homens estavam imundos. O labor era pesado, mas riam como uns malditos. Ceroulas tomara as rédeas de um monólogo. Palhaço por natureza, estava acabando com todos.

— Medroso! Por Deus! Me avie receita que preste, urgente! — finge gemer Esperto, todo curvado com as mãos no estômago. — Esse desgraçado pretende matar-me de rir!

Remédio? Quando o ardume das preocupações oscila sobre velhas úlceras, torna-se imperioso ouvir as asneiras do anspeçada Severo.

Caso à parte, desde que a velha bruxa da Vila de Nossa Senhora do Belém de Tebraria deixou de frequentar os catres dos imperiais, o veterano gostava de se vangloriar de sua aparente capacidade interpretativa dos sonhos. Isso, é claro, para quem lhe desse ouvidos. A plateia, grande nos estábulos, principalmente no que se referia aos muares, somava a mais dois burros.

— Estou dizendo, *Papá* e Medroso — ia tagarelando Ceroulas à frente do curral de Victório. — Por vezes, os sonhos são enigmas intrincados destinados a confundir a cabeça dos homens, outras noites, contudo, vêm em forma de maravilhas destinadas à partilha com os demais.

— Pior do que sonhar, é comentar depois — ria-se Esperto. — Não tem, por acaso, senso de ridículo?

— Pelo Jesus que vive em cada tiro, sargento! — sorri Ceroulas. — Tenho sobrando.

— Ah, meu bom Senhor do alicate! — gemeu Medroso. — Lá vamos nós.

***

Eu estava em uns campos floridos, na Vila de Nossa Senhora do Belém de Tebraria. A vila, afinal, estava forra da assombração. Todos comemoravam. Menos o desafortunado e ressequido cadáver debaixo da árvore.

Eu, na qualidade de herói, pastoreava a boa *grappa* da região.

Não era das piores.

Pois, sim! Um rumor, por trás dos Montes, chamou a atenção de meus atentos olhos de harpia. Em pouco tempo já divisava sua origem. Brancas como a mais alva neve das Cordilheiras. Puras como a mais casta donzela.

Um grupo de enormes lebres passava em debandada através das sendas e dos caminhos que enrodilhavam aqueles imensos paredões de pedra. Eram as maiores lebres sobre as quais já tinha colocado os olhos, e um sujeito, com o porte do sargento, poderia facilmente cavalgá-las.

***

— Pelo amor de Deus, Ceroulas! — grita Aríete apoiando-se em um forcado. — Tu nem estavas conosco!

— É um sonho, teu bosta! — rosnou o indignado Ceroulas. — Cala essa tua boca ou te mostro a minha fúria ressentida de herói desvalido de sonhos.

Mais risos. Esperto caiu de cima das tábuas do curral de sua montaria. Quando levantou, acarinhou ternamente o animal. Ah! Ali estava mais um pedaço de gente debaixo da farda.

— Infeliz! — ria Esperto. — Precisa ter maior aprumo e entendimento das dimensões do que minha bota reserva para teu traseiro! "Porte do sargento"! Rá!

Gismar envergou uma gargalhada de orelha a orelha! Ah! Ali estava outro pedaço dos bons soldados. Nem todas as crias da noite, horrores inspirados no pior dos nossos pesadelos, poderiam fazer recolher a fibra dos imperiais.

— Perdão, meu herói! — riu-se Aríete fazendo mesuras a Ceroulas. — Me reservarei à minha mera insignificância!

— É justo! *Con su permiso, mi maestro!* — disse Ceroulas para minha pessoa.

— À vontade, ó profeta!

***

Para longe de minha panela e do entorno de meu regaço, elas saltitavam. Altivas e com destino certo a uma gigantesca cachoeira nas imediações. Lá chegando, acoitaram-se, com doces chiados e traquinagens, sobre o vapor molhado e fresco que se desprendia da magnífica foz.

Observava do alto. Em nosso redor tudo era verde e fresco, e havia ânimo divino em cada pedra e criatura da paisagem. Meu coração se encheu de alegria.

Então, as águas que antes saltavam pela beira das pedras, precipitaram-se a subir aos céus. As lebres olharam, com alegria, para os anjos que espiavam de pequenos rasgos nas nuvens.

Quisera, meu capitão, escrever na queda d'água da maneira como escrevo na areia! Deixaria por lá minhas iniciais para que seus vapores, suaves e límpidos, purificassem meu nome de todo pecado, para que ele pudesse subir aos céus e cair na boca dos anjos.

O entorno daquele abençoado lugar começou a brilhar. Um brilho morno e raro de estrela, que trazia lembranças das mãos ternas da saudosa mãe deste pobre soldado.

De súbito, como que se o próprio demônio ordenasse ao mundo acabar, a água cessou de correr aos céus, desaparecendo definitivamente. Ficou para trás um vasto leito de rio seco, que conduzia a uma terra árida, cheia de mortos, repleta de poços escuros e traiçoeiros de onde assurgiam bestas descomunais.

Os anjos todos gritavam e se desesperavam. Nos céus distantes de névoas sempre douradas, grandes e majestosos sinos repicavam, mas ninguém vinha socorrer os pobres querubins daquela grande aflição.

Em terra, um eclipse que sábio algum previra engoliu o sol. Acobertados pelo breu noturno de uma treva não natural, enormes lobos acuavam as pobres lebres dos Montes. Sobre as pedras, esses demônios infernais se assentavam e, uivando famintos para uma lua feita de sangue, ensaiavam saltar sobre a presa indefesa.

Foi quando, de um buraco feito no céu, esticou-se o pescoço metálico de um amigo mui íntimo desses imperiais. Um *spencer*, dourado, cingido pelo ourives mais aclamado entre os anjos. De insígnias místicas era desenhada a sua coronha e sua infalível mira era precisa, adornada por uma brilhante auréola de anjo. Era-me possível ouvir, advindo do interior de seu carregador tubular, a canção da prata que purgaria o mundo da trevosa imundície.

KIPOW! KIPOW! KIPOW! KIPOW! KIPOW! KIPOW! KIPOW!
Irrompeu o trovão que vinha dos céus! Fogo e morte, anjos vingadores dos justos pairaram sobre as bestas noturnas e arrebanharam-lhes para as mais abissais profundezas.

Os lobos estavam mortos.

A água retornara à foz e os céus apaziguaram aquela escuridão que ameaçava devorar o mundo dos homens. O verde voltou aos campos e o verbo ressuscitou na boca de todos os homens e pássaros mortos. Cantou-se hosanas aos céus. Os querubins se rejubilaram e eu, devoto da boa *grappa*, ajoelhei-me e ergui vistas para o Salvador.

A cara sorridente de *Gran Abuelo* espiava-me através daquele buraco.

***

— Ah, não! O vovozão? No céu? — interrompe Esperto.
— Deixe o pobre, sargento.
— Obrigado, *Papá*! Hunf! — disse Ceroulas dedicando um olhar de censura ao sargento.

***

Gran Abuelo tinha naquele momento grandes comedimentos com este seu leal imperial. Quando falou, a voz graciosa do Marquês exaltou, entre muitas, as qualidades que mais me dignificavam. Ele disse:
"Ceroulas, seu bosta!"
— Sim, meu Marquês?
"Vai aos homens para dizer o que só teus olhos viram!"
— E como este pobre soldado, devoto da boa *grappa*, fará acreditar o que só ao Eleito foi permitido conhecer, meu bom Marquês de Herval?
Depois de muito ponderar, o vovozão desengatilhou o seu *spencer* de ouro e fez pular do carregador uma dentre suas infindáveis balas de prata.
"Toma, pois, esta prenda!" — disse o Marquês. — "Leva ao mundo dos homens e oferta as minhas verdades àqueles parvos todos!"
Tomei a bala em minhas mãos e, quando novamente ergui vistas para o alto, o buraco no céu havia fechado. As lebres, então, cavalgaram o vento leste em direção aos Montes e uma linda e desejosa prenda, de cachos rubros como o fogo e lendários olhos verdes, veio ter comigo sem que nada lhe cobrisse as partes íntimas.

***

— Momento no qual esse bandido, esse malfeitor, esse ladino ladrão de sonhos, veio chutar o meu catre de soldado honesto! — sentenciou Ceroulas apontando para o sargento que jazia caído no chão do curral aos gemidos de "socorro".
— Alguém tire ele daqui! — ria-se Sorriso. — Está matando o sargento!

— Com o devido crédito, meu irmão! — gargalhava Medroso. — Os disparates de teus sonhos só se deixam superar pela tua incrível habilidade narrativa!

— Podem rir! Podem rir! — dizia o emburrado Ceroulas. — Todos vós havereis de se calar quando eu mostrar o que tenho aqui.

Acoitou a mão nos bolsos da calça e, por um momento, remexeu-os impacientemente. O semblante do anspeçada se iluminou quando retirou de um dos bolsos uma bala de prata.

— Ah, meu caralho! — disse Medroso. — De onde surgiu isso?

— Pelas barbas do Marquês de Herval! — disse Aríete, arrebatando a peça das mãos de Ceroulas e em seguida mordendo a cabeça da bala. — É prata mesmo!

— Ei! — gritou o indignado Ceroulas. — Devolva-me, grandão!

— Sargento! — brada Aríete ao arremessar a bala para Esperto.

— Onde diabos achou isso, seu cretino? — Esperto inspecionava o projétil com seus abalizados olhos. — Minha caceta, capitão! É bala de *spencer*!

— Aríete! — grito ao gigante.

— Sim, meu capitão!

— Bata nele até abrir o bico!

— Está bem! Está bem! — berra Ceroulas ao se esquivar das mãos grandes de Aríete. — Encontrei isso pela manhã, próximo à entrada do túnel. Em verdade, tem este saco aqui.

O anspeçada guardava junto a um dos cochos dos cavalos nada menos que uma mochila de Campanha repleta de cartuchos de *spencer*, todos cinzelados da mais pura prata.

— Tem uns duzentos aqui! Por que diabos o povo da vila estava se municiando com prata, *Papá*? — inquire Esperto.

— Sei disso tanto quanto todos vós, meus imperiais — o pensamento penetra fundo em meu raciocínio. — Ah! Porra! Cicatriz?

— Sim, *Papá*! — adianta-se o soldado.

— Os cartuchos deflagrados que encontrou próximo àquela viela? — solicito.

— Vou pegá-los, capitão! Estão na cadeia — menciona o sapador.

— Com essa já são mais duas peças para aquele quebra-cabeça que vem tirando o teu sono, capitão — menciona Medroso ao inspecionar a bala.

— Duas? — pergunto erguendo o sobrolho às alturas.

— Desprezamos a primeira delas. A estória do Ceroulas me fez recordar — concluiu o médico. — Tem um cadáver mumificado encostado a uma árvore pelas bandas dos tais Montes de Tebraria. Ele está louco para contar uns causos em minha mesa de necropsista.

***

As mesmas balas. Mas eu duvido que o *spencer* que disparou os projéteis fosse feito de ouro. O único ouro da vila está escondido nesta capela.

Ouro e prata, já não sei pesar o seu valor.

Tampouco creio chegar a alguma conclusão disso tudo. Algo em meu íntimo diz que estou tão perto da verdade quanto estávamos próximos a Humaitá, horas antes do ataque decisivo, quando, acobertados por uma noite sem luar, começamos a cavar as trincheiras com uma jarda de profundidade.

Lançávamos a terra à frente, para construir abrigos para nossos corpos no menor tempo possível. Já estava para amanhecer. Tão próximos estávamos das linhas inimigas que distinguíamos, com perfeição, o alerta das sentinelas, as risadas e tosses dos homens na fortaleza. Perto demais.

É como nos ateliês finos dos pintores. Quanto mais próximo do quadro, menos se atinam aos seus detalhes mais significativos. É tomando alguma distância que visualizamos o quadro geral.

Quão longe teremos de ir para enxergar?

— Capitão! — é Esperto se adiantando para dentro da capela. — Despachei Aríete e Poncho para a Vila de Nossa Senhora do Belém de Tebraria. Três, talvez quatro dias no máximo, e estarão de volta com nosso pacote.

— Cagões do jeito que eram, duvido que algum daqueles colonos teve peito para mexer no corpo ressecado à sombra daquela árvore.

— Medroso pediu para perguntar se o senhor não queria ir com eles — gracejou o sargento. — Disse que havia por lá interesses de tua estima, *Papá*.

— Findada a guerra, nós ainda precisamos de médico nesta companhia?

— Lastimo que sim, meu capitão — sorriu Esperto.

— O garoto capturado pelos *brummers* — menciono segurando um registro de nascimento.

— "*A filho do nossa contratante*", Pedro Hermosa, aposto! — atropela o sargento. — Paraguaios demais por esta banda. Anos atrás, eu já ouvira boatos de que o malfeitor havia se tornado, com as bênçãos de Câmara, um canavieiro de grandes recursos.

— Acertou. O que perdi?

— As duas garrafas que o capitão e o vovozão tomaram antes de minha recuperação em Humaitá — sorri o sargento.

— Não, seu palhaço! — retribuo o sorriso. — O que perdi nessa história toda de crias da noite e velhas rixas que está tão evidente?

— Tão evidente que é difícil enxergar, *Papá*. Como aqueles atiradores com galhos em rama sobre a cabeça e ombros, na tocaia a Solano, próximo ao Aquidabã.

Perto demais.

Duvido que os céus irão se abrir e clarear as trevas desse tenebroso eclipse com ribombos de prata e santidade. Ah, *Gran Abuelo*! Como pudemos deixar isso acontecer? Fosse agora manhã, eu calaria a noite no berço de meu sabre!

Todavia, despertos em meio à noite escura, falta-nos a luz e somam-se os passos em nosso redor.

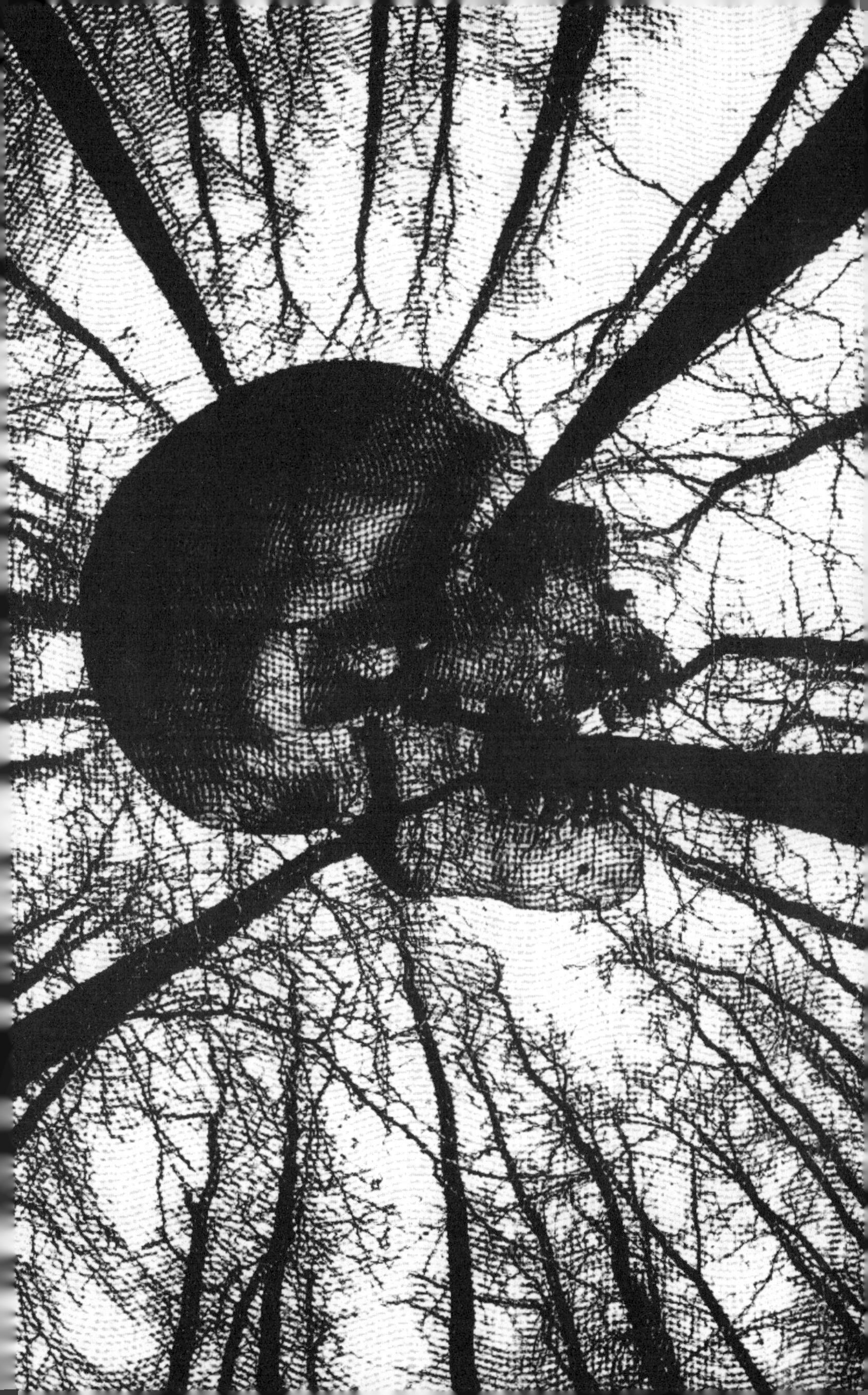

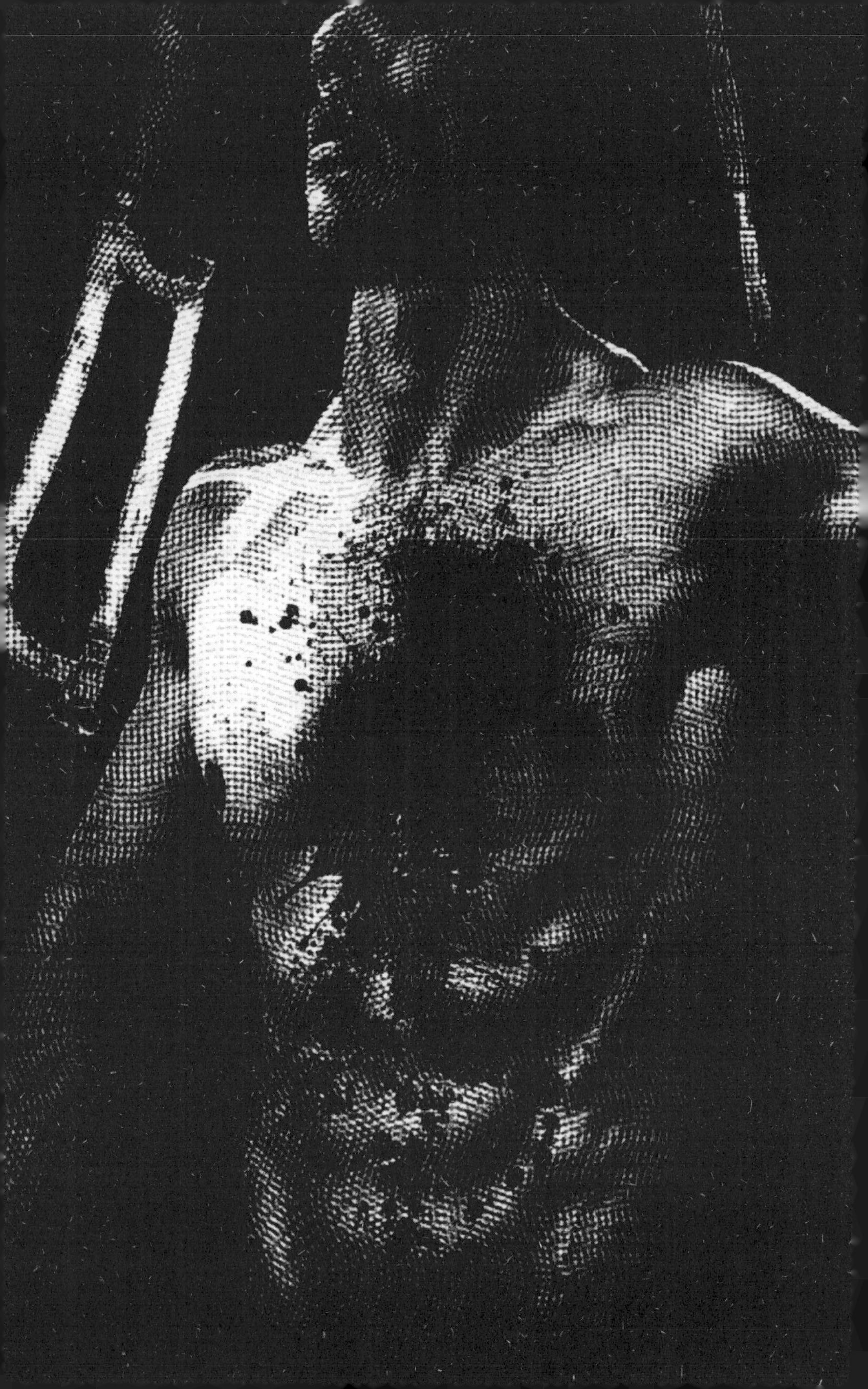

11

Mensajero

Se de sonhos ou memórias são feitas as reminiscências que peça a peça se encaixam, tal como um fuzil desmantelado às mãos do soldado, não poderemos, ao final da batalha, reagrupá-las conforme as nossas querências e necessidades?

Deixo, então, que me ocorram.

Perco-me, por vezes, na poeira alta dos devaneios, sempre esperando que o vento infindo, que atravessa sinistras paragens entre as altas colinas, traga-me a mensagem.

— O que disse, Visconde Osório?

Era o décimo segundo dia nas Cordilheiras. Apesar do clima ameno, os ventos fortes e constantes levantavam grandes massas de pó e areia, fazendo com que, em plena luz do dia, os soldados buscassem abrigo no interior de suas barracas.

— O uivo dos lobos selvagens naquelas altas colinas, cujas idílicas notas acentuam as memórias divinas, serão fragmentos de eternidade assaz imensos para o cativeiro egoísta dos humanos pensamentos — sorriu enquanto molhava a pena no tinteiro. — É um poema, meu sargento. O que achas?

— O Visconde de Herval tem talento! Bravo! Guerreiro e poeta! — sorri-lhe calorosamente. — O genro de nosso bem-amado Imperador tem, agora, motivos outros para externar sua admiração. E a boa dona Francisca sabe o que deixou sair de casa?

— Ah! Minha amada Francisca! — sorriu amargamente *Gran Abuelo*. — Quem dera! Ela tem padecido de dores para as quais não há remédio. E isso? Ora, são apenas arranhaduras nessa pele morta chamada papel. Os bravos lá fora escrevem crônicas melhores com as cicatrizes que levam debaixo da farda.

O vendaval acirrou esforços para varrer o acampamento. O pano grosso da barraca agitava-se violentamente como que prenunciando augúrios malignos. Quanto haveríamos de trilhar ainda? Nestas terras desoladas, nós sabíamos, nada de bom haveria de brotar.

Os últimos informes deram conta de que López avançava entre pedras e pó. Buscava recrutar reforços para as linhas paraguaias. A demanda era dura. Naquele momento de glória para a Tríplice Aliança, ninguém parecia vir em socorro do caudilho que, em seu desespero, rumava para as matas tramontanas.

— Não importa o que diz Câmara — sentenciou o Visconde Osório. — O bom amigo Conde d'Eu tem se mostrado um aguerrido aliado às minhas empreitadas para melhorar os contingentes.

— Por certo que sim, meu caro Visconde.

— Em nosso último encontro, o Conde prometeu somar seus esforços aos meus a fim de modernizarmos os imperiais — professava *Gran Abuelo*. — Imagine, meu sargento, o contingente fartamente municiado, engenhosamente equipado, estacionado em postos de vigilantes, mantendo-se em forma de batalha até mesmo nos tempos de paz!

Um exército que não se disperse aos quatro ventos quando os cabos de esquadra se tornam sapateiros e anspeçadas voltam aos grilhões para sentir pesar sobre os ombros a chibata no lugar de dragonas. Oh, desonrosas dispensas e destinos imerecidos! Tudo em virtude da gana dos generais, famintos por títulos de nobreza, cargos políticos e soldos altos.

A visão nobre do veterano de guerra! À frente de seu tempo, meu estimado Visconde logo se veria às voltas com todos os opositores retrógrados que, cobiçosos, haviam deformado as aspirações dos liberais monarquistas e unionistas do Império do Brasil.

Vovozão carregava grande mágoa por ter sido um dos responsáveis pela fundação do Partido Liberal. Seus ideais, profundamente arraigados na Monarquia, foram corrompidos pela nova casta de nobres que valsava indolente pelos salões imperiais.

Oh, meus senhores! Antes de findar a guerra, já havia veneno no Palácio do Imperador. A boataria infundada alardeava superstições em meio à aristocracia. O inimigo externo só inspirava horror aos interesses da Pátria.

Pedras e pó, matagais e ribeiros rasos, nós vimos em nossa caçada.

Nada sabiam os políticos! O horror alardeado nos salões só existia, vivo, no campo de batalha: nas trincheiras alagadas ao sul, nos abatises sangrentos sob a sombra das fortalezas, no trovão das bocas de fogo e no ribombo da pólvora que jamais cessará!

Esse é o horror que os soldados viram.

Que mais haveria, López, de oferecer?

Alguém bateu de leve na lona da barraca. O Visconde Osório fez-me sinal. O vento repleto de poeira alardeava seu urro sinistro, o céu lá fora era feito de sangue e treva. O dia se fora e a noite, faminta, baixava às Cordilheiras Paraguaias. Soltei os cordames internos e ordenei ao visitante que entrasse.

A menina.

***

Falta-me o alento. O catre está encharcado de suor.

Minha cabeça oscila entre este e o outro mundo. Sons ecoando.

A porta. Alguém bate à porta.

— Capitão? — insiste a voz.

É Esperto. Notícias. Aríete e Poncho regressaram da Vila de Nossa Senhora do Belém de Tebraria. Recomponho-me em frente a uma bacia com água. Afivelo o fecho do cinto. Nunca senti pesar tanto o sabre de guerra. Minhas mãos tremem.

Confiro os ponteiros de meu relógio de bolso. Herdade de meu pai, a velha tecnologia suíça é precisa e imutável. Tomo um generoso gole de cachaça. Foi Sorriso quem desenterrou isso de uma das despensas. Queima a garganta e desanuvia temores. Nada de alquimia, o derivado da cana-de-açúcar é produto de reações naturais, ciência a serviço do homem. Observo novamente as minhas mãos. Quando me dou por satisfeito, deixo o quarto e saio para o ar noturno.

— Que cara! Parece que viste um fantasma! — menciona o sargento. — Estás bem, *Papá*?

Nem o dignifico com resposta. Saio trotando em direção à cadeia.

Olho para cima e os vigias me cumprimentam com um aceno de cabeça. É o turno de Sorriso, Gancho, Tio Zé e Maluco. Alguns rapazes estão jogando cartas no grande armazém. Dá para ouvir o escândalo que Ceroulas está fazendo. Alguma coisa a ver com cinco ases no baralho de Aríete. Espero que o gigante não o leve a sério, caso contrário, haverá outro cadáver para Medroso molestar.

O bom doutor me aguarda junto à porta. Está ansioso. Desempacotou instrumentos cirúrgicos dos quais jamais fez uso em campo de batalha.

— Já jantou?

Rosno uma resposta ao médico.

— Ótimo! Não quero ninguém vomitando na sala do necropsista! — sorri desdenhoso.

Poncho e Cicatriz estão de guarda ao lado da mesa improvisada. *Spencers* e sabres em prontidão. O que o sargento está esperando, afinal? Que essa coisa seca acorde de seu sono da morte?

Após tanta escuridão, quem pode censurá-lo?

O corpo escuro e ressequido ainda ostenta aquela aparência mumificada de muitos meses atrás. Jesus! Parece que foi em outra vida. Logo agora que começava a esquecer aquela maldita cripta.

— Empacotamos em uma lona e trouxemos da maneira que estava, *Papá* — diz Poncho, torcendo o nariz para a coisa. — Ainda estava assentado sob a sombra daquele carvalho, a quinze léguas da cidade.

— Alguma coisa mais? — pergunta Esperto.

— Que tipo de coisa, capitão? Movimento? Uivo? — diz receoso, depois sorri. — Nada. Nem um único pio. Deve estar cansado depois da viagem sobre o lombo da mula.

— E na vila? — pergunto.

— Ah, sim. A vila. Já dizia o bom Sorriso, povo tenebroso, senhor. De vereda, apeamos por lá. O tal Angelo era mensageiro entre províncias. Dava o ar da graça em Tebraria a cada dois, três meses.

— O que há de errado com o telégrafo, Esperto?

— Acho que o povo anda mesmo a evitar esses excessos progressistas, *Papá*. Vai saber? — diz enquanto espia o corpo enegrecido. — Queimaram essa coisa?

— Não. Apesar do mau estado, a roupa está aí ainda. Calcificação talvez — menciona Medroso. — Chegaram a revistar os bolsos?

— Oh, sim! Que cabeça a minha! — resmunga Poncho, mexendo em uma velha algibeira de couro. — Cá está, doutor.

— Correspondência, documentos notariais e um livreto de anotações — examina Medroso. — Estão bem conservados. Em melhor estado que o portador.

— Estava mais fechada que recavém de freira, Medroso. Achamos o malote debaixo do gaudério — responde Poncho. — Ele o queria bem escondido.

— E ninguém bolinava o tal Angelo — completou o sargento.

— *Papá* — Medroso me oferece os documentos.

— Faça seu trabalho, Medroso — disse ao pegar o maço. — Torne essa coisa real, nada de explicações do mundo não natural. Eu vou deitar olhos. Esperto, traga esse lampião até aqui.

— Muito bem. Mãos à obra — diz o médico colocando uns óculos engraçados e passando a mão no bisturi.

Ilustríssimo Senhor,
O mui estimado coronel disponibilizou, para o serviço de vossa enfermaria, o pessoal requisitado. Esforços outros, entretanto, haverão de exceder as suas capacidades. Nosso "mensajero" tem em seu poder a escrituração em estado de responder as perguntas que lhe forem feitas.

— Valha-me ao chavelhudo diabo troçar se isso não é furo de bala — menciona Medroso ao despir o defunto dos trapos de seu colete e camisa. — Disparo de *contacto*, sem a menor dúvida, altura do coração. Sargento, risque causas naturais da lista.

— Assim? De repente? — resmunga Esperto.

— Pólvora no buraco não deixa margem para outra interpretação — sorri o médico. — Como não existe nenhum espaço entre a boca de fogo e a superfície de impacto, os elementos que saem após o disparo têm de necessariamente penetrar em profundidade.

— Amém.

Os registros de receituário e diagnóstico devem ser anotados periodicamente. O coronel tem interesse em acompanhar o desenvolvimento das sementes. Quanto aos queixumes defenestrados, acredito, particularmente, que vossos receios são infundados. O último relatório de vossa senhoria beirou o risível. Não há riscos de contaminação antes do prazo apontado. De todo modo, vossa senhoria dispõe do remédio necessário para controlar eventual infecção.

— Faça nota, *Papá* — menciona Medroso enquanto desliza o bisturi pela pele escura e seca. — Inobstante a aparência, o grau de decomposição cadavérica é mínimo. Sem bálsamos ou aquilo que o valha para fazer empalhar o senhor Angelo, seu cadáver não se apresentaria tão elegante, mormente naquele clima tórrido.

— Em português?

— Esse sujeito poderia estar bem ativo — sussurra o médico.

Um homem da ciência não deveria se atinar aos disparates mencionados pelo pessoal de enfermaria, quando da ocasião dos relatos de sono noturno. Pesadelos vívidos? Ora, admira-se que meu irmão tenha vos confiado tão arriscada empreita, da mesma maneira que confiou-me a guarda de seu único filho, meu amado sobrinho Pablo. Vossa enfermaria, neste conteúdo, tem sido desabastada de resultados quando comparada às enfermarias de Vila do Porto e Ilha da Queimada Grande.

Bem sabes, estimado senhor, que nosso bem-amado coronel morre de pavores de cobras e não há, neste mundo, lugar mais infestado que a indigitada ilha. Não obstante, meu irmão tem acompanhado de perto e com muito interesse os assuntos daquela enfermaria. De maneira que se eu estivesse no vosso lugar, colocaria os assuntos de vossa alçada na mais perfeita ordem, antes que seu séquito tenha-vos interesse.

— Ah, meu caralho! — exalto-me.

Vila do Porto.

— *Papá*, o que foi? — pergunta o sargento.

— Muito bem, pessoas levianas e insensíveis para fora — o médico olha ao redor fingindo mau humor. — Não? Ninguém?

Medroso dá de ombros e continua a dissecação.

Por cá, Vila do Porto já está pronta, há meses, para entrar em combate.

— Incisão abaixo do ombro, até o peito, seguindo até o ponto correspondente sob o outro ombro — Medroso faz dois cortes profundos que seccionam o tecido rijo e enegrecido do cadáver. — Incisão em linha central até o púbis. Ípsilon.

Olha sorrindo para o sargento.

— Esperto, sabe o que é um ípsilon? Púbis, talvez?

Todavia, não desalenteis. Inobstante sua fobia, o coronel pretende firmar-se em Ilha da Queimada Grande.

— Afastamos toda essa musculatura do tórax para a lateral. Costelas expostas — suspira Medroso. — O trabalho de um médico nunca acaba. Bisturi. Articulação costoclavicular separada. Costótomo. Adeus, costelas. Jesus, que cheiro.

— Senhor! — geme Poncho.

— Sim, furriel? — responde o sargento.

— Licença para esperar lá fora.

— À vontade, Poncho.

Ele parte apressadamente. Quando passa pela mesa, Medroso ergue a vista coberta pelo aparato engraçado e faz troça do gaúcho:

— Vai ver ele foi fazer fogo de chão. Abdômen aberto. Alças intestinais intactas.

Tudo isso graças ao inestimável apoio daquele engenhoso senhor do Pacífico. O Presidente foi sábio em oferecer asilo ao ilhéu de Chiloé. Dom Benigno não chegou a tempo de salvaguardar os interesses de "la Patria", mas a data de nosso desagravo está próxima. E nossas rotas de fuga são confiáveis.

Faço uma nota, por ocasião desta missiva. Meu caro "señor", não toleramos tais disparates, essas fantasias de camponeses simplórios. Mede tuas palavras, com juízo, ao deitar pensamentos nos próximos relatórios. Tal é o espírito de nossa Campanha que, ontem, eu ordenei três de meus mais confiáveis soldados aos ferros quando ousaram relatar, ao oficial em comando, o aparecimento de luzes estranhas nos céus de outono. Tais concatenações eram frequentes somente entre o gentio de mente fraca que, enredado por tolas superstições, narravam suas ignorâncias em redor de fogueiras nestas paragens.

Afora a ira de nosso bem-amado coronel Hermosa, não há o que se temer, meu caro.

— Confirmo *causa mortis*. Tiro em trajetória reta. Óbito em decorrência de disparo de *contacto* no ventrículo direito. Aqui! Essa diabinha quase saiu pelo átrio direito, não chegou a atingir a veia cava inferior, mas a pólvora deixou queimaduras em todo o coração — sorri cheio de si o bom doutor. — É meu parecer final, *Papá*. Inquestionável! Procedendo a retirada do projétil.

Longe da prata, nossa semente haverá de vingar.

— Ah, minha Nossa Senhora do Bisturi! — sorri o médico. — Os senhores não vão acreditar na bala que encontrei!

O grito do homem morto arrancou a todos do transe em que estavam. A coisa escura e fétida à nossa frente berrava freneticamente, somando forças a uma confusão de braços e pernas que tentavam reencontrar o ponto de equilíbrio do corpo que estalava miseravelmente. Rosna como um cachorro que contraiu raiva, quando, então, abre os olhos baços e ameaçadores, pondo a vista sobre o estupefato médico de bisturi em punho. Aposto que, por um momento, para apaziguá-lo, passou pela cabeça de Medroso costurar as costelas de volta.

O peito horrivelmente dilacerado está escancarado aos nossos olhares. Através dele é-nos possível observar o coração ferido de morte voltar à velha cadência. Assenta-se sobre o tampo da mesa. Suas entranhas escuras e malcheirosas escorregam ao regaço de suas miseráveis pernas e caem ao chão.

— *Causa mortis,* o caralho! — grito ao ver aquele corpo enegrecido e desarranjado de possibilidades agarrar o jaleco do médico, que escorrega para trás.

Há uma regra em campo de batalha: quando um homem vai ao chão cadáver, ele não mais se levanta. Odeio quando violam as regras militares! Disciplinar tipos como este é prerrogativa do capitão.

É quase instintivo. Salto da cadeira e um brilho metálico lampeja a partir da bainha do meu sabre. Este é o pai e a mãe de todo soldado, a extensão natural do seu braço, o ponto de encontro entre a vida e a morte.

O braço do tinhoso cai no chão.

Cicatriz está no apoio. Faz uso do punho do sabre como se fosse uma maça esmagadora, colocando o morto de volta à posição inicial e, em seguida, em um habilidoso movimento curvilíneo, ele desfere o golpe que prende a criatura pelo pescoço ao tampo da mesa. O *capelobo* se agita espasmodicamente tentando se libertar do gume do sabre. De repente, ouvimos um estalo medonho e a coisa desfalece.

— Não se aproxime, seu médico alucinado! — grita Esperto.

— Não se preocupe, sargento. Esse não levanta mais — menciona Medroso examinando o ferimento no pescoço. — O golpe do Cicatriz partiu a medula. Bravo, sapador! Há, *Papá*?

— Sim, doutor? — respondo enquanto observo surgir, junto ao umbral da porta, uma dezena de cabeças curiosas.

— Gostaria de reavaliar a *causa mortis* — diz o médico me entregando o projétil de prata.

***

Sombras. Estamos caçando sombras no escuro.

Os documentos notariais que o morto trazia fazem menção a três propriedades distintas. Uma capela na Vila de Nossa Senhora do Belém de Tebraria, uma fazenda de cana em Vila do Porto e um sobrado na Ilha da Queimada Grande. Todas em nome de um certo Pedro Hermosa.

Para colocar fim às questões platinas, em troca da localização de López, o comandante em chefe, que substituía o aguerrido Caxias, concedeu a abrigada política ao antigo coronel do exército do caudilho.

Convidamos a raposa ao galinheiro.

Câmara me ouviria? De que provas disponho?

Ah, claro! Sou o soldado por quem Câmara, desde a Guerra do Paraguai, nutre profundos sentimentos de empatia!

"Licença, Senhor Segundo Visconde de Pelotas e com grandeza Ministro da Guerra! Lamento incomodar o teu semblante de *Ares*, mas sou portador de más notícias. O Senhor procedeu com asneiras nas Cordilheiras. Sim, o Senhor Ministro da Guerra fez merda! Aviso ao Imperador ou a Vossa Grandeza mesmo o faz? Sim, meu comandante! Colocarei uma bala em minha cabeça para não obstar o avanço de vossas ilimitadas pretensões políticas! Com pesar, deixo vossa companhia."

É certo que, aqui, algo saiu terrivelmente errado para Hermosa ao ponto de ver sacrificado o próprio filho. Em seu desespero, ele deixou um rastro de migalhas bastante sugestivo. *Brummers, plata, mensajeros* e *brujos*.

Palavras estrangeiras demais para se abrigar em nossas fronteiras.

Queira o bom Deus permitir que as fronteiras geográficas se demorem mais a cair do que estas tênues linhas, que separam o mundo natural daquele conhecido como não natural.

Medroso diz que tudo pode ser explicado pela ciência. Segundo o médico, a prata sempre teve propriedades medicinais e vem sendo utilizada há mais de dois mil anos. É subproduto da mineração do chumbo e está frequentemente associada ao cobre, de maneira que suas propriedades antimicrobianas sempre foram a principal base de sua aplicação medicinal. A presença do metal no meio microbiano inibe seus agentes. De tudo o que entendi, se ele estiver correto em seus apontamentos, estamos combatendo uma epidemia cultivada em enfermarias militares.

O sargento colocou outra bala de prata no peito do tal Angelo.

E quem diria?! As balas realmente têm qualidade de disparo e poder de fogo no *spencer*!

Meus pés estão famintos pelo lastro da razão. Mas, depois de tudo o que os meus olhos viram, colocadas em ordem as minhas ideias, temo alijar forças ao "*reco-reco Chico disse*" de Sorriso.

Acho que só chego ao fundo disso quando cessar de perseguir o próprio rabo e começar a seguir a trilha de mortos.

Estamos estacionados na Vila do Porto sob as ordens do Visconde. Sem ordens superiores, eu posso mover a tropa somente entre as províncias do Império. Se confirmado que a ameaça foi purgada da terra, a ilha é outro assunto.

Não quero ver a nenhum desses garotos respondendo em Conselho de Guerra. Qualquer outra razão, menor que seja, será motivo para Câmara desmobilizar os Imperiais de *Gran Abuelo*.

Penso naqueles *brummers* doidos entrando com meia dúzia de homens em um casarão infestado de centenas de demônios. Corredores estreitos, espaços exíguos, túneis baixos. Nenhum espaço amplo para o inimigo avançar em bloco. Os combates foram individuais, corpo a corpo. Duas baixas. Resultado alcançado. Efetividade aceitável.

Duas baixas. Talvez mais.

Quando a fumaça da pólvora abaixar, escreverei para quais famílias? "Lamento informar, mas seu amado filho morreu secretamente a serviço de sua Pátria".

Deitar a cabeça no catre, para quem está no comando, às vezes é atrevimento para o qual se paga alta monta. É lá que se aninham seus monstros. Seus erros. As migalhas que ignorou e deixou para trás.

Com os diabos! Faz parte do ofício do soldado. A morte está nas entrelinhas quando subscrevemos aquele papel. Todos sabem disso.

Vê-los morrer de braços estendidos no desespero de se agarrarem à vida.

Quem escolherei para cavalgar, uma vez mais, em direção aos disparos das bocas de fogo?

O que acha, menina?

"*Vós todos morrereis!*"

Acordo.

A maldita... a maldita estava lá.

Sob a amurada de *San Solano*, findo o urro dos canhões e celebrado o sangue derramado em honra aos deuses da guerra, a pequenina aparição assurgiu das sombras.

Entre pedras e silêncio que municiavam as amuradas na fortaleza lopeza, a menina enterrada sob o ipê se ergueu das enormes poças de sangue e barro. Suas pequeninas mãos pálidas se uniram cingidas por dedos finos e ameaçadores e, lentamente, elevaram-se sobre a cabeça oculta por aquele véu feito das sombras que todos os pesadelos vestem no sono da morte.

Quando a pequenina avançou sobre mim, seus olhos não expressavam alegria ou tristeza, sua boca não falava de vingança ou malevolência.

Apenas o fez com garras vulpinas que claramente falam de um propósito.

"Meu anjo salvador! Quão longa se tornou a espera por teus olhos!"

Minhas mãos tremiam. Saquei o sabre, mas faltou força à minha destra para suportar o peso de tantas mortes e de tanto sofrimento.

Meus irmãos... perdão... eu falhei com todos vós!

"Vós todos morrereis!"

Meu sabre cai ao chão.

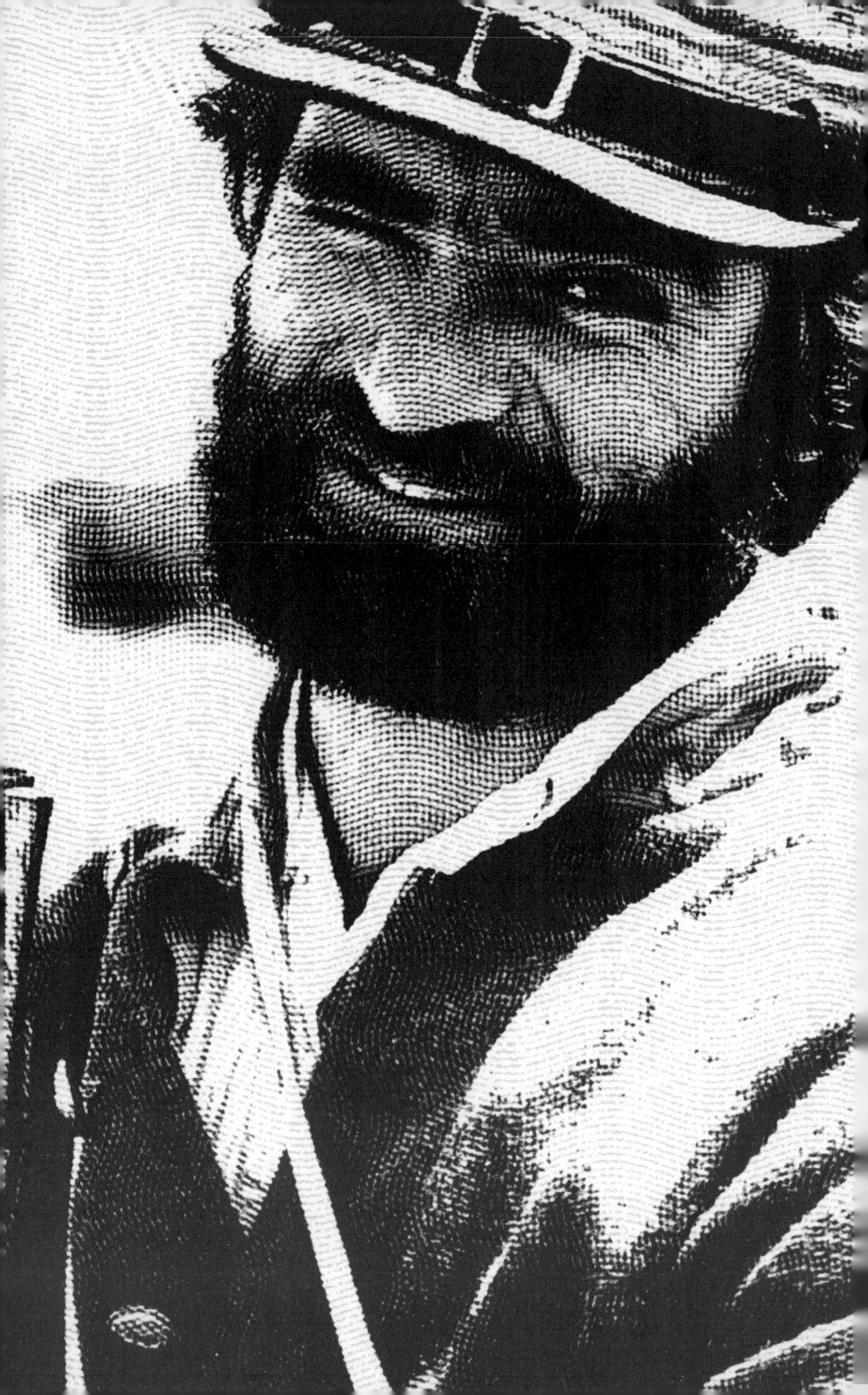

12

Pergunte ao Sargento

O primeiro sargento Dario é um desses tipos heroicos que *Gran Abuelo* colheu no voluntariado e plantou em campo de batalha.

Justiça seja feita, há muito, devo-lhe promoção. Já perdi a conta dos seus atos de bravura. Ultimando-se nossos assuntos, subsistindo ar em meus pulmões, pretendo encaminhar tal recomendação.

O vovozão costumava dizer que um bom sargento ao lado do oficial em comando, quando em campo, nos momentos mais difíceis, era garantia de bons resultados e excelentes conselhos.

Bem, ocorre que, extensivamente ao mote do Marquês de Herval, a tropa toda acabou por vergar, sobre os ombros do primeiro sargento, todos os problemas do mundo. E, excertos à parte, tudo se traduzia em uma simples frase.

— Não sei, Ceroulas, a prenda da capital tem-me feito pressão — resmungava Mosquito. — Sinhazinha quer contrair casório.

— Ah, desmiolado! Se casamento fosse coisa boa, não seria contraído da maneira como bom soldado haverá de contrair a malária ou a gota! — emendava o cabo-adjunto. — Mas tu fazes o seguinte... pergunte ao sargento.

— Penso em ser enterrado com esta arma, sabe Gancho? — falava Aríete pesando o chuço sobre suas mãos de gigante. — Mas tenho dois metros de altura e o chuço de abordagem tem dois metros e meio. Não vai caber no caixão.

— Certo! Certo! — resmungou Gancho olhando para as cartas na mesa. — Pergunte ao sargento.

Cicatriz tinha um dilema existencial fundado na sua pior característica. Ele possui uma estatura muito baixa.

— Ora, como vou saber se tu ainda vais crescer, homem? — ralhava Matador. — Pergunte ao sargento.

— Galinha ou peixe? — questionava Poncho na hora de preparar o rancho para os imperiais que vigiavam a Vila do Porto.

— Pergunte ao sargento — respondia Tio Zé.

— Que merda é essa, doutor?! — gemia Pé de Cabra mostrando uma ferida amarela estacionada em suas partes íntimas.

— Deus me defenda! Pergunte ao sargento!

KIPOW!

— Mosquito, *sinhá* está pois uma moça! — rugia o sargento enquanto observava o carioca no tiro ao alvo. — A ideia de casar vem da leitura de romances imorais! Será de boa conveniência que vás preparando o teu coração, porque a guria, nessa idade de perigo, pode não afiançar bom juízo. Fujas, miserável!

— Sim, senhor!

— Vamos te colocar sobre uma pira funerária do tamanho de tua ignorância, ó gigante! — bradava Esperto colado ao ouvido de Aríete, enquanto este municiava o *spencer*. — Depois deitamos o chuço em cima! Incineramos os dois e guardamos as cinzas em um único pote! Estás de acordo?!

— Sim, senhor! Ideia genial, senhor!

KIPOW!

— Cicatriz, a última coisa com que deves te preocupar é com tua altura, desgraçado! — cuspia o sargento após observar atentamente, com a luneta, os acertos precisos do sapador. — Feio como és, melhor mesmo que tuas dimensões não chamem lá muita atenção!

— Sim, senhor sargento! Obrigado! Tua luz jamais me falta!

KIPOW! KIPOW!

— Galinha pois! Como vamos saber se o peixe enfurnado no lodo desse maldito rio é coisa digna de confiança?! — rugia o sargento. — Essas penosas foram arrebanhadas por Guilhotina próximo aos estábulos. Se o cavalo do capitão confia nelas, de que outro testemunho preciso?

KIPOW!

— Pé de Cabra, dê-me sua arma — ordenava Esperto. — Dar-te-ei boa vantagem antes de atirar nas tuas costas, maldito! Se me mostrares essa coisa de novo, eu te castro!

— Dia cheio, sargento? — pergunto.

— Apenas mais um dia de trabalho, senhor! — faz pouco, com dentes cerrados sobre um cachimbo. — Homens afiados no tiro! Confiaria minha vida à pontaria de qualquer um deles. São os putos mais safados e belicosos desse propalado Vale da Sombra da Morte!

— Não consinta, jamais, que esta premissa abandone a tropa, Esperto — digo depositando minha mão sobre seu ombro.

O sargento me encara, depois olha bem no fundo dos meus olhos. Tira o cachimbo dos lábios, bate com a piteira sobre o pulso e, em seguida, examina o fornilho. Me olha novamente, sorri.

— Sabe, *Papá*? — começa a colocar fumo no fornilho. — Uma boa cachimbada não depende tão somente de um bom fumo de corda. Em grande parte, deve-se ao estado do cachimbo e à chama que o acende.

Apanha um graveto em brasa da fogueira em que Poncho prepara as quatro panelas de galinha. Acende o fornilho. Dá duas baforadas e me encara novamente.

— Com que espécie de fogo tendes acendido o vosso fornilho?

***

Matar um homem não é tarefa das mais fáceis.

Mesmo para o mais armígero dos imperiais, justificar a morte de outro ser humano é causa de debate moral e, muitas vezes, o soldado não dispõe de tempo para pesar opções.

Simplesmente age sob instinto.

Ele limpa a baioneta e, após baixar o fumo dos escapes, olha para a frente de batalha. Então, defende-se pois da própria consciência empregando o mais falível dos argumentos.

A sobrevivência do mais forte.

O soldado se alinha, dia após dia, a esse argumento.

Eram eles ou eu.

Contemplei crianças despedaçadas pela artilharia e mulheres grávidas mortas com feridas de sabre.

Eram eles ou eu.

Ao largo, via arderem os ranchos repletos de soldados desarmados e feridos.

Eles ou eu.

Testemunhei o cerco a um hospital em Peribebuí, onde o Conde d'Eu ordenou que fossem queimados todos os doentes nos leitos. Os que tentavam se lançar fora das fogueiras, eram mortos à baioneta. Vi muitos soldados desviando o olhar das chamas naquela noite.

Vi muitos guris morrerem.

Era-me possível, à vista de muitos destes inimigos, ler expressões da dor acerada que lhes afligia o espírito. Talvez, naquele momento, tivessem no pensamento a mulher, os filhos, os pais e irmãos que, forçosamente, nunca mais veriam.

Como oficial maior em campo, muitos homens entreguei à morte.

Eles, que nunca mais verei.

***

Dezembro de 1868. Batalha do Avaí.
BRUUM! BRUUM! BRUUM!

— Fogo pesado a leste, senhor! — grito, tentando suplantar o rugido dos canhões. — Os postes de telégrafo foram abatidos. Estamos sem comunicação aqui e aqui.

Gran Abuelo observa meus apontamentos no mapa, depois encara os clarões assomarem-se em redor das trincheiras. Seu semblante é à prova de qualquer interpretação.

— Os homens de Esperto foram interceptados neste ponto por atiradores. Não podem avançar, nem retroceder. Estão encurralados, senhor. Nossos batedores se deram conta de que uma guarnição de mil paraguaios está avançando na direção do segundo sargento — continuo gritando. — Solicito ordens.

BRUUM! BRUUM! BRUUM! BRUUM! BRUUM! BRUUM!

Uma descarga de artilharia de dezoito peças em nossas linhas avançadas faz o vovozão erguer um olhar feroz para a ponte sobre o arroio Avaí.

— Minhas ordens, sargento — gritou o venerável *Gran Abuelo*, recarregando o fuzil *minié*. — Vamos tomar a artilharia de assalto!

Montando um esplêndido pampa castanho e branco, Osório liderou-nos à frente da cavalaria. A ponte ao sul do arroio Avaí estava tomada de soldados paraguaios. As bocas de fogo estavam sendo municiadas com mortais pelouros.

De súbito, em uma manobra arriscada, *Gran Abuelo* direciona seus cavalarianos ao entorno de um pequeno morro, próximo à posição em que Esperto fora emboscado.

Os paraguaios entendem que a cavalaria parte em socorro dos homens emboscados e concentram o fogo sobre os imperiais remanescentes, que se batem de sabre e baioneta junto à ponte.

Ledo engano.

Bandeirolas assurgem, repentinamente, pelo outro lado do morro. A força paraguaia é envolvida por um movimento brutal de flanco.

— Homens da Pátria! — grita Osório. — Não esmoreçam diante da morte! Acertem-na com uma só estocada! Hastas à frente! Nosso suor é temporal que desaba e lava de morte o Avaí! *Centauros*, tragam-me a cabeça desse Caballero em uma bandeja!

Gran Abuelo brande seu sabre heroico. Arrasamos com eles! Não há dúvida a quem pertence a supremacia sobre o arroio. De onde estamos, nós observamos o general Caballero disparar em fuga enquanto seus homens abandonam os postos de batalha. A artilharia inimiga foi tomada!

KIPOW!

O vovozão é atingido na face.

— Vilão! — grito ao empalar, com um pique, o traiçoeiro atirador que se escondia sob a ponte do arroio. — Aqui! Médico! Socorram o general!

Os cavalarianos, antes regidos pelo clamor da batalha, agora murmuram exorcismos inauditos e esgarçam olhos de espanto para o sangue que escorre pelo maxilar de *Gran Abuelo*.

— Tire suas mãos de mim, Medroso! — grita *Gran Abuelo*, empurrando o pobre para trás. — Dá-me teu poncho! Isso é atadura que basta a um soldado! Homens!

A cavalaria se reúne ao entorno do general. Os soldados recebem ordens para voltar a artilharia para a linha de defesa de Esperto. O ânimo volta às linhas, nosso general está bem! Seus olhos são feitos de aço e sua palavra é o fogo que acende o canhão!

— Disparem! — grita *Gran Abuelo*.

BRUUM! BRUUM! BRUUM! BRUUM!

Fogo e morte desabam sobre a soldadesca paraguaia.

Uma a uma, as linhas inimigas tombam.

A infantaria que ameaçava a posição do sargento se intimida e foge.

KIPOW! KIPOW! KIPOW! KIPOW! — ruge o fuzil.

— Firmes, homens! Coragem! Vamos acabar com este resto! CARGA! — é o grito sangrento de *Gran Abuelo* antes de ser amparado por Medroso.

— CARGA! — é o grito unissonante que percorre as fileiras dos imperiais.

Não é a manhã de sol que imaginei para a minha última corrida. Essa névoa de morte que cobre a todo campo de batalha é impenetrável, haverá de ceder apenas ao tiro do fuzil e ao estocar da baioneta. Lamúrias aflitas e gritos hediondos se propagam ao largo dos abatises e ao fundo das trincheiras.

Saltamos as valas dos moribundos e avançamos para além da fumaça dos canhões e do fumo das metralhas. Os sons que nos cercavam são distantes, filtrados pelo ronco sinistro dos trovões longínquos. A água que vai lavar o sangue dos homens ressona pelas cordilheiras em redor. De vez em quando, um imperial grita e cai à lama para não mais levantar, abatido por tiro de enfiada.

KIPOW! KIPOW!

Estamos indo de encontro à dita dona Morte! A bala que alveja o companheiro pode ser também a minha sina. Penso nisso a todo momento. Em meio à espessa nuvem de fumaça acre, eu corro. Meus olhos ardem. A garganta parece sangrar. Não enxergo mais do que uma jarda à frente. Olho a ponta da baioneta e penso: não me falte agora!

De chofre, assurge um soldado paraguaio. Minha baioneta cala fundo em seu abdômen. Ele segura em meus ombros e ergue olhos lacrimosos para o meu espanto. Outros homens correm à nossa volta. Os olhos do moribundo têm um tom mais claro de castanho que, marejados, contrastam sobremaneira à sombra do quepe. Grunhe umas palavras. As suas últimas. Enfia a mão sob seu casaco.

— Não, seu maldito idiota!

Afundo a lâmina em seu peito, fecho os olhos e aperto o gatilho.

KIPOW!

Ele expira com a mão deitada sob a minha. Quando a afasto, cai aos meus pés uma simples fotografia. Surpreso, pego-a da lama.

Uma criança, menina de lindas madeixas loiras. O olhar esperto de quem vê o mundo como um conto de fadas. Parecia ter tido um sobressalto. Talvez, no momento da fotografia, tivesse cismado que o brilho da pólvora, que queimava para captar-lhe a imagem, fosse as asas de um anjo batendo.

***

Não há anjos por trás da fumaça da pólvora.

Apenas soldados.

— Estamos falando de quantos sabres, capitão? — pergunta Esperto.

— Mantemos o efetivo designado para a Vila do Porto. Partimos de madrugada para o litoral. Dez, talvez doze imperiais no máximo — suspiro imaginando nomes.

— Estudei as rotas, cheguei os mapas de Cicatriz. O ponto de desembarque é difícil. O fundeio de embarcações é quase impossível.

Esperto sorri. Já tem em mente, bem fundamentadas, loucuras que nem sequer imagino. Tenho medo dos gatos selvagens que correm sob seu quepe.

— Escolha os homens, sargento — menciono desconcertado. — As tuas escolhas sempre foram melhores do que as minhas. Instruirei-os, pessoalmente, sobre o objetivo desta Campanha. Falaremos, tão somente, de vingança. Deixaremos que escolham.

— Todos dariam a vida pelo senhor, *Papá*.

— É isso o que pretendo evitar.

Abater a um homem pode ser assassinato da mesma forma que pode ser a consumação da justiça. Que justiça é feita à órfã quando se apercebe que o pai não mais voltará para casa?

Isso me torna, aos seus pequeninos olhos, um assassino de homens?

Ora o homem! Esse amontoado cru de desejos e dores. O significado de sua vida individual descende do caminho que percorreu na formação de seu caráter, mui principalmente naquilo que tange às opções feitas diante de encruzilhadas morais.

O fim de sua existência, entretanto, pode ser decidido com uma moeda.

Aquele soldado paraguaio escolheu correr para a direita ao invés de para a esquerda, ao tempo em que atirava para a esquerda ao invés de para a direita. Os homens que tombaram em meu redor sabem disso.

Talvez, se eu continuar repetindo isso, possa me convencer um dia.

Passo a mão sobre a foto que guardo sob meu casaco.

Eram eles ou eu.

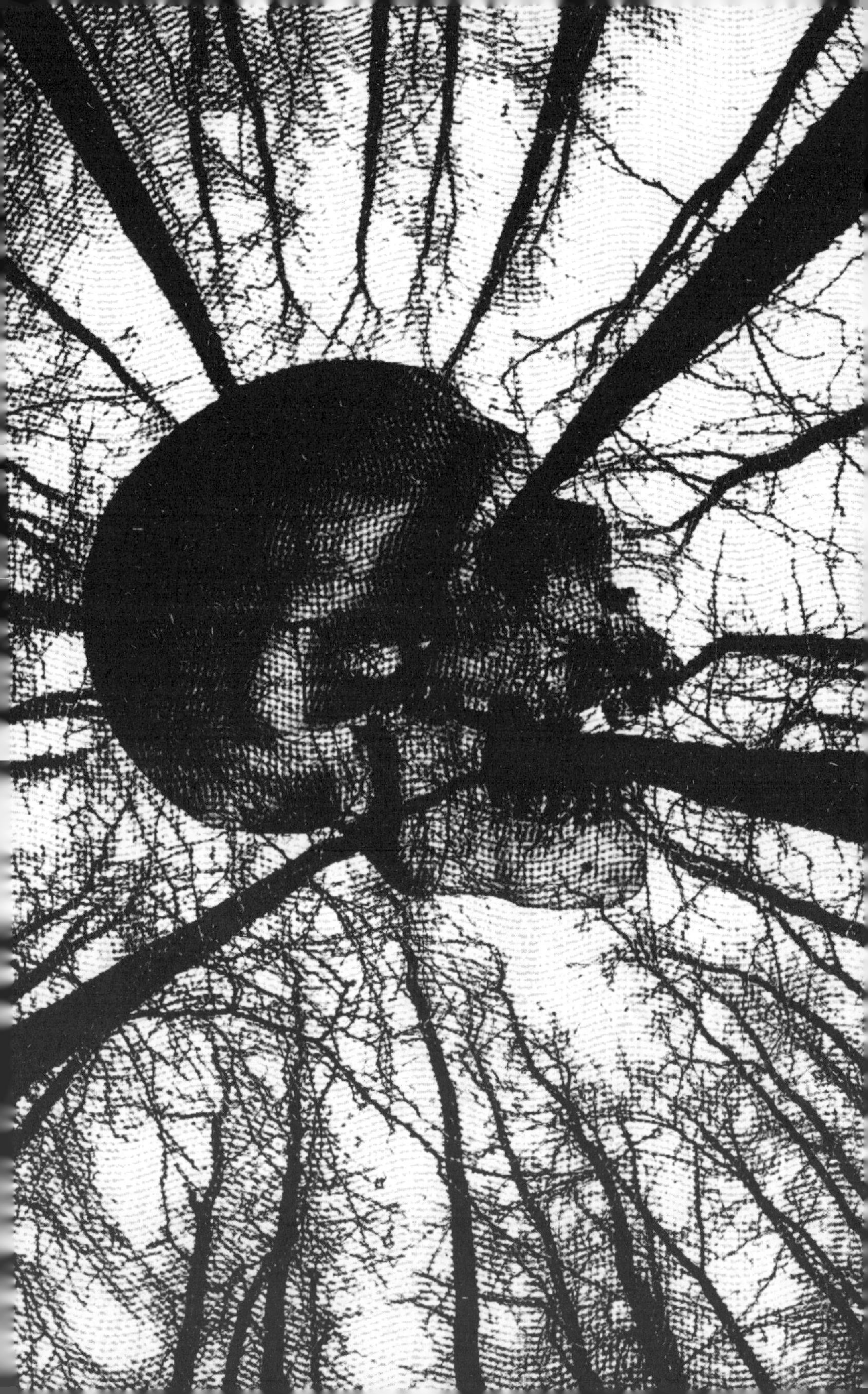

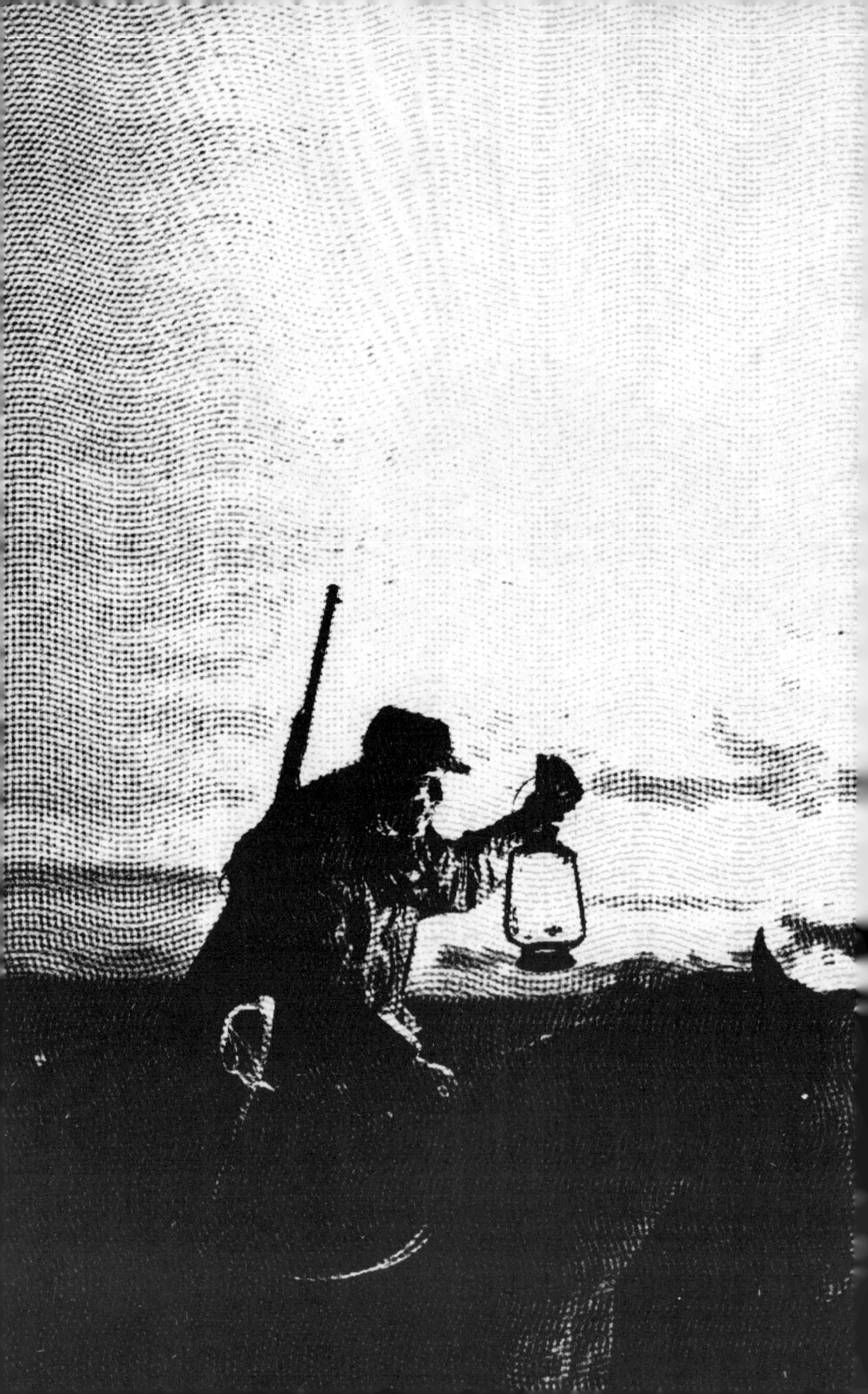

13

O Elo Fraco

Malgrado as pendengas pessoais, o Segundo Visconde de Pelotas não era um dos vilões. Poderia dizer que, no íntimo do meu íntimo, eu admirava o homem.

Falácia! Como filhos do mesmo Todo-Poderoso, estávamos mais para Caim e Abel. A única coisa que me impedia de arrebatar-lhe o cocuruto era a patente.

Soldado. Câmara sentara praça na cavalaria, vindo a lutar na Farroupilha ao lado de meu pai e *Gran Abuelo* na Guerra contra Rosas.

Mesmo sendo cavalariano, durante a Guerra contra Aguirre, ofereceu-se ao voluntariado no cerco da Fortaleza de Paiçandu, no Uruguai, onde sua bravura o distinguiu entre os soldados.

No Paraguai, sagrou-se herói de guerra.

Astuto e refinado estrategista, José Antônio Correia da Câmara certamente ocuparia lugar de destaque em minhas memórias de soldado, não fosse o incômodo de ter se tornado político. *Gran Abuelo* veio a tornar-se, igualmente, político. Mas, sob o uniforme de Câmara, Segundo Visconde de Pelotas, nunca existiu um soldado. Façam nota, meus senhores. Meus dizeres não fazem juízo de depreciação em relação ao homem. É fato, apenas, que não tolero os seus caminhos.

A este passo, sendo ele Ministro da Guerra e estando seu comando tão bem afeito aos nossos negócios em Vila do Porto, permear o caminho da desobediência é-me causa de doloroso embaraço.

Não possuo nódoa alguma em meu serviço imperial. É justo que, após tanta pólvora e sangue, meus atos venham a causar tamanho desconforto pessoal?

Faço apontamento em meu diário, pois, morto, não quero ser lembrado como traidor ou indisciplinado.

Limitar uma decisão de tal monta à carga burocrática a que atualmente estamos sujeitos é conceder, ao inimigo, meses de avanço dentro de nossas próprias linhas. Prestem ao que se prestarem os planos arquitetados pelo defunto, que são agora levados a cabo por Hermosa, devem ser imediatamente dissuadidos.

Andamos pelo caminho da pólvora, trilhamos as sendas do sangue, não é hora de guardar o sabre e deixar os cavalos ao debalde dos pastos verdes enquanto não chegam os mensageiros. O inimigo já está aqui. Nossos olhos testemunharam a velocidade que suas linhas se guarnecem de reforços. A subsistência de um é garantia de novos recrutamentos.

O sangue é seu chamariz. A coisa pequenina que está naquelas veias ressequidas de gente morta deseja sangue para correr livre e se espalhar. Ela não irá parar até que todos estejam contaminados ou mortos. Talvez as duas coisas.

As anotações que encontrei junto ao *mensajero* de Hermosa completaram o quebra-cabeça. Apenas o acaso nos livrou de um mal maior. A força que pretendia nos dominar se exauriu por causa de brigas internas originadas em disputas pelo poder. Suas sementes, contudo, apesar de terem germinado temporãs, permaneceram pulsantes.

Ciência ou bruxaria, quem saberá dizer os instrumentos de seu recrutamento? As linhas inimigas estavam prontas para avançar sobre o mundo dos homens.

Uma coisa que permeava o terreno dos sonhos e enchia a noite dos soldados de medo acordou nos pântanos a oeste e destruiu seus tutores. A catacumba que fazia as vezes de enfermaria, repleta de ossos descarnados, nos diz isso. As memórias dos conspiradores mortos, por certo, trouxeram-na ao nosso encalço. Ironicamente, isso interrompeu seu ciclo de trevas.

Soldados esculpidos pelo cinzel do demônio, infantes modelados no barro monstruoso do abismo, voltaram-se contra os partidários caudilhos que se instalaram, secreta e confortavelmente, a vinte e seis milhas da capital do Império. Na Vila do Porto, seu posto avançado de conquistas, os conspiradores, infiltrados junto à população, aguardavam o momento de desfraldar o estandarte da morte e libertar seus chacais.

O comportamento de alcateia das coisas fez com que imperiais, leais até na morte, levassem-nos ao encalço destes soldados horrendos. Doido e Falador, irmãos da mesma dorida companhia, são os responsáveis por desacobertar tais monstros e colocá-los na linha de tiro de nossos *spencers*.

Suspeito que nas cavernas, enterrada sob a fazenda de Eric, haja pelo menos uma das criaturas vivas. E esta, ainda que diminuta, possui igual domínio sobre o mundo idílico humano. Medroso, nosso *expert*, menciona um certo Frederic Myers, um ensaísta inglês que avança a passos largos no entendimento da tal transferência de pensamentos.

Tarefa hercúlea desacreditar monstros.

O maior deles, entretanto, o monstro original que libertou tais trevas sobre nós, está escondido em uma ilha desolada no litoral paulista. Esse mal começou nas terras ao norte do Paraguai. *Gran Abuelo* o combateu a alto custo. Os detentores de seu legado, os maiores *sangues ruins* deste propalado Vale da Sombra da Morte, devem concluir o assunto.

O bizarro e o que não pode ser explicado pelos meios naturais é da alçada de nossa companhia. Os Imperiais de *Gran Abuelo* são bem afeitos a essas coisas malditas.

As palavras que ora alinhavo desoneram, ao Segundo Visconde de Pelotas, quaisquer responsabilidades quanto aos meus atos. Os homens que vieram comigo seguiam as minhas ordens. E, o que fiz, foi em defesa daquilo que achei certo, segundo os ditames de minha consciência.

Deus nos ajude.

***

Os últimos raios de sol morrem tardios na copa alta das árvores em redor da vila. A noite faminta avança morosa, e um silêncio uniforme e tétrico se instala entre os imperiais. Esperto, Medroso, Aríete, Cicatriz, Gancho, Maluco, Pé de Cabra, Matador, Mosquito, Sorriso, Guilhotina, Ceroulas, Tio Zé e Poncho.

Eu havia solicitado doze. Catorze se apresentaram ao serviço.

Olho para o rosto de cada um. Velhos e novos companheiros, todos ostentando antigas cicatrizes. É isso o que nos torna irmãos. Já sangramos o mesmo sangue. Lutamos as mesmas batalhas. Morreremos a mesma morte.

— Não faço segredo a ninguém — mencionei. — Senhores, quando navegarmos em direção à Ilha da Queimada Grande, estaremos por conta própria. Não receberemos permissivo ou apoio do Império, tampouco provisões e munição.

A morte que tanto perseguimos e, sabemos, está lá fora; tem ela a conta de nossos dias. É ela quem virá encerrá-los.

— Trinta e cinco homens permanecerão aqui. Imperiais, trata-se de um embuste com o propósito de ludibriar o Visconde — suspirei. — E isso já é suficiente para levar-vos à prisão. Talvez, até mesmo, sereis expulsos com desonra.

Os homens se entreolham. Um pesado silêncio assenta morada entre eles.

O exército é o único lar que conheceram. O homem ao seu lado é o único irmão que conheceram. O uniforme que vestem é sua única distinção no mundo dos homens. Seu sabre, sua única posse.

A caserna onde nos reunimos tornou-se, agora, a soma de todos os lugares por onde andamos. É a esquina em que encontramos todas essas memórias de fogo. O cruzamento onde todos os passos, que não se atrevem a sair do regaço da sombra, se encontram. Lugar onde as esperas agonizam em tonturas antes da queda, longe dos beirais de tudo em que acreditávamos; esse colo áspero onde cresce o vazio.

— Ei, Tio Zé! — irrompe o médico subitamente. — Merda! Por que diabos, afinal, o sargento te chamas de Tio Zé? Eu poderia perguntar ao Esperto, mas ele me ameaçou com uma pistola da última vez que o fiz.

— Não sabes? — riu o soldado. — Dario Goes é meu sobrinho!

— Ah, sem essa! — espantou-se o médico. — Não vás me gozar em um momento desses! Tu tens idade para ser filho!

— Vos juro, pois! — arremeteu Tio Zé. — Minha bondosa mãe teve dez filhos. O último, este lindo que vos fala, é ponta-de-rama. A minha irmã, mãe de Esperto, casou antes de meu nascimento.

— Ah, minha caralha! — riu Aríete. — Sargento, é verdade?

— Que seja, ora! — protestou Esperto. — Pensei que fosse tradição, entre os malditos dessa companhia, não se intrometer em assuntos de família!

— Bom... — suspirou Medroso olhando para baixo. — Esse assunto estava a me tirar o sono. Eu não poderia colocar o pé na estrada sem disso saber.

O sargento se levanta inconformado.

— Tu vais fazer mais mal do que bem — ralhou Esperto. — Eu não posso deixar um tolo como tu fazer companhia ao *Papá*. Eu vou convosco, só por garantia!

— Uma ova que vai! Tu ainda me deves uma boa soma no carteado — gritou Aríete. — Irei convosco! No caminho para o mar, há pois grande quantidade de lupanares. Não quero ver meus investimentos irem para o bolso das putas!

— Tem puteiro no caminho? Essa não! — atropela Cicatriz. — Maluco, sabia disso?

— Minha caceta que não! — berra Maluco do fundo da caserna. — Terão de atirar em mim, se for vosso desejo que eu fique.

— Puta tem bolso? — pergunta Ceroulas. — Que espécie de anágua estão usando hoje em dia?

— Sabe Deus! — suspira Mosquito. — Há tanto tempo não coloco os pés em um puteiro. As mulheres de vida fácil devem estar se ressentindo da ausência deste corpo exótico.

Uma acalorada discussão tem início. Os imperiais discutem, agora, a indumentária das damas da noite. Olho, fingindo indignação, para Esperto. Ele dá de ombros e aponta para Medroso. O médico está se acabando de rir.

— Vida fácil?! — atropela o contrariado Pé de Cabra. — Alguém já viu Aríete pelado?

— Por Deus, seus desgraçados! — arrisco. — Vamos parando com isso. Essa risadaria infernal vai atrair os vigias. Essa conversa toda sobre puteiro está mesmo a me deixar com sede!

— Nunca estive em um.

Silêncio.

Todos olham para o canto onde Sorriso está.

O negrinho tem os olhos de quem acaba de peidar dentro de um confessionário.

É Matador quem vai até ele. Aproxima-se, chama-o à parte, como se para ocultar um segredo. Sussurram entre si. Ele olha surpreso para Sorriso. O veterano coloca as mãos sobre os ombros do negrinho e cerra os lábios em sinal de extrema solidariedade. Então, se volta para nós.

— PUTA QUE PARIU! Ele é mesmo virgem!

As gargalhadas se esparramam. Medroso acabou de se jogar ao chão. Está sofrendo um ataque epiléptico. Ah, meu Deus! E eu que só queria organizar um assalto a uma ilha fortificada!

— Irmãos! Irmãos! — tento interceder. — Onde isso vai parar?

— No puteiro, óbvio! — grita Guilhotina. — Precisamos resolver esse assunto antes de partirmos todos para aquela maldita ilha!

Parece piada, mas o dia que começou com um apurado exame de consciência, termina agora em um lupanar. Um dia terei de prestar contas ao Todo-Poderoso e, sei, receberei severa reprimenda.

Mas não por hoje.

Esses malditos precisavam disso. São uns garotos maus, mas são os meus garotos. Vai ser bom pagar penitência por eles.

A minha indisposição para mover tropas entre Províncias não foi obstáculo para trazer a todos para a Casa de Prazeres mais recomendada por essas bandas. Apesar do costume de comer fora de casa evoluir lentamente na cidade, dizem que alguns altos cargos do Governo do Rio de Janeiro estão entre seus clientes mais frequentes.

Apeamos e, de imediato, dou ordem para fechar o estabelecimento. Nossa indiscrição não deve caber fora dos registros desse diário.

Dona Josefina, a boa senhora que administra o serviço e vive dos ganhos imorais de suas meninas, assegurou-me que em todo o Império não há lábios mais quentes que os da doce e jovem Isabel.

— Essa é mesmo de mijar-me as calças! — riu-se Medroso. — Uma deu-te alforria, a outra haverá de te prender com as pernas!

Como bons irmãos, nós o escoltamos até a porta do quarto. Sorriso hesitou junto ao umbral ao ver a rapariga deitada à cama. Aríete chutou o traseiro do negrinho e fechou a porta!

— Deus salve o Imperador! — gritou junto ao corredor, onde se agrupavam os imperiais.

— Vivas! — gritaram todos em uníssono.

— Ao Império! — brindou Esperto junto à minha mesa. — Que permaneça em pé por mil anos!

— Faço minhas as tuas palavras, sargento. Ao Império! Que o bom Pedro tenha muitos herdeiros!

— Amém, porra! — brindava o médico completamente embriagado.

Gran Abuelo desaprovava tais espetáculos. Mas os sabia necessários para elevar o moral dos homens. Tais incursões o vovozão atribuía aos meus ombros, mas sempre sob a promessa solene de um dia desposar a uma católica honesta.

"Volte para mim."

Um dia, talvez, quando resgatar minha alma da Mansão dos Mortos no fim do mundo.

Algum tempo depois, um negrinho vestindo apenas umas largas ceroulas e umas botas bem engraxadas apareceu à escada. Fez-se um silêncio arrebatador. Parecíamos estar em solo sagrado.

Caminhou hesitante. Sentou à mesa de seu capitão. Tomou a taça de Medroso — que, de passagem, já estava desmaiado — e a ergueu, saudando a tropa.

— Meus irmãos! Não sou mais menino!

Urros de júbilo explodiam como explodiram antes as bocas de fogo de todos os valentes mortos que ousaram cruzar armas com os mais propalados malfeitores desse Vale da Sombra da Morte.

— Sinto-me digno destas botas! Eu faria qualquer coisa por todos vós! — sorriu o negrinho. — Até mesmo submeter-me ao mais profundo rancor de nosso benquisto sargento.

Esperto, da mesa onde estava, olhou-o desconcertado. Depois fez troça:

— A princesa de teus lençóis jamais deixaria!

Aríete tomou Sorriso sobre os ombros e levou-o a cavalgar por todo o salão. Os imperiais que não estavam nos quartos logo se ajuntaram a eles para fazer carga à mesa onde sitiavam o sargento. Esperto, completamente bêbado, defendia-se disparando cartas de baralho em direção às linhas.

— *No te encomiendo mi mesa!* — gargalhava o oficial. — *Morro con mi cartas y por mi putas!*

A algazarra só findou com o primeiro canto do galo.

***

Vila do Porto.

Quanto tempo vive o homem?

Quanto virá a durar a memória dos seus atos?

A história irá julgá-lo?

Os imperiais, que entram para a Legião de Malditos, *prima facie* se apercebem de duas perspectivas. A primeira rege a todos: não há permissivo para medo sob a pele dura deste uniforme.

O medo nos faz imprudentes e é mau companheiro.

No campo de batalha, vovozão exprimia a altos brados seu desejo de mandar executar todo desgraçado que viesse a demonstrar medo diante da morte. Sob a mão de outros generais, sobejavam motivos para temer a morte. Na Legião de Malditos, a mão firme de nosso pastor nos guiava pelas sendas do Vale da Sombra da Morte. Nada haveríamos de temer.

A segunda perspectiva que temos é a mais dura.

Não escoltamos caixões para fora do campo de batalha. Enterramos nossos mortos onde tombam e com sangue tributamos a sua memória.

O companheiro, amigo e irmão, fica onde tombou como homem. Ele morreu por aquele pedaço de chão. Ali será enterrado. Ninguém pode tirar a honra do finado. Tampouco poderá, a sua memória, onerar com pesar os que sobrevivem a ele.

Nossas condolências serão prestadas na mesa de uma taverna.

Ficaria satisfeito em findar minha existência naquela maldita ilha. As perspectivas do que sobrevirá depois não me agradam muito.

Perto da meia-noite, estamos prontos. Não dispomos de tanta munição quanto seria possível levar. Em verdade apenas duas mulas carregam nosso humilde paiol. Munição para *spencer* e *lefaucheux*, umas bananas de dinamite. Bandarilhas, sabres, facões. Partiremos nessa madrugada.

De bom grado nos doariam até a última bala, mas como capitão não podia permitir o desarme dos homens que vão ficar. Requisitar apoio à grande despensa do Visconde seria levantar as mais fervorosas suspeitas.

Ainda guardo, em meu peito de soldado, alguma esperança de voltar sob o manto do segredo. Não quero tirar de Câmara a expectativa de ver, a qualquer momento, adentrar outro par de botas sujo de bosta de cavalo pelas portas de seu gabinete.

Um aspecto curioso de nossa sigilosa empreitada: estamos deixando nossos uniformes imperiais na caserna. Vestimo-nos com roupas civis que encontramos nas casas vazias. Tropas imperiais chamam atenção. Explicar a qualquer patente a natureza de nosso passeio não está em meus planos.

De igual forma, a maior parte de nosso armamento segue oculta sobre o lombo de uma das mulas. Também não vamos nos dar ao luxo de parecer uns bandoleiros celerados.

— Capitão! — o grito vem da capela.

Acompanhado de Esperto, como fino cavaleiro, caminho para a porta, confiante de que nada de bom haverá de ser-me dito.

É Cicatriz quem nos recebe. Parece ter visto uma assombração. Quiçá o próprio Cristo na cruz tenha lhe piscado um olho. Quando abre a boca, eu quase tenho um piripaque.

— O quê?! — brado completamente puto da vida. — Repita palavra por palavra.

— *Papá*, sei que tinha declarado a capela terreno mais santo do que bunda de freira, mas eu simplesmente não poderia partir sem antes deitar olhos naquela belzura toda — gemia o sapador. — Ora, e se eu nunca mais visse tanto ouro? Que garantia tenho de que o Cão abriria seu baú para meus olhos pecadores? Quis, então, me despedir.

— Prossiga — grita o sargento.

— Pois sim! Abri o saco, e a merda toda tinha desaparecido!

— Como assim desaparecido?! — grito mais puto do que antes. — Algum de vós tomastes o ouro do saco?

— Com toda certeza, sim! — berrava agora Cicatriz. — As cinco arrobas, *Papá*! O espólio todo do *padreco* sumiu!

— Sargento! — ordeno. — Reúna todos no pátio em frente à Câmara dos Edis! Até mesmo os vigias! E traga, também, dos estábulos, aquelas tiras de couro curtido no mais profundo ódio e ranger de dentes de Satanás! Quando eu encontrar o responsável, seja quem for, enterro aqui mesmo!

Alguns soldados, alardeados pelos meus gritos, já se apercebiam do que estava acontecendo. É quando Aríete vem correndo dos estábulos.

— Sargento, não vai ser preciso muita cisma.

Todos olhavam para Aríete. Imagino que o gigante tenha se sentido diminuído diante de tantos olhares expectantes. Juro que, naquela hora, o grandão teria enfiado a cabeça em um buraco e jogado areia por cima. Todavia, quando abriu a boca, foi o chão sob meus pés que desapareceu.

— É Sorriso — suspirou. — Ele se foi.

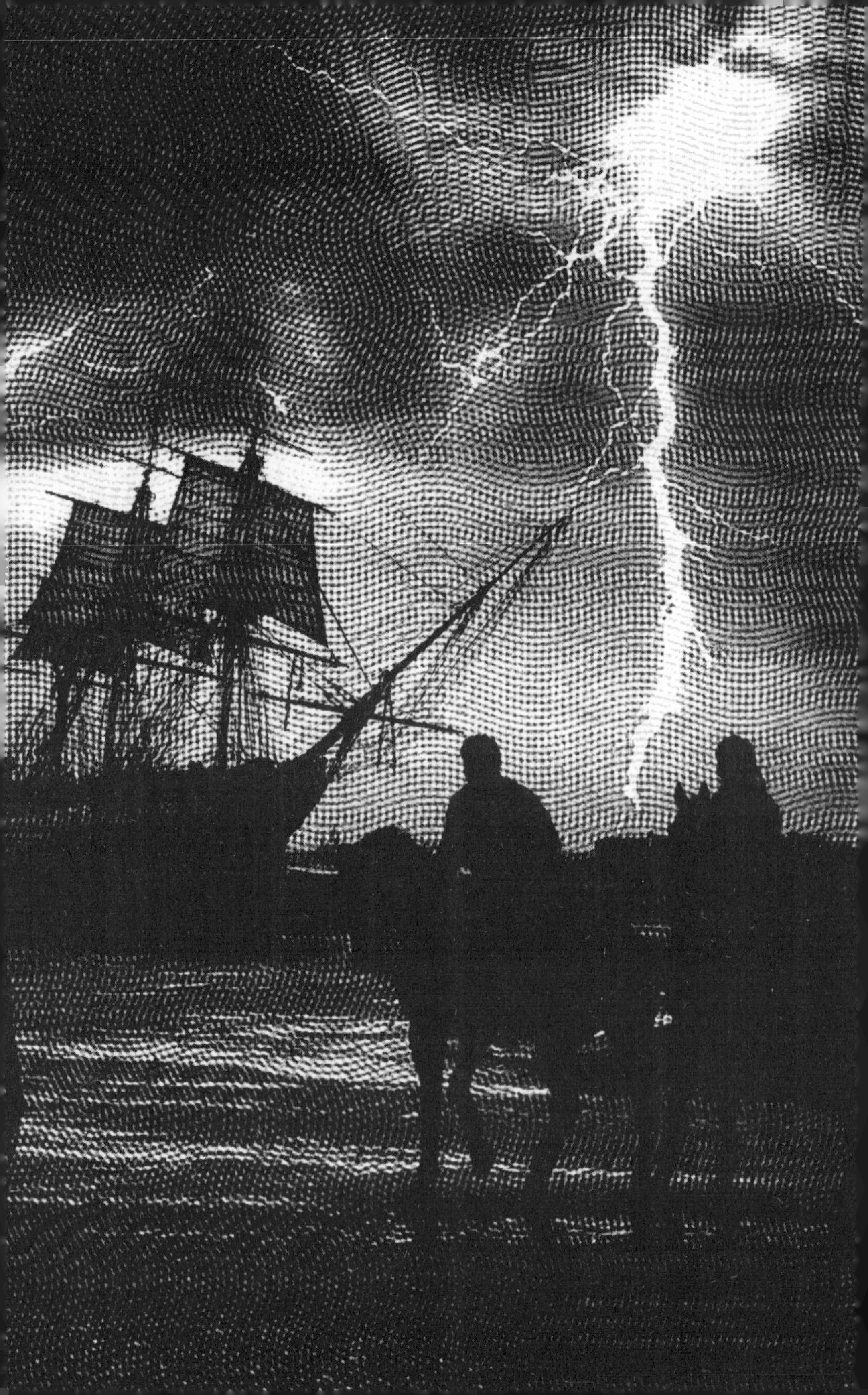

14

ANTIGAS RIXAS NÃO FAZEM NOVOS AMIGOS

O cheiro do mar por estes lados é diferente.

Estamos próximos à Vila de Itanhaém. Do alto da serra, estico meus olhos para além da linha do horizonte. Apesar das dificuldades que teremos para manobrar e fundear a embarcação junto àquelas pedras, não vejo quaisquer outros embaraços. A luneta me permite uma boa impressão sobre nosso destino.

A área toda não deve ter mais do que cento e poucos acres. A vegetação é baixa, umas árvores de médio porte, uns arbustos. Em comparativo com umas bananeiras que se assentam ao pé dos morros, estimo que seu pico mais alto não passe de duzentas e vinte jardas.

Daqui não dá para perceber, mas a ilha já tinha dono antes de Hermosa.

Jararaca-ilhoa. Sem predadores naturais, sagrou-se a rainha da ilha. Vive da caça de aves e outros pequenos animais. Devem existir por lá centenas de milhares dessas desgraçadas. Uma picada é morte certa.

Mas conheci um soldado que foi picado por uma e acabou sobrevivendo. Eu estava mesmo a lhe perguntar, quando, na ocasião, notei que o homem ficara cego, inválido de ambas as pernas e tinha sérias dificuldades para falar. Não era exatamente a aposentadoria que sonhou.

E pensar que o coronel Hermosa tem medo de cobra.

No passado, uns pescadores que por lá estiveram, para evitar acidentes, providenciavam grandes queimadas que afugentavam as serpentes. Daí o nome dado àquele imenso pedaço de rocha perdido no oceano.

— Ilha da Queimada Grande — rosnou o sargento.

— O que disse? — questionou o bruto, sem sequer dignar à cara de Esperto uma mirada de seu único olho bom.

— Ora, homem! — gracejou. — Com os diabos! É para a ilha que vamos. Temos por lá uns bons espécimes para trazer à terra e analisar.

— E quem são os senhores?

— Não vê? — sorriu Esperto para aquele único olho. — Somos naturalistas de Vossa Majestade! Estamos tratando aqui de estudo da máxima importância! Ora, vamos, marinheiro! Precisamos nos entender. Meu... chefe responsável... esse italiano de porte fúnebre, que não fala uma palavra sequer do nosso santo idioma, está com pressa.

— E qual a razão da pressa, naturalista? — cuspiu próximo ao pé do sargento.

Esperto respirou profundamente. Lá se vai nosso disfarce.

— Bem — começou —, migração, meu bom caolho!

O velho marinheiro tinha oca uma de suas cavidades oculares e nem por isso seu olhar de surpresa foi menor.

— Migra... — gaguejou.

— Migração! Isso mesmo, meu tubarão cegueta! As cobras estão aprendendo a nadar. Começaram a se bandear para o lado de cá. Há algumas semanas, demos de cara com umas na Vila do Porto. E, mais a oeste, em terra firme, pelos lados de uma vila afastada cheia de um gentio bonito como tu.

O homem o encarava.

— Estão nadando até aqui, seu imbecil filho da puta! — gritou o sargento.

— Meu senhor, tudo bem! Tudo bem! Só estava curioso mesmo. Tenho cá uma boa embarcação a ser posta em vosso auxílio. Tem nela uns marinheiros que serviram ao nosso mal... digo, bendito Imperador durante umas refregas no Rio Paraguai — gemeu o marinheiro. — Um pequeno cargueiro, sim. Apenas ida. Volta em quatro dias. Vão passar algum tempo na ilha?

Esperto olhou para mim. Assenti com um meneio de cabeça.

— Sim. Serve para nós — disse o sargento.

— Aquele ali também é naturalista? — perguntou apontando para nosso gigante.

Aríete estava encostado na porta do estabelecimento, firmemente apoiado em seu chuço de abordagem. Umas redes cobertas com todo tipo de tralha marítima faziam sombra em seu semblante austero de imperial.

— Não deve te parecer, mas ele é aleijado de uma das pernas — sorriu o sargento. — Não sei qual delas. Quer que eu chame ele até aqui e peça para mostrar um ferimento antigo, do qual o bom moço se ressente muito ainda?

— Não será necessário — gemeu o velho. — O italiano vai pagar como?

— Isso deve cobrir nossas despesas — disse o sargento, depositando um saco de moedas sobre o balcão.

— Com todas as baleias! — alardeou o homem. — Moeda imperial!

Esperto saltou sobre o balcão e espremeu o sujeito junto ao canto oposto da parede. Apesar dos olhos dizerem o contrário, tinha no rosto um dos seus sorrisos de matar padre em confessionário.

— Quieto, marinheiro! — sussurrou junto ao ouvido dele. — Quer que todos os peixes do mar saibam que meu patrão é italiano? Bem sabes que não aprovam imigrantes por aqui, mormente os que carregam essas moedas nesses tempos liberais.

— Seus assuntos, senhor. Seus assuntos — gemeu o homem. — Po-podemos voltar aos negócios?
— Temos um acordo?
— Por certo que sim — baixou o olho bom ao chão. — Deus me defenda de irritar o braço direito do Todo-Poderoso. Bonifico os senhores! Arranjo estábulo para vossos animais até a volta. Que tal?
— *Sono grato, mio buon cieco*! — sorri-lhe.
Feitos os ajustes fiscais e escriturários da empreitada marítima, saímos daquele antro com destino certo para uma das docas do porto.
— Ah, meu senhor! — gritou o homem da janela do estabelecimento. — Devo colocar-vos a par. Esses marinheiros, apesar de confiáveis, foram expulsos da marinha com desonra. Não sei ao certo o motivo. Trate-os bem e será bem tratado, posso vos assegurar. Evitem, pois, falar do Visconde de Inhaúma.
Após extenuante viagem, a tropa se move tal como um bando de imundos vagabundos. Disfarce válido em uma cidade repleta de mendigos e pedintes. Cicatriz e Maluco disseram que, próximo às ruas portuárias, havia um séquito enorme de crianças seminuas e sujas suplicando por caridade. Ah! Parecemos mendigos e alguém por aí está a ostentar boas aparências.
Pensamentos feios me ocorrem.
Na Vila do Porto, não tive tempo para nomear algum *capitão do mato*. Mas um negro com tanto ouro é uma semente que não haverá de vingar. Não sei o que nos espera além da costa. Havendo retorno daquela ilha infernal, buscaremos o fujão na cadeia. Até lá, alguma Província deve se encarregar dele.
Triste impressão é perder homens desse jeito.
Deixa uma cicatriz feia sob os panos da farda.

***

São dezoito milhas até nosso destino.
O mar apresenta boas condições. O tempo está firme. Não obstante a embarcação, um cargueiro de porte pequeno range como se tivesse sido estivado pelo caolho das docas. Apresentei os documentos necessários e subimos a bordo a mais de cem metros de distância dos trapiches onde eram depositadas as cargas.
Observávamos o movimento. Os navios eram visitados por escravos e outros trabalhadores do porto que, ao custo das próprias costas, carregavam todas as mercadorias, inclusive centenas de pesadas sacas de café e engradados selados.
Finalmente, perto do meio-dia, o cargueiro se fez ao mar.
Uns garotos ficaram indispostos. É o caso de Maluco, Poncho e Ceroulas que estão vomitando até as tripas sobre a amurada. Medroso está inquieto. Nunca planejara tão repentinamente o amparo médico a uma Campanha. Se queixava a todo instante de ter trazido tão pouco. Pensava, como eu, naqueles que poderiam não voltar.

— Medroso, tomas cá esta algibeira — disse ao me aproximar. — Consegui com um dos marinheiros. Tu já estás mais carregado que lombo de mula, mas poderás levar algo mais consigo. Talvez até umas ampolas dessa tal morfina que tu tanto alardeias.

— Só vais saber o quanto é bom quando te picar, capitão! — sorriu feliz com o regalo.

— Esperemos que ninguém precise tomá-las — sussurrei.

— O que tu realmente achas, *Papá*?

— Bem — comecei —, a ilha é relativamente pequena em extensão. Seus morros são baixos, a vegetação nada esconde. Ouvi uns marinheiros comentarem que, há muitos anos, nas imediações do farol, havia uma casa que servia para hospedar o faroleiro e sua família.

— Sim. E daí?

— Quando perceberam que a ilha era um serpentário, desativaram o farol e tiraram todos de lá. São as únicas construções da ilha — mencionei. — Que contingente poderá abrigar uma simples casa de farol?

— Quiçá umas duas ou três caras feias — riu o médico.

— Espero que sim. Da minha parte, se puder fazer apenas Hermosa provar do aço imperial, já vou estar para lá de satisfeito. Não se esqueça, Medroso, de que esta é mais do que uma missão de reconhecimento. Não vou fazer prisioneiros.

Medroso desviou os olhos dos meus. Depois, voltando-se para os imperiais sobre a coberta do navio, arfou profundamente. Os homens se ocupavam da manutenção das armas. Ceroulas e Poncho já pareciam melhores.

— Isso, meu capitão, não te diminui diante de meus olhos — disse o médico.
— Entretanto, estás convicto do que haverás de fazer a si próprio?

Olhei para um passado, não muito distante, e cismei lugubremente.

***

As fogueiras queimam sinistras.

Apenas seis dos soldados feridos ofereceram alguma resistência. *Gran Abuelo* mandou executá-los a golpes de sabre.

O final da perseguição a Solano López ocorreu há muitas semanas em seu acampamento, em Cerro Corá. As tropas de Câmara, sem embargo da vontade imperial, assassinaram-no a sangue-frio.

Talvez, mesmo para o Segundo Visconde de Pelotas, se justifiquem alguns atos uma vez que o caudilho, contra todo o bom senso, recusou-se a se entregar. Reagiu, sem sucesso, diante de numerosa tropa. Foi ferido de lança, executado com um tiro e, para lhe fazer realmente morto, um oficial cortou a sua orelha, outro, um dedo, e houve um entre eles, mais exaltado, que teve estômago para arrebentar a boca do defunto a golpes de coronha e recolher seus dentes.

Durante o comando de Caxias, o tratamento destinado aos prisioneiros de guerra fora mais civilizado. Até mesmo piedoso. Houve quem dissesse que, anteriormente, López conseguira êxito em escapar por conivência de Caxias.

Noite. Osório vem ter comigo.

— Aqui, sargento! — disse *Gran Abuelo* ofertando-me a ponta do couro que amarrava os pulsos de um paraguaio. — Leva-o para trás do rancho. Guarda-o junto com os outros.

Era a senha para execução.

O que fez esse pobre?

Sua face está macilenta, encovada de tão fraco; os lábios mal se sustentam, selados. Tem nos olhos essa resignação dócil de boi que vai para o abate. Ostenta, no lugar de divisas, as costelas magras sob os andrajos do uniforme.

Os braços raquíticos se movem sem força alguma quando o conduzo. As pernas mal o suportam e há, sob o pano da camisa, às suas costas, tenebrosos vergões de tortura. Caminha de calças pesadas, cagado e mijado que está há muitos dias.

Quando alcanço uma certa distância da vala onde jogam os mortos, eu o faço parar. Ele cai ajoelhado. Não fala. Não chora. Não implora pela vida. Seus olhos estão perdidos para este mundo. Baços. Rasos de sede.

— *Toma hombre, un trago de agua* — murmuro-lhe oferecendo meu cantil.

O cantil vai ao chão. Ele não o pega. Não se mexe.

Seus olhos se cansaram deste mundo. Estão perdidos e anuviados para a misericórdia humana. Há alguma coisa a mais neles, mas não consigo precisar sua qualidade.

Ele abaixa a cabeça e fica de cócoras. Esturra como uma onça acuada. O som traz um calafrio. Uma lembrança.

De onde o conheço?

O som do sabre deixando a bainha é frio e distante. Talvez esteja nas mesmas paragens onde se perdeu o seu olhar. Onde estarei quando guardá-lo à bainha?

Faço uma prece silenciosa.

Quando termino, ergo o sabre e me preparo para desferir o golpe.

Ela ergue a cabeça e me olha. Sob os cabelos dourados, que lhe fazem moldura ao rosto de anjo barroco, ela sorri.

***

O que diabos? Estamos lançando âncoras?

É o segundo pensamento que passa pela minha cabeça quando acordo, molhado de suores, sob a coberta do navio. Minhas mãos ainda tremem. Minha pena e sabre tornaram-se indignos dessa narrativa. Seu olhar de menina não cabe nesses anais.

— Capitão! — grita Esperto. — Temos problemas.

— Quero que um peixe *brabo* me coma se não é o finório responsável pela nossa miséria! — gritava um marinheiro de bigode engraçado aos seus companheiros.

Esse bigode. Ah, não!

Dispensados com desonra. Parece que o tal capitão do barco que nos deu carona até *Porto de San Antonio*, nos idos da manobra do Piquissiri, não tinha lá muito espírito esportivo.

— Ei! É ele mesmo! — disse outro. — Ainda guarda consigo o chuço que me furtou!

— Está chamando nosso amigo de ladrão? — bradou Esperto.

— Estou chamando a todos vós de bandidos covardes, sujos e filhos de uma puta!

Quais as chances disso ocorrer? De tantas outras tripulações, tinha de ser esta? Má premissa para começar uma Campanha com desfecho incerto.

— Sargento — sussurro. — Pouca munição para desperdiçar com sujeitos tão notáveis. De igual maneira, não quero britar sabre naqueles arpões. Viemos a bordo pescar peixe grande.

— Espero que o capitão não esteja me propondo saltar pela amurada e fazer o resto do caminho a nado. — Depois, dirigindo-se com seu pior sorriso aos marinheiros: — Bem... bem, camaradas! Isso são águas passadas. Penso até que meu amigo aqui esteja disposto a devolver o tal chuço.

— Mato o primeiro filho da puta que tentar tirá-lo de mim! — grita Aríete em direção a uma tripulação de não menos do que vinte marinheiros abrutalhados.

O sargento olha de sua altura mediana para o grandalhão ao seu lado.

— Sabe, Aríete? Tu não estás a me ajudar. Um pouco de condescendência aqui com teu sargento seria de bom tom.

— Ninguém quer esse chuço miserável! — grita o marinheiro. — Queremos desforra!

— Podeis vir! — brada o gigante. — Dez anos atrás, comi seis de vós! Hoje comerei cem desses sapos mijados!

— Ah! Mas quem trata dos assuntos do estômago nessa embarcação é nosso cozinheiro sueco.

Isso nunca acaba bem.

— Ô Freja! — assovia o marinheiro. — Temos convidado à mesa!

— Santa Mãe de Deus! — susssurra Ceroulas. — O sujeito parece o pai dos gêmeos que demos cabo no Casarão em Vila do Porto!

— Capitão — murmura Aríete —, vou precisar de mais de um minuto e cinquenta e dois segundos para esse aí!

Era um bruto de mais de dois metros de altura. Imenso. Tinha uns braços que dariam cabo de uma mula e os punhos ameaçadores estavam aparentados de dedos que pareciam espigas de milho.

— Ninguém enfia o nariz nisso, tampouco quero ver um dedo no gatilho — sussurra o sargento aos homens. — Munição tem preço alto na Ilha da Queimada Grande.

Aríete nem hesita. Em dois movimentos hábeis, ele sobe ao patamar superior e vai de encontro ao colosso. Direita, esquerda e coloca a destra bem abaixo do queixo do sujeito. O tipo dá dois passos para trás, balança a cabeça e rosna.

— Daqui, ele não parece tão durão — diz Esperto.

De repente, ele e Aríete despencam, borda abaixo, através do porão da embarcação. Os marinheiros comemoram.

Ajuntamos uma dúzia de cabeças sobre a beira, mas mal dá para divisar os dois lutadores. Uma poeira fina de farinha sobe em meio a penas de galinhas e urros de batalha.

Uma algazarra infernal de caixas e garrafas quebrando está correndo esta banheira a estibordo. Um dos marinheiros se adianta pelo tombadilho com uma *minié* pendurada nos braços. Quando passa por Ceroulas, uma corda de couro aparece em seu pescoço. Cai de costas olhando para a faca do furriel sobre seu pescoço.

— Desceram apenas os dois — sorri Ceroulas. — Vamos esperar para ver quem sobe, peixinho.

Aceno para Mosquito e Gancho. Não queremos desperdiçar munição nesses parvos, mas também não queremos outras surpresas. Os dois aproveitam a confusão para escalar o mastro de mezena.

Enquanto isso, logo abaixo de nossos pés, os dois gigantes estão empenhados na disputa. Nenhum dos dois deu sinal de arrefecer. Estrondo após estrondo e começa a ficar evidente que a carga em engradados vai estar seriamente comprometida ao final da viagem.

Um outro estrondo e lá se vai outro milhar de réis.

A briga parece ter acabado.

Não, ainda não acabou.

Estão discutindo. Aríete está gargalhando. Com toda a algazarra dos marinheiros, não dá para ouvir o que dizem.

KABUUM!

Fumaça de pólvora.

O sueco grande escala uma larga enxárcia até a borda do porão. Arremessa o corpanzil surrado para o lado de fora. Tem um braço quebrado e está com a cara bem mais feia do que quando desceu.

— *O maluca* atirou *na casco*! — grita o sujeito ao marinheiro de bigode engraçado.

Aríete se lança para fora do porão de bacamarte em punho e com uma sacola presa às costas.

— Tenho cá outra carga para o coitado que estiver com fome de chumbo — piscou para Esperto. — Contudo, recomendo aos senhores baixar escaleres ao mar. A banheira vai afundar.

Correria sobre o tombadilho. Uns marinheiros descem ao porão para checar o estrago, outros engatilham armas e apontam para nós.

KIPOW! KIPOW!

Tiros de alerta. São nossos, vieram da mezena. Mosquito e Gancho são precisos, avariaram duas *miniés* e nem despentearam os marinheiros.

— Muito bem, imperiais. Acho que eles entenderam — grito em meio aos homens. — Esperto, embarque nossas tralhas em dois dos escaleres. Bem, bem, meus caríssimos lobos do mar. Acho que o furo lá embaixo os conduz de volta ao porto ou ao fundo. A escolha é vossa. Daqui seguiremos sozinhos, obrigado.

— Se pensas que isso acab... — Aríete interrompe o marinheiro colocando a boca quente do bacamarte às suas costas.

— Olhas para a cara de teu sueco — sussurra o grandão. — Vês a minha? Ele nem encostou em meu lindo rosto. Tem alguma dúvida de quem ganhou? Só encerrei a luta para não ficares sem cozinheiro a bordo. Não mato civil.

— Engole o orgulho ferido, homem — menciono. — Esse aí está de bom humor hoje. KIPOW!

Outro tiro de alerta. Ao lado do timão dessa vez. Lá se foi a bússola. O marinheiro entende e começa a fazer a volta.

— Transportes carregados e prontos, capitão — grita Esperto. — Todos a bordo!

Colocamos uma boa distância entre nós e o cargueiro. São embarcações robustas: dois escaleres de voga, com dois remos por bancada. À distância, os tipos ainda tentam uns tiros. Passam longe. Nosso sargento perderia anos tentando instruir aqueles parvos na refinada arte de fazer amigos disparando tiros.

Pé de Cabra e Ceroulas, à popa da embarcação do sargento, estão mostrando os traseiros. Aríete está em meu escaler.

— De onde desenterrastes essa coisa? — pergunto ao cavalariano.

— Tinha por lá uma dezena delas, capitão — responde Aríete. — De quebra, trouxe comigo essa bagagem repleta de balins e pólvora. Procurei, ainda, por algo mais para trazer-vos de lembrança, mas, de armamento, esses peixes só levavam mesmo estes canhões.

— Muito bem, Aríete. Achas que consegue manejar essa boca na ilha?

— Sou o único apto a fazê-lo, meu capitão.

— Esperto! — grito ao sargento. — Estão ficando para trás, seus malditos! O segundo a desembarcar paga o vinho na taverna de Hermosa!

Estávamos a poucas milhas da ilha. Uma animada competição começou entre os dois escaleres com os garotos se esforçando ao remo para que sua embarcação não fosse a última a cruzar a rebentação. Durante breve espaço de tempo, um grupo de golfinhos brincalhões nos acompanhou à estibordo. Esperto escolheu o parcel de Saco das Bananas, a sudoeste. Ultrapassamos o mar bravio e, fazendo pouco às difíceis condições de fundeio e desembarque, abordamos o costão rochoso.

Esse era o plano do sargento. Avançar com tudo. A imensa profundidade em redor da ilha impossibilitava o uso das âncoras de amarro curto dos escaleres. A aproximação lenta apenas faria com que as ondas destroçassem as embarcações nas pedras. Galgar a rocha era nossa melhor opção, mesmo ao custo dos costados trincados de nossas recém-adquiridas embarcações.

Voltar ao porto era outra conversa. Amarramos o que restou destes paus molhados nas pedras. Finda a refrega, poderíamos pesar as nossas opções.

Gaivotas faziam barafunda acima de nossas cabeças, mas logo elas se renderam ao trinar infernal de milhares de corruíras, estas muito mais numerosas na ilha.

— Estás ficando velho! — ri-me do sargento, junto à rocha.

— Por certo que sim, capitão! Mas desta vez foi injusto! *Ulisses* trouxe à ilha o seu próprio *Polifemo* — riu-se Esperto apontando para Aríete.

— Detalhes, detalhes, caro Esperto. Esperemos que a coisa não seja como na *Odisseia*.

Olho para este novo campo de batalha. O farol está alocado do outro lado da ilha e, quaisquer que sejam as defesas, ninguém poderia nos ver aportar neste canto. Muitos pontos de aproximação, péssimo baluarte, o velho coronel Hermosa deve estar perdendo o jeito. Em *San Solano*, a coisa foi diferente.

Esperto deu ordens para os imperiais não fazerem fogueira. Fumaça é alardear posição. Medroso está a ponto de ter uma crise nervosa. Cicatriz, Gancho e Ceroulas estão fazendo o possível para manter as serpentes afastadas agitando as hastas. São milhares e estão ao nosso redor, cheirando o ar com as línguas bifurcadas, silvando e investindo, aos botes, com presas carregadas de veneno.

Não se intimidaram com a presença humana. Em verdade, nosso cheiro agrada ao serpentário da ilha.

Nunca vi lugar menos propício à visitação.

As cobras maiores, contudo, escondem-se do outro lado da ilha.

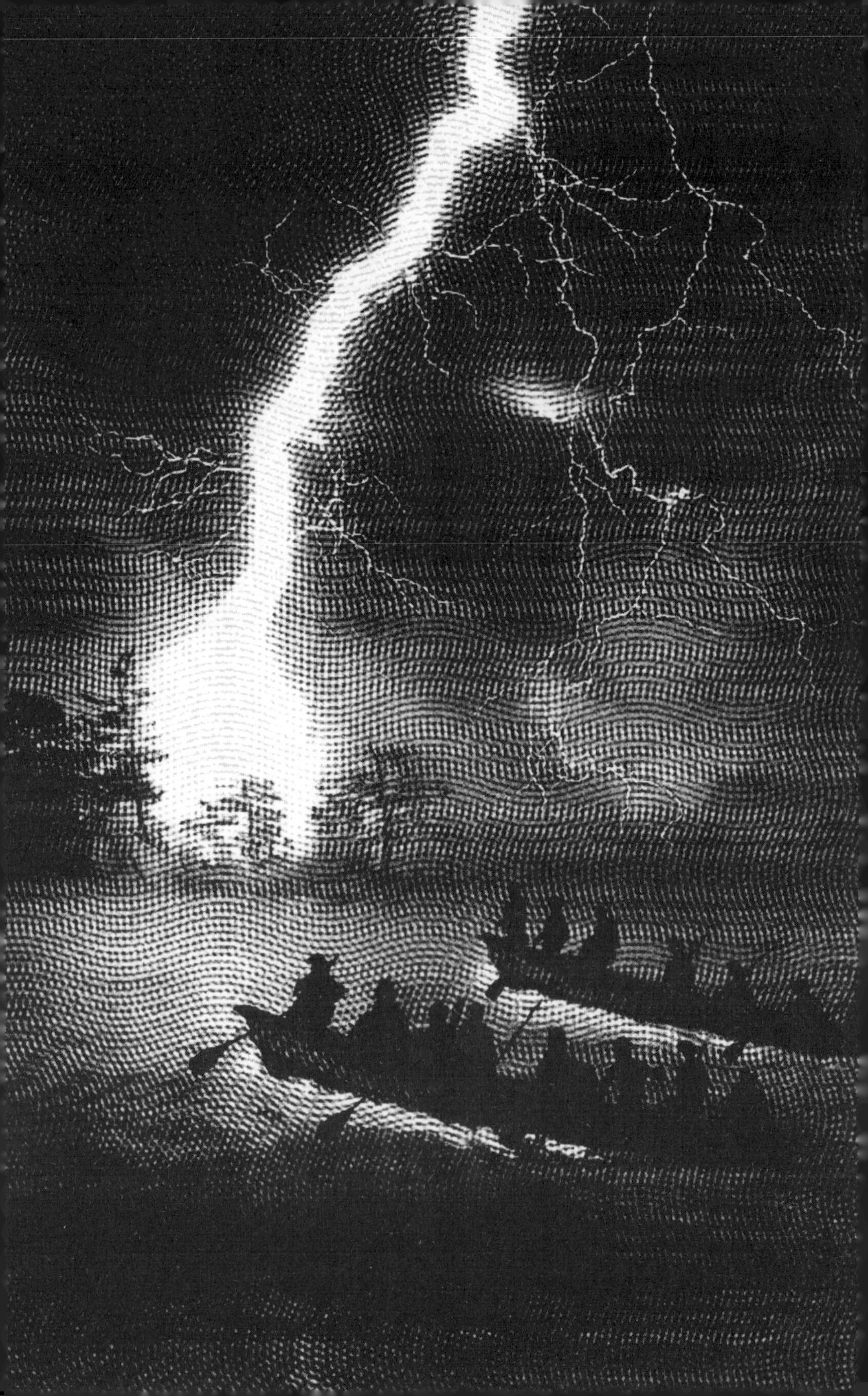

15

Ilha da Queimada Grande

Poderíamos estar avançando, através das trilhas fechadas da ilha, com todo o efetivo demandado por Caxias na manobra de Piquissiri — carroções, animálias e soldados —, ainda assim, os postos de vigia jamais nos ouviriam. O trinado das corruíras, ao longo da floresta e clareiras abertas, a tudo suplanta.

Estamos nos comunicando aos berros. Facões em punho, as jararacas estão nos dando muito trabalho e os sobressaltos, nas linhas, são constantes. Próximo aos escaleres avariados, nós observamos enquanto investiam, às centenas, contra um bando de atobás-pardos. De chofre, a ideia expressa pelo sargento de que poderiam, realmente, se fazer ao mar e avançar pela costa já não parecia mais tolice. A selvageria dos ataques era espantosa.

Colocar fogo em tudo e ver a ilha arder em chamas não é expediente a ser descartado. No futuro, alguns naturalistas poderiam nos condenar, mas — com os diabos! — esses bichos só se prestam ao bote.

— Capitão! — grita Pé de Cabra em meio ao alarmante clamor das corruíras.

Fazendo-se acompanhar por Matador, o egrégio batedor seguiu à frente. Por opção de cobertura, havíamos penetrado pela trilha onde a copa das árvores era mais densa. A vigia apercebida no farol, fosse qual fosse, não colocaria olhos sobre os imperiais.

Ah, seria constrangedor. Estávamos malvestidos para a ocasião.

Um evento de tamanha pompa na iminência de acontecer merecia melhor trato no vestuário. O polimento nas galochas não bastava, urgia, entre nós, a necessidade de exibir nossas dragonas, distintivos e armas de gala. Pesar sobre o peito cada medalha, cada sofrida condecoração arrebatada das garras cúpidas da morte em Piquissiri, San Solano, Passo da Pátria, Humaitá e Cerro Corá. Apresentar, à revista de el coronel, o sangue derramado pelos irmãos.

Anunciados pela salva de gala das peças de artilharia de Dom Pedro II, adentraríamos o salão a cem passos por minuto, com energia, precisão e marcialidade, nosso guarda-bandeira à frente, acompanhados por toques de clarim.

Afinal de contas, não é todo dia que nos vemos face a face com um oficial tão filho de uma puta quanto o coronel Pedro Hermosa.

***

À época da caçada a Solano, *Gran Abuelo* cismava, por vezes, quanto às motivações envolvidas. Para o experiente vovozão, o ajuste entre Hermosa e Câmara padecia de sede argumentativa. E não era para menos.

Apenas Hermosa conhecia o itinerário de López no empreendimento das Cordilheiras. Acordar em uma bela manhã e descobrir-se cercado pelos inimigos deve ter sido causa para desgosto. Pensar que um de seus mais fiéis cimarrons não prestava mais ao pastoreio do próprio gado é de tirar o sono de qualquer caudilho.

Mas daí à entrega para a morte havia muita lonjura. Ao nobre Marechal Osório, atual Ministro da Guerra, distante dos campos de batalha, restou pesar o sacrifício voluntário de López e a traição odienta de Hermosa.

A mais simples das respostas ocorreu a *Gran Abuelo*.

Garoto ama garota. Garota não corresponde o amor.

Ambição, cobiça, desejo, traição, *fatalism*, nada menos *shakespeariano* desabou sobre a cabeça do velho Solano.

Em correspondência ativa com o gabinete de Câmara, o Marechal de Exército Osório acompanhou certas gestas com interesse. Contou-se, eventualmente, que ao final da Guerra da Tríplice Aliança, o coronel Pedro Hermosa regressou à *Isla Umbu*, no Paraguai, e contraiu núpcias com Juanita Pesoa, a amante do Marechal López.

Um maldito rabo de saia! O coronel entregara seu general aos inimigos para tirar do caminho um adversário no romance?

Vá saber! O que *Gran Abuelo* sabia, contudo, era que a tal Juanita se recusara a deixar o Paraguai, e o nosso magoado *Judas* voltara ao Brasil para receber *suas trinta moedas*. Trouxe, oportunamente, o único filho havido no matrimônio.

— Gosto de pensar que mesmo o diabo tem lá seus ímpetos de humor — murmurava Osório em seu gabinete.

— Mas não foi de todo mal, *Gran Abuelo* — ri-me satisfeito. — Se até mesmo um paraguaio pode ser ferido no coração por uma mulher, resta certo considerá-los gente, afinal!

— Tal pensamento não me deixaria dormir, tenente — sorriu o vovozão. — As coisas que vi não podem ser creditadas a homens.

— Por certo que não, senhor Ministro — disse-lhe pesaroso. — *Gran Abuelo* deve estar se referindo ao norte do Paraguai, estou certo? Seguimos ordens, meu bom amigo. Somos soldados.

— Não falo de nossas linhas, jovem Carabenieri — disse *Gran Abuelo* deixando-se cair, pesadamente, à poltrona.

Apesar de ter feito substituir a antiga decoração, do gosto da finada dona Francisca, a residência do Ministro da Guerra, em Porto Alegre, continuava a ser um exemplo virtuoso de refinamento e encanto. Os lambris de jacarandá emolduravam o fino acabamento das paredes com litogravuras militares; pisos em *parquet* com motivos geométricos apareciam, ocasionalmente, nos cantos onde a grossa tapeçaria europeia não alcançava. As altas estantes estavam repletas de tomos que descreviam batalhas e estratégias de militares *gringos*. Sobre sua escrivaninha, rolos continham desenhos técnicos e descritivos de diversos armamentos.

À parede, devidamente emoldurada, vinha uma peça raríssima, o projeto de uma *battery gun*, assinada por ninguém menos que R. J. Gatling. Havia, por estas horas, uns dizeres de que a boa Princesa Isabel recebera uma delas do presidente norte-americano, por ocasião de suas núpcias com o Conde d'Eu.

O vovozão orgulhava-se de ter ingressado na Academia Real Militar e ter estudado arquitetura militar nas aulas do regimento de artilharia. Durante a Guerra do Paraguai, lutamos ao lado do tenente-coronel, João Carlos de Villagran Cabrita, responsável pela primeira unidade de engenheiros do exército no Império. Valendo-se da sólida amizade com o engenheiro militar, o *Gran Abuelo* adquiriu deste alguns projetos aos quais pretendia edificar em um futuro próximo, como parte de sua cruzada para modernizar nossos contingentes.

O Ministro Osório envergava os trajes e modos de um político, mas em seus olhos eu enxergava o soldado.

— A farda, meu bom Carabenieri, não abafa o homem — disse *Gran Abuelo* como se lesse os meus pensamentos. — E, ao norte da Cordilheira, eram tão poucos os homens. Tão estreitas as fronteiras entre o humano e o bestial.

***

Centenas de ossadas humanas. Nenhuma cabeça.

— Alguém andou mesmo a perder a cabeça nessa ilha maluca, *Papá*! — zombou Medroso ao examinar uns ossos podres. — Uniforme padrão do exército paraguaio.

— E não são os trapos sujos aos quais estávamos acostumados — emendou Esperto. — Isso é recente, capitão. Os gajos até dispõem de boas botinas. Eram uns tipos robustos, a julgar pelas dimensões dos esqueletos.

— Pé de Cabra, alguma coisa além? — pergunto ao batedor responsável pela descoberta.

— Nenhuma marca, nenhuma pegada. O mato já se adianta pela antiga trilha e, a trezentos metros, nenhuma cobra. As diabas não ultrapassam a linha de cem jardas do perímetro do farol — menciona.

— Veneno? O que diz seu nariz?

— Sal, *Papá*. As serpentes não seguem além. É estranho além da conta, pois que, próximo ao farol coberto de hera, vi dezenas de lebres saltitando calmamente sob o sol.

— Tu disseste lebres? — era Ceroulas, esticando a cabeça por cima dos ombros de Aríete.

— Ceroulas, juro pelo Altíssimo, uma palavra sobre esse assunto e eu te amarro a uma dessas árvores — grito ao furriel. — Pé de Cabra, alguém de vigia?

— Apenas o vento, meu capitão. E, vos digo, ele assovia um bocado por aquelas imediações. O velho casebre do faroleiro tem umas janelas que estão a fazer um escarcéu dos diabos. Alguém precisa colocar algum óleo naqueles gonzos.

— Desabitada. Onde poderão estar? — pergunta o sargento. — Será que estamos caçando novamente o rabo da mula sem cabeça?

— Vamos ter de pagar para ver, Esperto.

— A aposta é alta, *Papá* — responde o sargento. — Medroso, que achas?

— Decapitação realizada grosso modo — murmura o médico. — Sem sinal de instrumento perfurocortante. Rompimento logo acima da primeira vértebra. Provavelmente alguma coisa bem forte se valeu da força dos braços.

— *Mapinguari* — suspiro. — Formação de batalha. Vamos avançar, sargento. Medroso, algum uniforme de coronel por aí?

— Apenas soldados, capitão.

— Ceroulas, distribua as cargas de prata para teus irmãos — grito ao furriel em meio ao alarde infernal das corruíras. — Munição comum para desgraçados comuns. Se porventura algum traste paraguaio cruzar o caminho de vós, apartem-no da vida na bala pobre. Ninguém hesita! Ninguém recua! Imperiais, vamos acabar com este resto!

— SANGUE RUIM! — gritam todos.

Sorrateiros, disciplinados e letais. Assim são os Imperiais de *Gran Abuelo*. Maluco, Gancho e Tio Zé seguem à frente da linha decapitando as serpentes. Nada obsta o avanço da formação. Matador e Guilhotina têm os olhos firmes nas miras dos *spencers*, as guaridas do farol estão cobertas.

Pé de Cabra, Ceroulas e Mosquito cobrem, de igual forma, a retaguarda. Aríete segue no flanco esquerdo de chuço em mãos e com o bacamarte preso às costas, com Cicatriz no apoio e à carga de pólvora e balins. Tio Zé e Poncho, com hastas ferozes, protegem à nossa direita. Esperto e eu seguimos com *spencers* bem ao centro.

Faço um gesto para Aríete e Cicatriz. Os dois avançam. Temos cobertura suficiente para ambos tomarem banho de sol. Esperto e eu nos achegamos à casa do faroleiro. Nossos *spencers* empurram as janelas de lado. Visibilidade boa. Não existem móveis. Aríete chuta a porta e os dois entram sem cerimônia. Matador e Guilhotina não tiram os olhos do farol.

— Cicatriz, escada! — grito.

— Tudo limpo, *Papá*! — responde o sapador lá de cima.

— Nada no quarto ou na cozinha, capitão — grita Aríete.

Do lado de fora, Pé de Cabra deu a volta na casa. Aparece à minha esquerda balançando negativamente a cabeça. O piso é feito de chão batido, não há porão. Merda! Onde infernos esse infeliz meteu a tal enfermaria?

Mas que merda é essa? O chavelhudo só pode estar de troça comigo!

Alheias a toda movimentação, umas lebres brancas saltitavam por entre o mato baixo, à sombra do farol. Poncho estava pronto para sugerir uma caldeirada quando as danadas adentraram, por entre a ramagem de hera, pela porta do farol.

— Não há a menor chance disso! — gritei ao sargento. — Espaço mui exíguo!

— Vamos ter de pagar para ver — sorriu Esperto.

Os céus se agitavam sobre as nossas cabeças. Apesar de o sol ir a pino, por vezes a imensa revoada de pássaros ocultava o brilho do astro. Suas evoluções ora ascendiam ao zênite, ora quase deitavam ao solo. Não podia negar a semelhança com um eclipse. A única constante em toda aquela balbúrdia de corruíras era o trinar alto e ininterrupto.

— Ceroulas! — brado ao furriel. — Tira esse sorriso de sua cara de parvo e verifica aquela porta! Matador e Guilhotina, mantenham as posições. Pé de Cabra e Mosquito, na cobertura!

Quando o furriel Severo força a entrada pela porta, advém a mudança nos céus da ilha. As corruíras que tanto alardeavam seus trinares se evadem rapidamente para leste, como que pressentindo a sombra de algum predador. O barulho se esvai. O silêncio é tão palpável que dá para cortá-lo com uma faca.

— *Reco-reco Chico disse*! — sussurra Ceroulas olhando para o céu, com a mão à porta do farol.

— Deixe disso, Ceroulas! — grita o sargento. — Enfia o nariz aí, seu maldito!

Uns três ou quatro segundos se passam até que todos percebam que o idiota do Ceroulas está petrificado à porta.

— Seu cabeça de alfinete de uma figa! Tire seu traseiro inútil desse umbral e mexa-se, imperial! — intervém Esperto empurrando o furriel de lado e enfiando a cara pela porta. — Quero ser um mico se... *reco-reco Chico disse*! Minha caralha! Capitão!

— Imperiais, mexam-se — avanço com a mira do *spencer* fincada à porta.

— Por todos os santos, *Papá*! — sussurra o sargento. — É o primeiro farol que revida escada para as profundezas!

Acima de nossas cabeças nada havia. O tal farol era apenas uma boa tampa para a panela que o caudilho vinha usando para cozinhar suas crias. Desmesurada escada deitava degraus para além de nossas vistas, bem afeita à trevosidade abaixo.

— Pé de Cabra, dê sua farejada nesse buraco — grito ao batedor. — Esperto, tochas. Precisamos de tochas! Deus sabe que a última coisa que cogitei trazer era um maldito lampião!

— Não vai ser necessário, meu capitão — grita Pé de Cabra, alguns metros abaixo.

Descemos pelos estreitos degraus mantendo, como possível, a formação. Pálida, mas eficiente, uma estranha luminescência vazava através das paredes. Medroso arranhou a parede com seu punhal e me dirigiu um olhar de puro contentamento científico.

— É um fungo, capitão. *Luminescence in fungi*, para ser mais exato.
— Muito bem, doutor. E?
— Seguro. É só um cogumelo que brilha no escuro. Não há riscos para os homens. Na verdade, o fenômeno é bastante conhecido em alguns grupos de insetos. Já vi estudos sobre estes fungos em cavernas da Mata Atlântica e na Amazônia.
— Maravilha! Natal chegou mais cedo este ano! — rosnou o sargento. — Acabou a aula, mocinhas! Formação de batalha!

Uma centena de degraus adentro pela garganta do diabo e logo a escada em espiral deixou o entorno do algar, adentrando paralelamente a uma única parede. Sob a luminescência dos estranhos fungos, a estreita escada desgalgou através daquelas trevas ominosas. Não era um porão, era uma caverna e, a julgar pelo tamanho das estalactites, mui extensa e profunda.

— Sargento? — indaguei.
— Funda, meu capitão — sussurrou Esperto. — Definitivamente funda. Observei um pedregulho rolar pela borda.
— Sim?
— Ainda não ouvi seu eco.
— Hastas à frente — murmuro a Mosquito e Poncho. — Aríete, dois degraus atrás. O restante segue a formação de dois homens por lance de degraus.
— E, de preferência, em silêncio — acrescenta Medroso.
— Alguma ponderação, doutor? — pergunta Esperto.
— A caverna é puro granito. Não foi água que originou tudo isso — menciona o médico. — Alguma fratura ou colapso resultante de atividade tectônica talvez.
— E em português? — indago.
— O lugar é mais instável do que nosso compadre Maluco.
— Ei?! — protesta Maluco alguns metros atrás.
— O sargento deve estar se sentindo em casa — casquinou Mosquito.
— Calados! — sussurrei.

Que som é este?

Um chilreio de insetos, quase um murmúrio ininterrupto e baixo, não encontra eco nas paredes em redor. Parece provir de trás das estalactites acima.

— Há outro som! — sussurra Medroso. — Abaixo! Ouviram?
— Água corrente, talvez? — diz Esperto.
— Não — comenta Medroso. — Não parece água. Também não é vento.
— Soldados, rastejando — murmura Poncho.
— O quê?
— É sim, Medroso. Em Humaitá, na madrugada anterior aos ataques, se tu fechasses teus olhos, ouvirias algo semelhante ao entorno das trincheiras.
— Conheci um soldado da segunda companhia que topou com um anão nas ruínas da Igreja de *San Carlos Borromeo*, depois da descarga de nossa artilharia — sussurra Ceroulas. — Ele quase se cagou! O povo da região falava de duendes e bruxas.
— Cala-te, Ceroulas! — ordena o sargento. — *Papá*?

— Seguimos em silêncio — sussurro. — Essa escada não deve ter mais do que umas duzentas jardas. Vamos avançar.

Prospecção nunca foi o meu forte. Quase uma hora de descida ininterrupta. Considerando a altura dos degraus e o nosso arriar, não creio que tenhamos ultrapassado a marca das quinhentas jardas. Já teríamos encontrado a água marinha por estas horas. Tudo nos leva a concluir que a caverna não tem nenhuma conexão com o mar. A umidade pinga a cântaros dos altos e irregulares tetos da caverna. Provavelmente água de chuva que, após ser absorvida pela superfície, infiltrou-se nas tais rachaduras tectônicas.

Reentrâncias naturais ora alçam, ora destrepam estalactites, para mui afeitas de nossos ouvidos gemerem aquele chilreio grotesco de insetos. O mundo subterrâneo da Ilha da Queimada Grande é bastante estranho.

Nada arrefece a luz destes estranhos cogumelos. Como fogos-fátuos, seu brilho espectral torna o ambiente à nossa volta muito mais ameaçador e sobrenatural. Não gosto disso. Não enxergamos além da linha de dez jardas, de maneira que nossa posição também não pode ser facilmente detectada pelo inimigo. Perdemos, entretanto, a vantagem do terreno. Qualquer surpresa nessa posição e nossa empreitada estará comprometida.

Para agregar maior insegurança à nossa linha defensiva, minutos atrás, a parede lateral, antes sólida como a muralha de uma fortaleza, passou a apresentar frestas, da altura de um homem mediano, com três a cinco polegadas, de onde vaza uma aragem fria e ululante. Como murmúrios constantes, nos parecem alcançar vozes e ruídos distantes, filtrados pelas pedras.

Aríete sonda o ambiente de bacamarte em punho. Seus olhos argutos, acostumados às lonjuras dos pampas, são nosso melhor trunfo. Se movimento houver, além da marca dessas profundas sombras, o gaúcho nos alertará em tempo. Cicatriz segue ao seu lado. Desce, pé ante pé, cuidadoso. Os balins em sua mochila emitem um som metálico quase imperceptível.

Os sussurros parecem nos acompanhar. Agora vazam por todos os cantos da caverna. São como elegias grotescas marcadas por um ritmo primitivo, pulsante e selvagem.

Duas dezenas de degraus à frente e finalmente avistamos o fundo desse caldeirão de bruxas. O chão é feito de areia e bosta de morcego. Poucas estalagmites ascendem para fora desse solo estéril. Uns besouros guinchadores vagam sem destino. Morcegos se lançam das paredes e sobem com os insetos para as alturas.

Mais à frente, encontramos os trapos de tendas oscilando na aragem tépida. Algumas possuem suprimentos médicos mui degradados pela ação do tempo, outras, ainda, pareciam abrigar dezenas de caixas de munição. Brasão de López nos tampos.

Esperto constata. Todas vazias.

Muitos cartuchos de *spencer* pelo chão e próximos ao pé da escada.

Mais além, a cerca de cinquenta jardas, os fungos luminescentes rareiam e, após mais alguns passos, desaparecem, como que tragados por aquela irreprimível escuridão.

Nosso batedor encontrou algo alojado em uma das paredes. Afunda a ponta do punhal em um orifício.

— Prata?

— Bala de prata, meu capitão — responde Pé de Cabra.

Um riso sádico se desprende da imensidão escura adiante.

Algo cintila e se move claudicante.

— Imperiais — sussurro. — Mantenham as posições.

Poncho ergue a mão direita acima do ombro e fecha o punho.

Aríete olha para o sargento e gesticula.

Temos companhia.

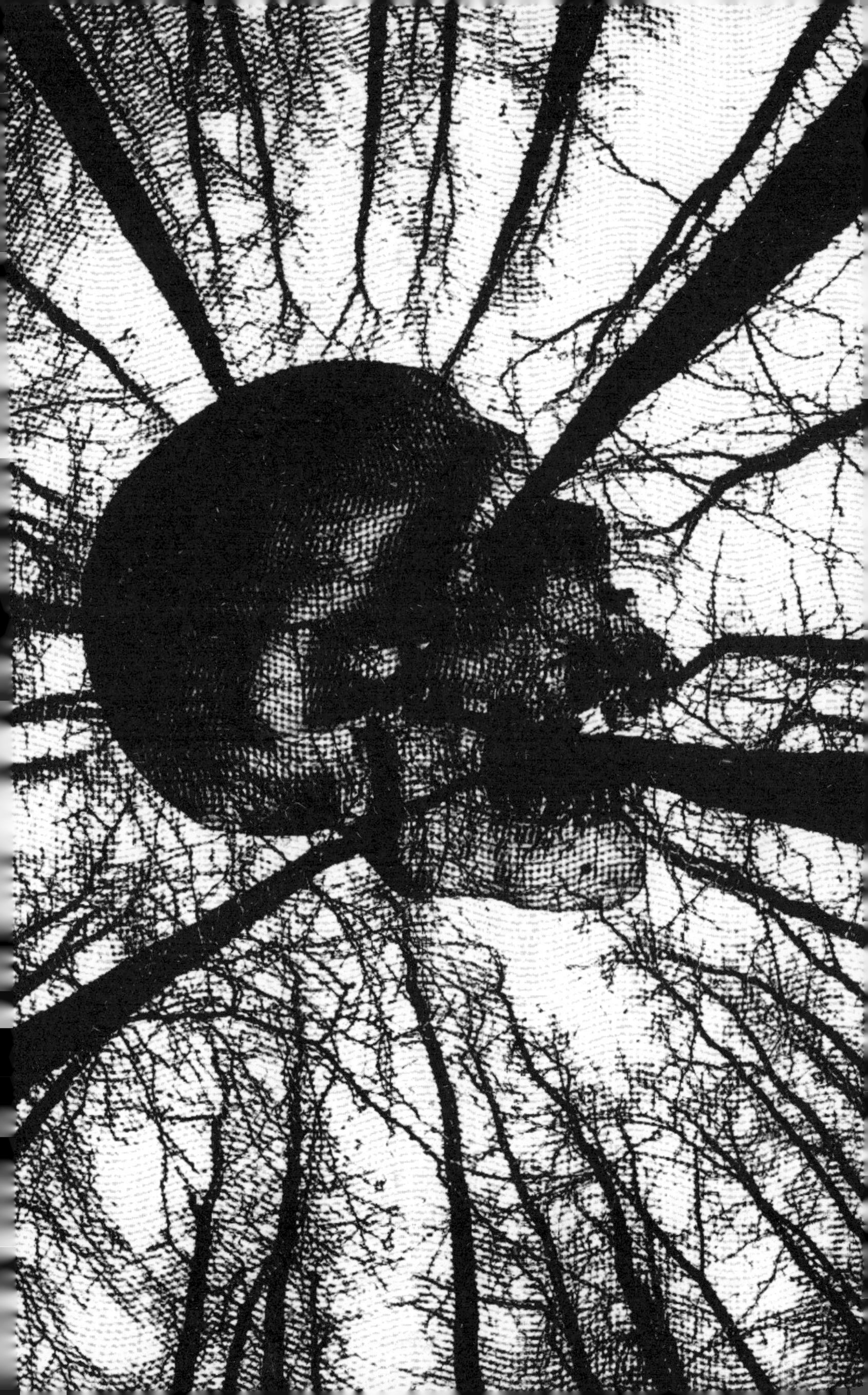

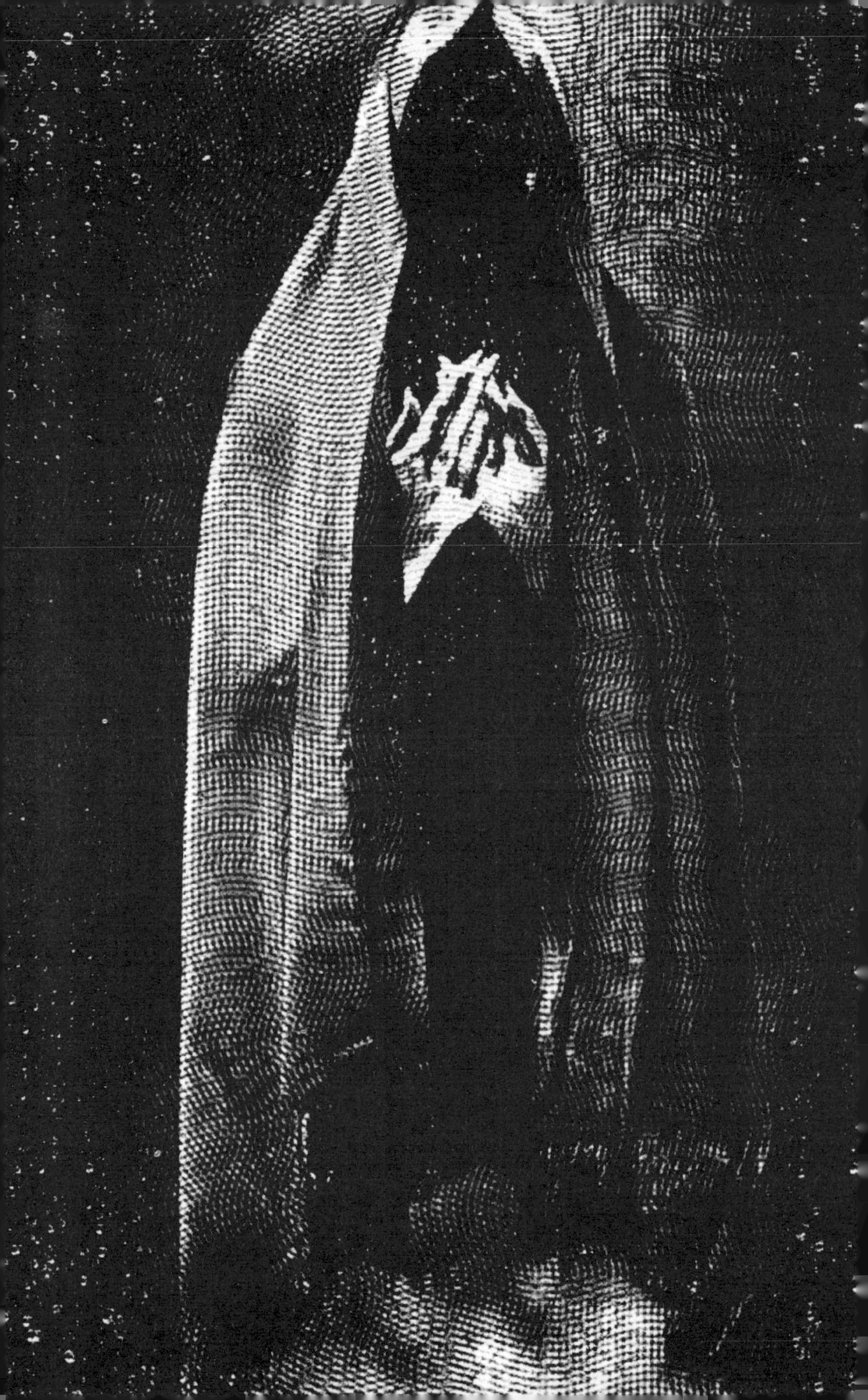

16

LA GRAN MONTAÑA DE SOLANO

O velho ria descontroladamente.
Trajava umas calças velhas de soldado paraguaio, presas à cintura por uma trança de cabelos humanos. Usava sobre o peito moreno e raquítico um colete aberto, feito de sabe Deus o quê. A coisa brilha no escuro.

Quando me aproximei e engatilhei a *lefaucheux*, ele fixou os olhos podres em mim e, aprumando seu corpo recurvado e esquelético, encostou a testa calva no cano da pistola.

— *Dispara, soldado!* — sorri malignamente. — *Yo nací para morir dos veces. Soy un brujo de Chiloé.*

É o tal puto do Pacífico. O alardeado bruxo das fileiras paraguaias.

— Dom Benigno, presumo? — pergunto.

Ele me encara. Uma nesga de ódio e júbilo pendurada nos lábios vincados.

Dura pouco. Acerto a coronha bem no meio de sua fuça macabra e dou sinal para os imperiais avançarem. Guardo a pistola e sigo em frente. Ele se recompõe e, mancando, passa a acompanhar meu passo.

Esperto esmiúça o local com ânimo de perdigueiro. Pé de Cabra, Matador e Cicatriz perseguem sombras no perímetro. Qualquer marca, qualquer pegada, vamos, seus putos! Eu só quero colocar uma bala na cabeça daquele desgraçado de coração partido.

O velho ri às minhas costas.

— Dá-me um motivo, por favor — sorrio.

— *Venga!* — gesticula animadamente. — *Venga conmigo. Para la montaña. Vamos a afilar las espadas bajo su sombra. Oremos bajo su sombra.*

— Guilhotina, olho nele! — sussurro ao imperial. — Esperto?

— Nada, *Papá* — menciona o sargento cheirando a poeira do chão. — Essa merda toda de morcego cobre tudo.

— Pé de Cabra?

— Nada, lamento, capitão.

Matador e Cicatriz também estão torcendo o nariz para tudo que é lado e só encontram motivos para galgar a escada e dinamitar a entrada da caverna. Opção que se assemelha ao que é mais razoável fazer.

Então, o velho começa a gargalhar histericamente.

— Eu te disse para ficar quieto, velho idiota! — grito, enfiando a ponta de minha bota naquele traseiro sujo.

O molambento se esparrama pelo chão coberto de merda de morcego e, gargalhando ainda mais, simula uma paródia de nado.

— Chega! Cansei desse desgraçado! — saco o sabre e me achego a seu corpo imundo.

— *Espera. Espera* — grasna o velho apontando uma garra comprida e preta de sujeira para a profundeza feita de breu. — *Mirar más allá!*

— Cristo! — grita Pé de Cabra fazendo mira com o *spencer*. — Tem um sujeito espreitando de uma posição elevada, capitão!

— Distância?

— Umas cinquenta jardas, sargento.

— Avançamos com cautela — ordeno e pego o sujeito fedido pelo cangote. — Esse puto segue na frente.

A escuridão por este lado da caverna parece ganhar vida. A cada passo, imagino movimentos em redor do perímetro. Os murmúrios sussurrantes, que chegam como ondas quebrando na rebentação, aumentam a ilusão de movimento dessas sombras ominosas. O bode velho dá mais três passos e cai de joelhos, olhar fixo à escuridão, prestando obscenas reverências ao vazio. Para mais além, a caverna se afunda no mais profundo abismo. Longe da luminosidade opalescente dos fungos, toda treva é viva.

Longe do ar da superfície, tudo é morte.

— Minha caceta! Vós só podeis estar de troça comigo! — grita Matador.

— *La Gran Montaña de Solano* — sorri o maquiavélico ancião.

Não fosse o mais pavoroso monumento arquitetado, seria cômico pela hedionda semelhança com uma antiga caricatura de López.

Bem à nossa frente, quase à sombra do espectro luminescente daquela monstruosa caverna, elevava-se um amontoado descarnado de crânios humanos que só a mente doentia daquele ancião poderia conceber. Tinha por volta de dez metros e, assentado sobre seu cume, estava a figura fantástica de um altivo comandante.

Coronel Pedro Hermosa. O cadáver exibia uma fileira de dentes cerrados. O cruel coronel parecia zombar de nossos olhares. Maldito!

— Parece que eles se mataram, *Papá*! — disse Esperto. — São todos uns cães traiçoeiros, gananciosos, sem crenças e sem fé em nada!

— *Mi fé. Mi creencia. És brujeria* — cuspia o velho chileno aos pés daquela abominação, enquanto ensaiava uns passos estranhos de dança cerimonial.

Loucos malditos. O veneno que inocularam no mundo se voltou contra eles. Toda essa baderna não passa de cepas sujas com pragas que vieram de terras distantes. Dos cantos mais obscuros do mundo, esses xamãs alardearam feitiços que nada eram senão doenças que deformam o homem em carne e espírito.

Os primitivos feiticeiros eram nobilificados por nações inteiras que, incapazes de conceber que o intelecto desses pobres coitados foi subjugado por simples afecções, viam na disseminação dos *capelobos e mapinguaris*, pelo norte do Paraguai, o advento da vontade de seus deuses pagãos.

Esse mal, se assim o definirmos, existe em todos os reinos do mundo natural, sua origem é tão antiga quanto a própria vida. Nossa ciência, contudo, permite-nos ver além do véu do sobrenatural.

O assunto, diversas vezes, foi causa de debate entre mim e Medroso. As coisas que combatemos, por certo, tinham semelhança com os doentes de raiva. A doença, então, extremamente contagiosa e transmitida pela mordida do animal raivoso, possuía um agente infeccioso que, inobstante não ser visto pelo olho humano, ali estava. O bom doutor afirmou que *monsieur* Pasteur teorizara, recentemente, que todas as doenças eram causadas e propagadas por algum tipo de vida diminuta, que se multiplicava no organismo do doente e se transmitia para outro, contaminando-o.

— *Usted!* — gargalhou apontando o dedo ossudo para mim. — *Usted no cree en los ojos del hombre! Se verá más adelante. Yo voy a hacer que se va a creer, soldado!*

Pé de Cabra vinha por trás da imensa pilha de crânios.

— Nenhuma tenda médica ou militar além, *Papá* — gritou o batedor. — A caverna se estende para mui além dos fungos luminosos do doutor. Duas dezenas de jardas à frente, bem em meio a toda escuridão, encontrei um gradil de cadeia todo retorcido. Alguma coisa atravessou com muita pressa. Mas nem sinal de porra nenhuma.

— Espaço suficiente para armar uma carga? — inquiro o batedor.

— Sem chance, capitão. Se o bom doutor estiver certo, uma detonação ali joga toda a caverna abaixo.

— Hunf! Então é isso? — resmungou o sargento. — Acabou? Todo o aparato financiado pelo caudilho afundou nesse buraco e morreu.

— É verdade, *Papá*? — sorriu Ceroulas. — Podemos voltar para casa?

Eu olhava firmemente para o responsável por cultivar a semente da dita epidemia lopeza. Ali estava ele, pronto para receber a justiça. Por que eu hesitava? Se ele escapar, vai comercializar seu veneno em outro lugar. Será este o futuro da guerra? O destino dos Impérios serão decididos por estas sementes de destruição?

Su semillas.

— Esse é o teu preço, velho? — inquiro ao desgraçado alçando-o pelos trapos sujos. — Caveiras?

O ancião arruinado ergue seus olhos amarelos e odientos para mim e sorri. Aponta para um caldeirão próximo à montanha de crânios.

— *Grasa. Grasa humana. Con ella puedo volar y escapar de esta sal* — sussurra lugubremente enquanto se debate pendurado pelo colete.

— Ele disse gordura? — pergunta Medroso.

— Com os diabos que sim! — grita Matador chutando o caldeirão para longe.

O conteúdo, uma amálgama de óleo e graxa amarela, emanava um cheiro repugnante e acre que logo se espalhou.

Enojado, lancei o velho ao chão.

O sem mãe começou a rir novamente.

— *El Mariscal! Ha!* — alardeava o velho molambento. — *Su brazo derecho el traicionado por el amor de una mujer!*

— Esperto! — grito reprimindo o asco. — Reúna os imperiais! Vamos arribar e dinamitar a merda toda!

— *Después de haberles dado las semillas, los malditos...* — grasnava o decrépito. — *Me tiraron en esta cueva oscura!*

Uns sussurros malignos pareciam vir das caveiras empilhadas dos soldados. O velho coronel Hermosa a tudo observava com olhos de homem morto. O farfalhar de milhares de asas anunciava que os morcegos estavam deixando a caverna com muita pressa.

— Alguma coisa assustou os ratos com asa — gemeu Medroso.

— *Hermosa. Si...* — sibilou o terrível ancião. — *Yo tenía mi venganza... puedo poner la semilla en su hijo!*

Então, foi este corno infernal quem contaminou o moleque do velho Hermosa. A coisa toda degringolou a partir do momento em que guardaram esse abutre dentro dessa cova de pesadelos. Um a um, ele atraiçoou. O último, o puto do coronel, subiu nesta merda toda e logo enfiou uma bala nos próprios cornos.

Por quê?

Cediço que o causador de sua dor era esse maníaco, por que se matar?

Tão próximo estava do instrumento de sua terrível expiação.

Hermosa acreditava nos poderes divinais desse velho senil?

— *Ellos me han engañado! Después de ofrecer las semillas, que me rodearon de sal en todos los lados! Solano hijo de puta! Hijo de puta!*

O miserável sorria-nos uns dentes podres. Seus olhos esgazeados, tingidos do mais virulento amarelo, pareciam emitir um brilho demoníaco e desafiador. Juntou os pés e abriu os braços com as mãos em palmas, tal como Cristo na cruz.

— *Imperiales!* — gargalhou o maldito. — *Hijos del abuelo!*

Sua palavra não tem poder sobre mim.

Ele não nasceu para morrer duas vezes.

— *Yo os bendigo en el nombre del padre y del hijo y del espíritu...*

— Estou farto disso! — saco a pistola e disparo.

A bala atingiu o terrível ancião na testa. Sua cabeça foi lançada, levemente, para trás como se tivesse recebido apenas um soco. Quando voltou os olhos para nós, ainda estava em pé, sorrindo. Por um instante, achei que essa coisa de bruxaria fosse real.

Então, um fio tênue e vermelho escorreu através do orifício da bala.

O velho tombou miseravelmente ao solo, agonizando.

— *Aquí... me muero...* — geme o bruxo com a face vincada às pedras, os lábios frouxos deixando vazar sangue. — *Esta és... mi... venganza.*

Sangue.

Seu último suspiro deixou uma vaga ressonância ecoando pelas paredes e reentrâncias da imensa caverna. Um ciciar vago e incerto desceu às mais profundas fossas do Tártaro. O diabo se encarregou de respondê-lo.

Toda putrescência que ascendeu dos abismos e se acoitava na noite negra daquelas imensas cavernas parecia responder ao chamado. Aquilo que antes parecia suspiros se eleva agora a gritos inumanos e monstruosos. De súbito, irrompem à claridade as repugnantes sementes do demônio.

Daqueles espaços exíguos, desprovidos de toda luz e calor, eles avançavam às centenas. Repulsivos e monstruosos eles são. Alçados às paredes, à força de garras aduncas, avançando com grandes saltos, eles vinham pelo sangue. Os que atravessavam pelo chão da caverna, deitados na mais profunda bestialidade, corriam a quatro patas, rugindo e bufando com olhos luminescentes e famintos.

Ora, ora.

Aí está um belo motivo para subir em uma pilha de caveiras e enfiar uma bala nos cornos.

— FOGO! — gritei a plenos pulmões.

KIPOW! KIPOW! KIPOW! KIPOW! KIPOW! KIPOW! KIPOW!

Na caverna, o urro sinistro dos *spencers* era imensamente amplificado. Em meus tímpanos, com punhos monstruosos, o deus da guerra surrava os ensurdecedores tambores do apocalipse.

KABUUM!

Aríete dispara as cargas de bacamarte contra as hordas balouçantes que se espremem no chão. A cada trovão, o gigante baixa a boca larga e fumegante para Cicatriz despejar pólvora e munição.

— CHEIO! — gritava o sapador dando um tapa no barrete do concentrado gigante.

KABUUM!

Os rebotes dos balins que chacinavam os monstros tingiam as paredes da caverna de vermelho. Seu fragor metálico, tal como um altissonante sino, dobrava selvagemente. As paredes tremiam, a secular caverna ameaçava vir abaixo.

À esquerda, por onde uns *capelobos* de olhar vermelho atacavam, Gancho, Ceroulas e Esperto quase partiam as suas lâminas, tamanhas eram as vezes que se brandiam sabres e hastas.

No flanco ao qual defendíamos, Mosquito e Poncho disparavam seus fuzis até acabarem-se as balas do tambor, momento no qual Matador e eu os substituíamos à linha. Os *mapinguaris* caem e jazem imóveis ao chão. A prata é seu veneno! Mas, muito embora cada bala tenha o efeito esperado, não vai demorar muito. O cartuchame de prata está acabando.

— Recuar! — gritei às linhas de Esperto. — Recuar! Para a escada, malditos! Precisamos levar o combate à boca da caverna! Aríete e Cicatriz, para trás, corram.

Os dois não vão conseguir abandonar a linha. Corro na direção deles e disparo *la plata*. Tento ganhar preciosos segundos. Acerto quatro bestas disformes.

— Saiam daí, vamos!

O maior deles, um monstrengo amarelo, deixa-se cair, pesadamente, sobre o chão da caverna. Quando atinge o chão, um ligeiro tremor se faz sentir sob a sola de nossas botas. A coisa então ergue a cabeça e avança a passos maciços em direção a Cicatriz e Aríete.

Clic! Clic! — acabou a prata.

De chuço em punho, Aríete investe. A aberração desfere um golpe com suas garras na direção da cabeça do cavalariano. Ele se abaixa e investe o chuço contra o peito do bicho, abrindo um talho enorme do peito ao pescoço. Aríete ataca novamente. Dessa vez o *mapinguari* amarelo se defende e parte o chuço em dois.

Visando aleijar, Cicatriz apunhala-o na perna. A fera enlouquecida de dor tenta morder e o baixinho arremata com a pistola abaixo de seu queixo e dispara. Com um urro terrível o *mapinguari* avança sobre o sapador.

— Sai daqui, Cicatriz! — grita Aríete agarrando o bicho pelo pescoço.

Ele gira e joga nosso gigante ao chão.

Mesmo atordoado, Aríete rola e escapa de dois golpes que o degolariam. O terceiro, contudo, o atinge na altura do ombro. Uma mordida. Sua camisa se tinge de vermelho.

O cavalariano se apoia em um dos joelhos, com os olhos fixos na besta que o feriu, rasga a manga da camisa e, rapidamente, improvisa um torniquete. Saca a pistola e atira seis vezes. O desgraçado ainda está lá, grunhindo furioso, esperando uma brecha para atacar o imperial osso duro.

Aríete sente o ferimento. Algo parecido com um breve desmaio o faz cair sobre os dois joelhos. O gigante suspira profundamente. Olha para mim e, em seguida, para Cicatriz. Um ligeiro aceno de cabeça.

Eu entendo, grandão.

Ele sorri e salta sobre o imenso *mapinguari*.

Corro até Cicatriz e o arrasto, aos berros, para longe dos dois gigantes.

Sete, oito, nove, dez, onze...

BADABRUUM!

Toneladas de rocha vêm abaixo no instante em que o grandão lança mão de uma banana de dinamite. A detonação no espaço exíguo causa ainda uma onda de choque que nos derruba ao chão.

Doze metros separavam a morte de nós.

— Aríete? — grita Cicatriz. — Aríete!

— Acabou, Cicatriz! Ele se foi! — grito ao sapador. — Corra!

Esperto e os outros dão cobertura de fogo à nossa fuga escada acima.

Das paredes laterais, por entre as fendas na rocha, umas coisas menores, do tamanho de mastins, começam a se bater contra nossos sabres. Disparamos munição comum contra elas e, conquanto o fogo concentrado, à curta distância, faça-lhes morte, as coisas não param de avançar.

Uma delas salta sobre Mosquito. Uma segunda ataca e os três caem através das imensas profundidades. Maldito! Maldito! Quantos garotos esse maldito abismo haverá de levar?

KIPOW! KIPOW! KIPOW! KIPOW!

Outros maiores galgam os degraus abaixo de nós. Estamos encurralados.

Esperto e Poncho, munidos das hastas, conseguem derrubá-los às dezenas pela borda do fosso. Gancho arremessa outra banana de dinamite na direção da escada.

BADABRUUM!

Eclodem trovões pelas câmaras sombrias da caverna infernal.

O chiado sinistro aumentou em intensidade. Parece vir do alto, do teto repleto de estalactites da caverna, mui afeito à nossa atual posição na escada. Quando o sargento eleva o *spencer* acima de nossas cabeças e dispara, o clarão ilumina mais do que as rochas dormentes. Para evitar que a loucura nos possua, quase nos jogamos borda abaixo.

Centenas deles. Criaturas à prova de qualquer descrição se mobilizaram pelo teto da caverna. São como monstruosos morcegos sem asas. Longos braços com garras aduncas impulsionam seus corpos balouçantes. Como gigantescas saúvas vermelhas, eles se esparramam uns sobre os outros e, à maneira dos insetos, emitem um estridor ininterrupto e grotesco.

Atiramos com o que temos. Efetiva ou não, a munição que nos resta é tudo o que nos aparta daquelas hiantes malignas.

Os imperiais sobem costas a costas, passo a passo, a longa escada. Cada degrau conquistado é uma afirmação de que não vamos nos render. Não vamos nos entregar à morte. Há bem pouco tempo, a dita dona Morte fugia aos berros desses imperiais. Precisávamos andar a passo largo para alcançar, ao menos, a sombra da famigerada.

Agora, a sombra do anjo da morte paira sobre nós e os degraus se enchem de sangue.

Clic! Clic! Clic!

Sabres, hastas cegas e facões, abriremos nosso caminho à força de braços e aço. Juramos tal como Moisés abrir o Mar Vermelho! Sim! Nossos mares são feitos de sangue! Matador e Guilhotina se ocupam da primeira criatura maldita a deixar a segurança das estalactites. Ela tem quase dois metros de altura e seu pescoço é longo como o de uma lhama dos pastos peruanos. Quando é ferida, suas expressões e gritos humanos nos enchem de inquietantes sensações.

Outros saltam à escada. Por sorte, os estreitos degraus estão tão apinhados com os bichos e escorregadios em decorrência do sangue que fica impossível armá-los de maior efetivo sem que caiam às dezenas através do abismo.

Esperto recua alguns metros à retaguarda e acende o pavio.

BADABRUUM!

Isso resolve a questão dos que subiam ao nosso encalço. Mas, agora, não podemos retroceder. Só crer que essas linhas cairão. Resta uma banana de dinamite. Na pior das hipóteses, cortaremos a ligação deles com o mundo da superfície.

Degrau a degrau, conquistamos nossa sangrenta ascensão.

Uma enorme estalactite despenca através da desmesurada bocarra de trevas. Um som que parecia o pé de um menino esmagando cupins sobe até nossos ouvidos. Quantos haverão lá embaixo? Outra rocha pontiaguda se solta e essa atinge a escada logo abaixo de nós. Depois outra e mais outra.

A explosão da dinamite a tão elevada altura abalou o delicado sistema da caverna. Como um descomunal titã, ela quer se livrar daquilo que não nasceu dentro de si. As lonjuras subterrâneas voltaram-se contra nós.

Pequenas lascas pontiagudas se desprendem antes das estalactites maiores despencarem. Ricocheteiam abaixo e acima da parede que nos ladeia à direita. São como adagas afiadas lançadas com extrema agilidade por um atirador de facas enlouquecido.

Uma delas atinge Esperto no ombro. A pedra parece um estranho adereço sobre o casaco do sargento. Outra atinge Poncho em sua panturrilha. Medroso está fazendo o que pode dividindo sua atenção entre torniquetes e o velho sabre.

As criaturas menores avançam furiosas e famintas. Escapo a uma mordida, aparando a mandíbula do desgraçado com o gume de meu sabre. Fero e fundo, ele divide a cabeça do bicho em dois. Não vai durar. Mesmo o aço imperial não foi feito para tais batalhas. Vai perder o corte e, quando isso acontecer, meu braço vai se cansar mais rápido. Aí, será o fim.

— Morre! Morre, desgraçado! — grita Pé de Cabra, tentando proteger o sargento que mal pode erguer o sabre.

Umas criaturas penduradas sobre o teto olham obscenamente para nós. A baba viscosa escapa aos baldes das hiantes diabólicas.

— Vais sentir tudo isso dentro de ti, se desceres aqui! — Cicatriz brada com a hasta.

Mais lascas são lançadas pelas estalactites. Umas atingem as criaturas no teto, outras, como flechas, caem sobre nós. Algo quente escorre pelas minhas costas. Quando vejo com que cara Medroso me olha, percebo que a coisa foi séria.

Outra ponta afiada atinge minha coxa direita. Não consigo manter o sabre com a destra. A maldita pedra deve ter atingido algum nervo!

Uma enorme laje de pedra vem abaixo, sob ela assentam-se dúzias de pequenas estalactites. É como se a mandíbula da caverna se fechasse sobre nós. Atinge a escada e faz balançarem os alicerces do mundo. Seja o que for que mantinha essa escada em pé, começou a ruir. A caverna toda grita, como se estivesse ferida de morte.

As criaturas no teto começam a fugir para as frestas nas paredes laterais.

— Não sei se isso é bom ou ruim — rosna Guilhotina. — Mas acho melhor não ficarmos aqui para descobrir.

Apesar da fuga de seus irmãos diabólicos, as criaturas noturnas que ladeiam a escada continuam seu ataque. O instinto de sobrevivência parece não reger a fome. Avançam como se o melhor a fazer mesmo fosse mastigar um imperial ao custo da própria morte.

Maluco tenta ultrapassar a linha inimiga à força de uma hasta, mas é repelido pela enorme onda de criaturas. Quase cai pela borda da escada. Não fossem Tio Zé e Guilhotina lhe segurarem pelos braços, o intrépido sapador teria virado aperitivo nas profundezas.

— Não dá! Não vamos conseguir, *Papá*! — grita Maluco. — A horda é densa demais! Duvido que nossos melhores cavalarianos ultrapassassem aquela linha de presas.

— Juntos! Não esparramem nossos recursos, seus malditos! — grito ao sapador em reprimenda às suas dúvidas. — Matamos um por um se for necessário. Não podemos avançar mais do que dois homens por vez e, tampouco, eles o podem.

O ânimo de nossas linhas não pode desmoronar.

Olho para Medroso. Ele tem o sargento em seus braços. Desmaiou, perdeu sangue demais. O médico abana a cabeça negativamente para mim. Olho para Gancho, Cicatriz e Matador. Continuam a lutar, mas estão exaustos, seus golpes mal ofendem o adversário. Tio Zé e Poncho estão feridos, quase fora de combate. Ceroulas, Pé de Cabra e Maluco se valem das coronhas dos fuzis para desferir marradas junto às linhas inimigas.

Garras e dentes avançam ininterruptamente sobre os defensores da linha de frente.

Sinto uma forte tontura e firmo a vista tentando enxergar além deste véu de sombras da caverna. A saída está distante. Se é dia ou noite, quem poderá dizer? Ninguém saíra vivo daqui.

A dinamite. Se nosso último recurso for necessário, que leve a todos nós de uma vez. Morrer nas garras de um desses bichos não é morte merecida a um imperial.

Uma das criaturas da noite escalou o imenso paredão e, ao se firmar sobre os degraus, avançou sobre o desvalido Poncho. Tio Zé tentou interceder, mas foi arremessado contra a parede.

Quero pensar que Poncho estava inconsciente e que não foram seus os gritos que ouvi nas longínquas profundezas.

— São muitos! — ofega Medroso.

Alguns possuem algo similar à dura carapaça de besouros. Sabres se quebram e as longas lanças das hastas se partem.

Estão nos flanqueando.

É o fim.

Guilhotina está cumprimentando Matador. Uns garotos sorriem, outros apenas meneiam a cabeça. Medroso atira para mim a última banana de dinamite.

Risco um fósforo.

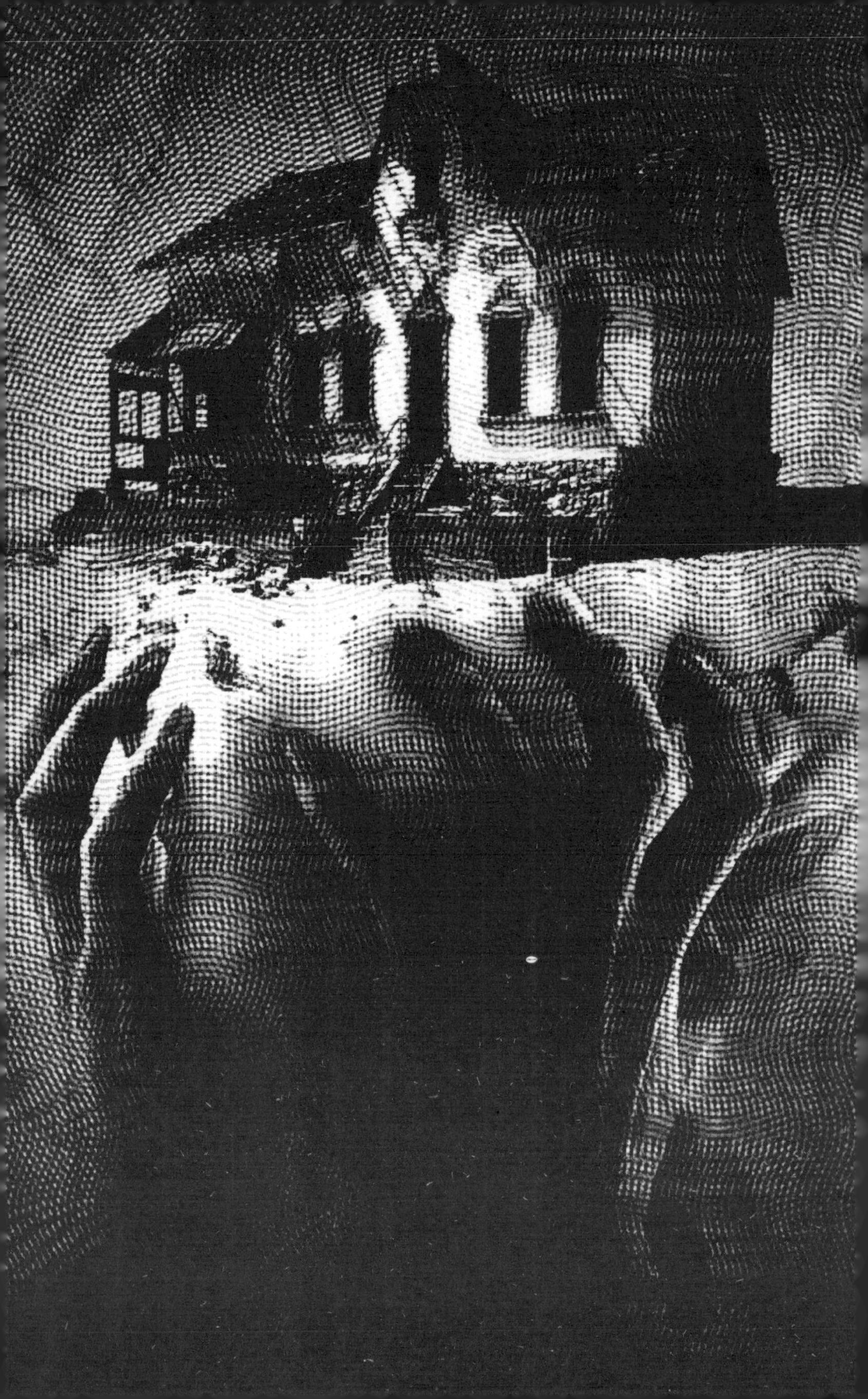

17

A Mansão dos Mortos no Fim do Mundo

Os céus estarão claros esta noite?
Eu sei que existe luz, ela sobrepujará a treva.
Embaciadas no entorno da escuridão, surgirão estrelas para guiar. Brilhando tão claras onde sempre estiveram; onde lhes faz morada o canto dos anjos. Mesmo agora, na noite escura, fecho os meus olhos e sei onde estão. No entorno da escuridão.

Não se faz necessário ver para saber. Elas estão lá.

Almejo tocá-las, mas sou só um homem.

Arvoro-me ao limite do humano e tento suportar o terrível poder para o qual só os deuses nascem. Alço-me, mas não alcanço as estrelas. Não nasci para tocá-las.

Homem nascido para guerrear as guerras absurdas dos homens, jamais chegarei aos céus. Nunca entregarei ao pai, soldado como eu, a sofrida condecoração que guardei no bolso de meu casaco. Meus fados são demais para essas asas mirradas.

São as penas cegas e mudas que cabem a um soldado. Vez ou outra, arranco uma delas e escrevo com meu rubro e quente sangue nestas memórias pobres de soldado. Hoje, eu arranquei a última. Escrevo meu epitáfio.

As estrelas, eu sei, estão brilhando no céu. E, embora eu tente alcançá-las, como Ícaro, falho e caio à escuridão uma vez mais. Neste vazio abissal, onde a fome é majestade. Onde morrem os soldados que se apercebem do tropel das *Valquírias*.

Os espíritos não se calarão dessa vez.

Quando os ventos do *Valhalla* sopram frios, o sangue jorra.

BADABRUUM! BADABRUUM!

De onde estamos, mal damos conta do que se sucedeu.

Então, sentimos o odor característico de peixe. Óleo de baleia.

Súbito, enorme bola de fogo avança sobre os monstruosos rastejadores. A metade despenca, em chamas, pela beirada da estreita escada. Temos espaço para atravessar!

Com sabres partidos e lâminas cegas, brandimos nossa impetuosidade à frente de nossos brados de carga. Milagrosamente, ultrapassamos a linha inimiga até a sua metade, saltando por monstrengos que se contorcem nas chamas.

— Descansa *a teu* alma, *captain! A vigia* está firme *na Reno! Brummers*. Por todos os diabos! De onde saem esses malditos?!
KIPOW! KIPOW! KIPOW! KIPOW!

Apesar da pouca efetividade da munição comum, os disparos certeiros dos fuzis alemães têm o condão de atrasar o avanço das criaturas pela escada.

De faca em punho, salto os moribundos e corro na direção dos mercenários. Tio Zé, Ceroulas e Gancho mantêm-se à retaguarda. Cicatriz, Matador e Guilhotina desferem golpes com hastas cegas fazendo cobertura aos mercenários que carregam os imperiais feridos.

— Capitão Eric! — grito em meio à batalha infernal. — Não que esteja me queixando...

— *Non preocupa, captain!* — riu-se o alemão. — Já *fomos pagas!*

A surpresa é tamanha que minha bota patina no sangue imundo que lava as escadas. Vou ao chão e quase escorrego pela fenda abaixo.

— Aqui, capitão! Suba! — grita alguém ao me oferecer uma mão negra.
Sorriso!

— Com todos os diabos da bunda partida da Princesa Isabel! — grita Medroso. — Juro que estava prestes a trair o juramento de Hipócrates! Nunca fiquei tão feliz em ver alguém tão feio!

O médico abraçou o guri escurinho.

— Cacete, moleque! Me pregou um baita susto na vila.

— Se eu mencionasse algo ao capitão, ele me agrilhoaria na bunda de uma mula antes de tentar — gemeu Sorriso.

— Depois vemos isso — gritei-lhe. — Agora precisamos sentar o pé na estrada, moleque!

— É Sorriso?! — gemeu o sargento quando passou por nós carregado por dois *brummers*. — Mas o quê?!

— Te ajudo a caminhar, meu capitão — sussurrou Sorriso. — Estás mui ferido.

— Vamos retomar essa prosa depois, Sorriso — disse-lhe ao ouvido. — Por ora, a cara do Esperto pagou por qualquer regulamento que tu tivesses quebrado.
KIPOW! KIPOW! KIPOW! KIPOW!

— Avancem, *seus malditas!* — gritou Eric às nossas costas. — *A churrasco* não *durar* para sempre!

A caverna continuava a colocar para fora seus gemidos de parideira. Como moribunda de sempre, outras pedras vieram abaixo, atingindo a dois mercenários alemães.

Ultrapassadas as linhas inimigas e alcançada distância segura, com a luz pálida e agourenta da lua como testemunha, acendi o pavio e me vali de minhas últimas forças para lançar a dinamite pela escada abaixo.
BADABRUUM!

Saltamos para o ar da noite e nos jogamos à relva verde enquanto uma nuvem gigantesca de poeira era expelida por aquela cloaca diabólica. Toneladas de rochas vieram abaixo e um imenso estrondo fez toda a ilha tremer.

O farol oscilou por um segundo e então despencou, como um grande e magnânimo sabre de cavalaria que se achega, mortalmente, ao peito do monstro.

***

Chovia há horas.

Massas de água vagavam sem rumo pelo cimo do oceano. Assemelhavam-se, sobremaneira, a largas cortinas translúcidas que se fecham uma após a outra sobre o palco do panteão enlouquecido.

Ondas gigantes lambiam furiosamente os contornos sombrios das rochas à borda do mar, dispostas a tomar para si todo o burgau da ilha. Relâmpagos aspergiam faíscas através dos escuros céus e, como cataclísmicos tambores de guerra, os trovões desciam ao mundo dos homens e faziam tremer as paredes.

Logo após o desmoronamento da caverna, os céus nevoentos da Ilha da Queimada Grande foram cobertos por leviatânicas nuvens que despejaram sobre nós uma imensa carga d'água.

Abrigamo-nos junto à casa do antigo faroleiro.

Os *brummers* vieram com embarcações de âncoras munidas de cordas compridas e resistentes. Parte dos homens do capitão Eric permaneceram a bordo. Dez deles desembarcaram, à força de braçadas, armas e munição a bordo de *pelotas* de couro. Nada mau para um baderneiro alemão.

Mesmo com os barcos inteiros, não podíamos nos arriscar ao mar com mau tempo. As rochas e os arrecifes próximos nos destroçariam em questão de minutos. Capitão Eric sinalizou para a embarcação se afastar. Um naufrágio a esta altura seria má paga a soldados tão valorosos.

Os moços ao meu redor, soldados veteranos de tantas cicatrizes e que tanto sangue já derramaram. Meus garotos, treinados ao fel e à glória dos brados de *Gran Abuelo*. As lascas de estalactites fizeram um belo estrago. Medroso provavelmente vai levar a metade da noite para remendá-los.

Apesar do médico me atropelar com uma boa meia dúzia de coisas feias, exigi o último horário em sua agenda de atendimentos. Fiz valer a patente. Mariquinha engomado, seguidor dos regulamentos de sempre, ele nem argumentou.

Os *brummers*, oito gajos grandes, começam a ensaiar uma velha canção em redor da fogueira. A mesma velha canção. Convidaram-nos ao seu círculo. Três de suas caixas de munição tinham cerveja. Fico pensando no maníaco que rebocou as caixas à força dos braços pelo mar violento da costa. Com os diabos! São uns doidos! Que tipo de soldado leva cerveja para a frente de batalha?

Deus os abençoe por isso.

— Capitão — é Sorriso. — O senhor queria me falar?

O vigoroso tapa acerta em cheio o rosto sofrido do soldado. Ele mal piscou. Nem sequer desviou a face ou ergueu qualquer defesa.

Aponto um lugar próximo a mim.

— Tu usaste aquele ouro para contratar a todos esses malucos, barco, munição e tudo o mais?

— S-sim, capitão.

— Mas todo o ouro?! — ralho furioso.

— Sim, capitão — gemeu passando a mão pela cabeça. — Fiz merda?

Esperto, Medroso, Cicatriz, Gancho, Maluco, Pé de Cabra, Matador, Guilhotina, Ceroulas, Tio Zé e eu, seu orgulhoso capitão. Agora mesmo estou disposto a confiar umas medalhas a esse moleque.

— Fizeste pechincha, soldado — ralhei ainda com a cara fechada. — Mas não aprovo o feito! Vais passar o resto de tua mal estruturada vida de preto no serviço militar! Vou negar a todo maldito pedido de baixa que me fizeres! Entendes isso, soldado?

Sim, entende. De orelha a orelha.

Nunca vi sorriso mais viçoso após um tapa.

— *Papá*, precisamos mover o sargento para o andar de cima — suspirou Medroso. — É úmido demais aqui embaixo e essa cantoria toda não vai deixar o pobre descansar. Apliquei minhas ampolas nele. Daqui a pouco, ele empacota.

— Aqui, meu sargento! — sussurra Sorriso, colocando Esperto sobre os ombros. — Não sou tão garboso quanto o heroico Serafim, mas garanto que posso te carregar para fora desse puteiro!

— Hei, *Papá*! — gemeu Esperto. — Não te quero a desfilar ciúmes, mas esse sujeito escurinho aqui é meu novo melhor amigo!

Até os *brummers* riram.

— E tu, germânico malfeitor! — disse o sargento ao capitão Eric. — Guarda um pouco desse veneno alemão para mim!

— Com *todo o certeza, minha sargento*! — sorriu Eric, fazendo graciosa mesura.

— Vamos, guri — ia dizendo o sonolento sargento a Sorriso. — Em algum acampamento imperial que preste, vou ministrar-te umas boas lições de esgrima. Tua guarda é mesmo péssima. E o tiro? Jesus!

Observo os dois subindo. Lá se vai um antigo escravagista.

Respiro profundamente. Os pontos sob a camisa me lembram para ir com calma. Olho ao redor. *Vikings* e imperiais, todos saúdam aos heróis mortos.

— Ao gigante Aríete, ao ágil Mosquito e ao valente Poncho. A todas as vezes que esses filhos da mãe salvaram nossos traseiros no campo de batalha! — brado erguendo um dos garrafões de cerveja.

— Aos irmãos! — respondem os demais.

— "*Die Wacht am Rhein, Die Wacht am Rhein*!" — cantam os alemães em coro.

Uns imperiais até tentam acompanhá-los, mas o idioma é difícil para esses cabeças de bagre. No final, todos caem em uma gargalhada histérica que quase suplanta os brados da tempestade lá fora.

Mas é seu grito que consegue.

As armas, que descansavam em um canto da velha casa, são habilmente distribuídas. Subimos a escada como uma manada de búfalos, prontos para qualquer coisa, dispostos a fazer combate a qualquer inimigo.

Mesmo com dois lampiões à frente, é difícil explicar à mente humana o que os nossos olhos, essas joias tão surradas, veem.

O ar do quarto oscila como se alguém tivesse aberto o compartimento de uma fornalha. Trevas nunca antes vistas se esparramam pelo teto do esquálido cômodo. Uma aparição fantasmagórica ostenta um velho e esfarrapado uniforme de general, vestindo a um cadáver sem dentes e sem uma das orelhas. Um cheiro fétido, semelhante a ovo podre, atravessa nossos narizes.

Sempre duvidei. Crer na sua existência seria duvidar das coisas sãs que mantêm esse mundo íntegro. Eu quis explicar tudo pelos caminhos da razão, assentei meus passos firmes sobre esses tijolos erigidos a partir das falíveis explicações dos doutores da ciência.

As criaturas da noite por certo eram obras de diabólicos senhores. Mas sua existência era provável pela ciência que nos rodeia. Tantas coisas já vistas, tantas aberrações que combatemos à sombra de tolas e antigas superstições. Mas, em meu íntimo, sempre temi essa assertiva.

Ali está. A prova de que meu espírito precisava. O mundo não natural existe.

A visão do caudilho morto se esvanece. O *brujo* me encara e sorri malignamente sobre o ombro esquerdo de Sorriso. Tem o soldado suspenso pelo gume de seu punhal. O risco vermelho que seu sangue deixou ao escorrer pelo furo da bala ainda está lá. A bala ainda está lá e ele... essa coisa... ainda está aqui.

Quando ele o solta, todos nós vemos o sabre de Sorriso cravado bem em cima do coração da coisa. Ele se move como uma raposa acuada. Um pálido lampejo de racional. Mas ele não é como aquelas coisas. Ele está consciente de tudo que lhe cerca e de todo o perigo que oferecemos. No fundo, ele sabe.

Só veio até aqui para me mostrar.

Atacamos com tudo o que temos. Em segundos, ele cai para nunca mais se levantar.

As emanações que varriam ao ar do quarto cessam instantaneamente. Ao longe, pela janela, penso ter visto alguma coisa desaparecendo atrás do manto espesso da tempestade, deixando para trás apenas um uivo rancoroso.

Esperto está desacordado em um canto do quarto. Apenas a chuva fria e o vento sinistro ululam através da janela escancarada para as trevas da noite. A coisa veio voando, cavalgou a tempestade. O peito imundo repleto de gordura humana.

Brujo de Isla Chiloé.

Medroso se adianta por entre os soldados que se espremem e se debruça sobre o negrinho. Abre seu uniforme. Está se esvaindo em sangue. O médico passa a mão pela cabeça, em um gesto desesperado. Abre sua mochila. Abaixa os olhos e apoia a testa com as costas da mão. Pendura nos lábios uma expressão mui triste e desalentada.

— Medroso — sussurro da janela —, ele precisa de algo.

Durval me encara e balança a cabeça. Os olhos aflitos. Pela primeira vez na vida, Medroso não sabe o que fazer. Não sabe o que dizer.

— Pelo amor de Deus, homem! — grita Guilhotina às suas costas.

Seu rosto se ilumina por um relance de momento, depois volta a se cobrir de pesar. Mesmo assim, ele aplica a morfina. Isso vai tornar a passagem menos dolorosa.

— *Doutô...* — geme Sorriso ao abrir os olhos rasos d'água.

— O que foi, meu irmão? — sussurra o médico amparando-o sobre os braços.

— Dizem que tem uma irmã... — sorri um sorriso que é só sangue e adeus.

— Não comece! Pelo amor de Deus, quando vão esquecer essa história? — finge irritada indignação.

— Vós todos, brancos burros, pensais que esse preto... esse preto tinha caído no mundo... com o ouro do pároco da vila — casquinou tossindo sangue. — Mas, se eu não fugisse, seria posto no tronco! Eu tive... tive essa ideia maluca, sabe? Ah! Quando eu vi a cara do sargento! Tu o viste?

— Sim, Sorriso. Nunca vi cara de parvo maior! Surpreendeu a todos ao contratar os *brummers* e trazê-los direto para cá.

— O sargento é um homem bom — geme o negrinho. — Ficas de olho nele por este preto, *doutô*? Não tenho como... como te dar paga ao serviço, mas posso jurar... durante um dia inteiro fui um sujeito bem rico.

Medroso não consegue falar.

— Morro homem livre — suspira o soldado.

— Tu já eras homem livre, seu preto burro — choramingou Medroso, segurando Gismar junto ao peito.

Nesse momento, estamos todos à sua volta, esperando. O negrinho põe as mãos ensanguentadas sobre o rosto de Medroso e firma olhos de aço através das lágrimas.

— Morro homem livre de todo medo e vergonha. Morro imperial.

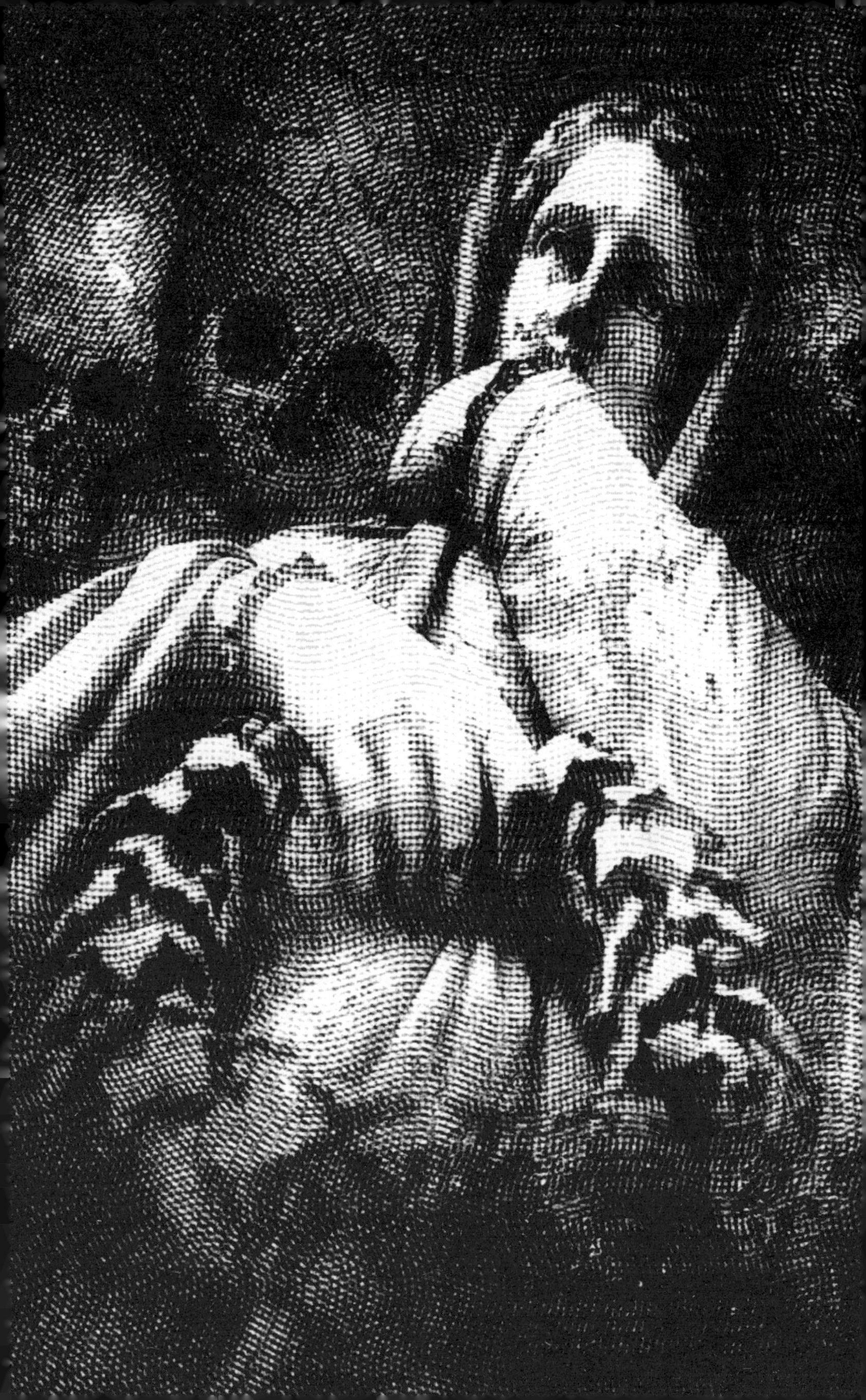

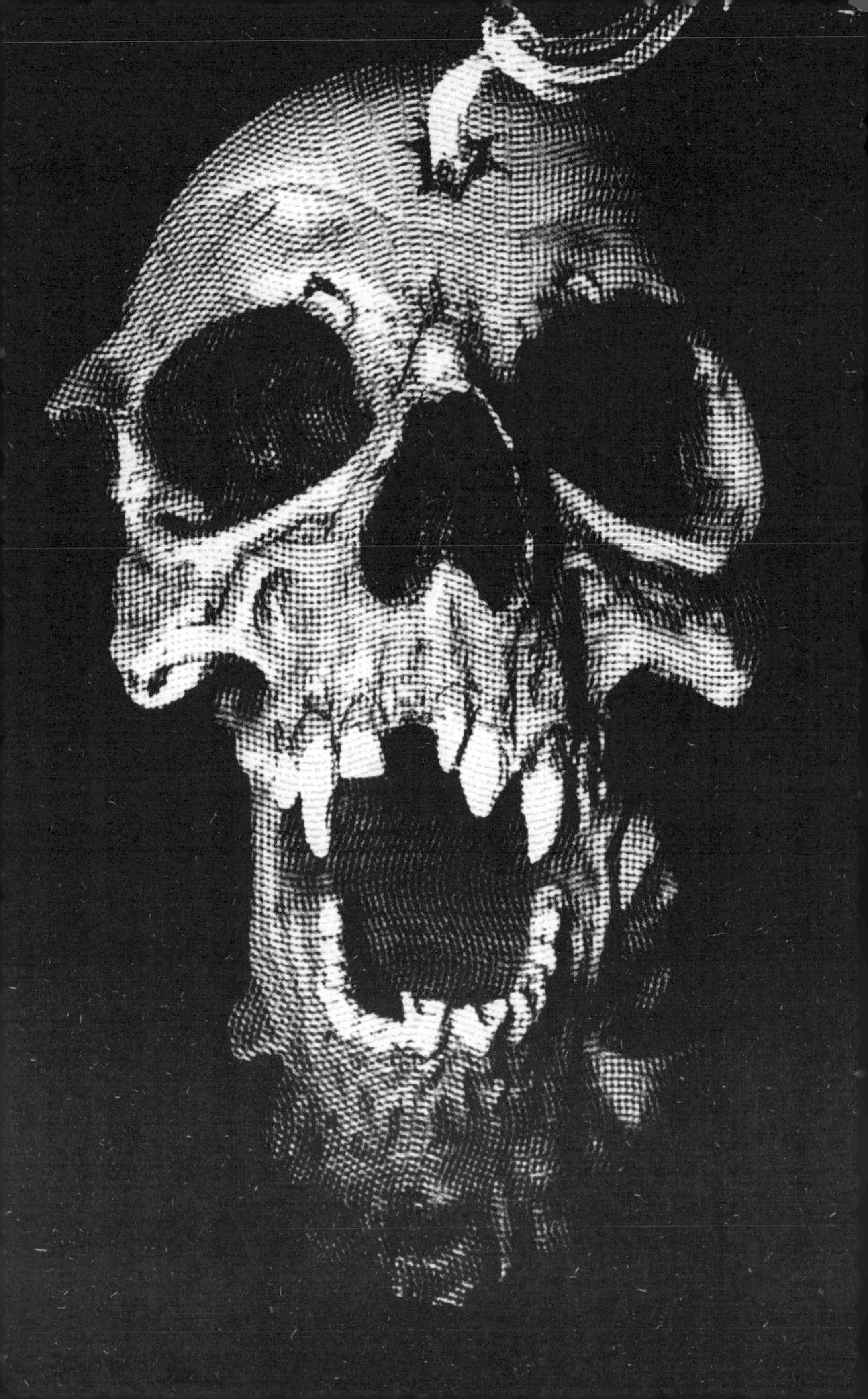

18

Com Meus Cumprimentos a Deodoro: Vivas à República

"A que custo chegamos até aqui?"
A chuva se foi. A manhã veio.
Sobrevivemos a tudo o que o inferno despejou sobre nós.
Os garotos fizeram uma oração silenciosa junto à boca da caverna. Um amontoado intransponível de toneladas de pedras guardava o descanso dos nossos irmãos. Lebres mui brancas brincavam e saltitavam em volta das selvagens ramadas que cobriam a base da torre do farol.

Eram felizes como aquelas ninfas brancas que dançavam nos sonhos de Ceroulas.

Capitão Eric, à maneira *brummer*, também prestou suas condolências. Deixou um dos grandes garrafões de cerveja, miraculosamente cheio, junto à ruína do farol.

Olho para a ilha às minhas costas. O solo repleto de serpentes nos lembra de que não somos bem-vindos à casa onde o velho diabo edificou seu trono.

Esperto montou a pira sozinho sobre o cume do alto promontório de rocha sólida. Mesmo ferido e sob fortes protestos de Medroso, o sargento quis assumir o encargo.

Era sua maneira de se despedir daquele que dera a vida por ele.

Por todos nós.

O clarim de Mosquito nos fez falta. Na ausência dele, selvagens corruíras ensaiam seu canto de liberdade pelos céus enevoados da Ilha da Queimada Grande. O negrinho teria gostado disso.

Após todos os imperiais passarem em revista pela pira, eu me aproximo.

O *brummer* já alardeia, do convés do barco, o seu descontentamento pela demora no ritual funerário. Aceno para o sargento e ele conduz os imperiais para o litoral rochoso.

— Tomas as tuas duas medalhas, soldado — sussurro. — A *Supra mors Lux luces* de *Gran Abuelo* fica bem no peito teu. Tua mãe vai se orgulhar de ti. E esta... bem, esta foto de anjo tu deves guardar no bolso interno de teu uniforme. Bem afeita a teu peito de imperial. Eu a havia comigo de longa data, na esperança de devolver ao pai dela um dia. Vou me demorar um *cadinho* mais por aqui, meu bravo.

Entrega-a por mim, Sorriso.
Acendo a pira funerária, a fumaça logo sobe aos céus.
Deixo que meus passos ecoem pelas pedras da ilha.
Deixo que nove anos se passem.

***

O credo monarquista sempre norteou os passos de *Gran Abuelo*.

Era um homem simples, nada aristocrático. Suas maiores amizades estavam entre as linhas de nossos imperiais. Relacionava-se bem com todos os soldados e, como eles, estava sempre pronto para entrar em ação.

Mesmo enquanto Senador, o velho Marquês não via partidos políticos. Enxergava dentro do coração dos homens e se encarregava de lhes dizer se cumpriam ou não o dever em benefício da Pátria.

Nem mesmo nosso amado Imperador fugiu às suas reprimendas.

Certa vez, enquanto Ministro da Guerra, despachando junto ao gabinete de Dom Pedro II, percebeu que o Imperador dormitava, sem se perturbar com seus alarmantes relatos. Puto da vida, *Gran Abuelo* deixou cair, estrondosamente, seu sabre sobre o gracioso piso de mármore do salão de conferências.

O Imperador levou um susto dos diabos. Inoptamente despertado, o demandou severamente: "Acredito que o senhor não deixava cair suas armas quando estava no Paraguai, marechal".

"Não, majestade. Mesmo porque lá nós não cochilávamos em serviço."

Tão honesto em sua alma quanto em seus atos, renunciando a toda corruptela que lhe cruzasse o caminho, vovozão viveu seus últimos anos de vida sob o jugo de pesadas dívidas financeiras. Dizia que a sua custosa espada, lavrada em ouro, tinha o peso de tristes dias.

Na velhice, pretendia esquecer-se deles a qualquer custo.

É-me o mais sagrado dos encargos não deixar, ao regaço do esquecimento, tantas glórias conquistadas. Por isso, escrevo em meu diário de Campanha.

Os Imperiais de *Gran Abuelo* sagraram-se vitoriosos nos mais diversos campos de batalha. Seu capitão, agora, carrega sobre os ombros mais que o peso da patente. Trago comigo o peso dos anos e de seus segredos funestos.

Dirijo meu olhar para o berço do futuro. Com olhos atentos, palmeio o solo do porvir. Olho para o filho da nação.

Que criança feia! As virtudes que defendemos com pólvora e sangue foram colocadas de lado para que, nos últimos cinco anos, interesses escusos amamentassem o aborto que veio!

O galardão de velhos ideais caiu no esquecimento. Os mesmos sabres que combateram o inimigo externo foram postos a serviço do despotismo! E todos nós, imperiais, somos vítimas de nossa própria lealdade. Aguerridos nos corações, como soldados, teremos de seguir a esta ninfa de útero seco.

Mas estamos cansados. Nos últimos anos, estivemos envolvidos nesses vergonhosos episódios que eclodiam dentro de nossas próprias fronteiras. Servimos como meros guardas e, muitas vezes, intermediadores para a tal Questão Militar enquanto os ativistas republicanos encorajavam o comportamento indisciplinado de grande parcela de militares.

Beligerantes monarquistas como nós eram relíquias a serem postas de lado, para que essa nova linha de oficiais pudesse marchar rumo a uma ditadura.

Ora, quem diria? Os caudilhos ganharam.

***

Esperto, Medroso e Pé de Cabra estão comigo. As bebidas chegam e eu ergo a taça de lata, momento no qual todos se levantam.

Os imperiais estão acampados a algumas léguas daqui.

Deixei o segundo sargento Ceroulas no comando. Deus nos ajude!

Aguardamos ordens chegarem do Rio de Janeiro, quando então nós iremos saudar à República ou algo que o valha. Aproveitamos o movimento das tropas e a relativa paz para buscar um merecido trago em uma espelunca que margeia a estrada para Porto Alegre.

— Acho que estou ficando velho — Esperto menciona casualmente. — Ando mesmo pensando em solicitar a reforma.

— Velho, não — sorri Medroso. — Inteligente, talvez.

— E o que pensa em fazer, tenente? — indaga Pé de Cabra.

— Umas cabeças de gado, café ou quem sabe leite em São Paulo — responde Esperto. — Não sei. Que acha, *Papá*? Quer ser meu sócio e cuidar de vacas no lugar de imbecis?

— Dizem que são terras férteis para velhos fantasmas.

— Então vamos vender leite assombrado.

O primeiro sargento, José Maria, sonha em pescar baleia. Há uns anos, o habilidoso Pé de Cabra ganhou um livro de um comerciante norte-americano, cujo conteúdo não lhe saiu mais da cabeça. Era sobre uma baleia branca.

— Fazer fortuna em uma armação baleeira do Atlântico Sul — suspira Pé de Cabra. — Isso sim é modo de vida para um homem.

— Penso em abrir uma clínica no Rio de Janeiro — menciona Medroso. — Tratar de uns bons burgueses que possam me livrar de toda miséria e cheiro.

Imagino que todos os imperiais que lutaram ao lado do Legendário tenham no sangue esse primor de velhas esperanças enterradas sob a lápide do soldado. Epitáfios tantos que nem sequer cabem na clausura do pensamento. Vez ou outra, abotoados pelo veneno de uma garrafa, dizemos uns aos outros essas bobagens.

Somos os maiores putos mentirosos desse propalado Vale da Sombra da Morte, pois conseguimos o impossível quando mentimos para nós mesmos.

Ao término de toda Campanha, pensamos em um futuro longe das tropas, do sangue e da pólvora. Mas, como velhos ébrios, viciados demais para largar a garrafa vazia, ao final do dia sempre checamos o tambor do *spencer* e o fio do sabre.

É Esperto quem guarda na memória a íntegra de um poema que o vovozão costumava citar junto às fogueiras na Campanha das Cordilheiras, quando o frio e o urro das bocas de fogo ameaçavam tolher de nossos peitos o troar do coração.

— "*O uivo dos lobos selvagens naquelas altas colinas, cujas idílicas notas acentuam as memórias divinas, serão fragmentos de eternidade assaz imensos para o cativeiro egoísta dos humanos pensamentos. Marchem, Legiões, para o antro das alegrias guerreiras! As canções na periferia pretérita de vossas fogueiras serão fragmentos de eternidade grandes demais para ocuparem espaço à monotonia dos humanos ais.*"

— Bravo, Esperto! — menciono ao meu tenente. — Tua memória não carece de emenda.

À porta da estalagem, um soldado com os panos novos do regimento apeia.

Profetizara *Gran Abuelo*, certa feita à margem do Rio da Prata, que seriam verdes os trapos novos de nossos uniformes. Verde de esperança, renovação, vida nova.

É o mensageiro.

Por Deus! Ninguém aqui sabe da existência do telégrafo?

Ele entra de olhos baixos, com as mãos machucadas pelo couro dos arreios cobrindo a pequena sacola a tiracolo. O quepe possui o emblema do regimento de Deodoro da Fonseca. Quando ergue as vistas para a clientela não recomendada do estabelecimento, hesita um ou dois segundos antes de nos reconhecer.

Quase marcha enquanto caminha até nossa mesa. Medroso enfiou a cara em uma poça de baba sobre o tampo da madeira. O mensageiro olha para Esperto e Pé de Cabra, depois, com a continência já pendurada sobre a têmpora, dirige-se a mim. Quando fala, é como se arrastasse o cadáver de um parente atrás de si.

— Trago vossas ordens, capitão.

E, porque o verde tem nome de esperança e pequenas coisas com anseios de acreditar em um futuro de renovação, seu uniforme tem o marrom amarelado da cor cáqui.

Proponho um brinde.

— Irmãos — sorrio desdenhoso —, com meus cumprimentos a Deodoro e com vivas à República. Preciso mijar. Com vossa licença.

A bebida do sul tem esse efeito sobre minha bexiga. Dizem pelas bandas do Prata que a oração do soldado é feita da boa *grappa* dos vinhedos sulistas. Estou certo de que rezei o bastante.

A noite está clara. A primavera, que carregou o campo de verde, também fez florir as promessas de novos dias, longe do ribombo da pólvora e da glória despedaçada de um Império ao qual jurei defender. A quem quero enganar? Eu sou o que sou.

Esse perfume. Que diabos?

Ela se move quase imperceptivelmente através dos manacás que ladeiam os fundos da estalagem. Como memória de soldado, seguiu-me até aqui.

Primeiro, sinto o doce aroma do ipê acarinhar as minhas narinas; depois, é o toque pútrido da morte destilando o perfume letal da campa aberta através de minha garganta. A pequena rapariga que inumei à sombra dos frondosos ipês da Vila do Porto, há muitos anos. Ainda espera um sobressalto.

Os cabelos em desalinho, emplastrados de sangue negro, emolduram de horror a pequenina e pálida face. Ela está perdida, irremediavelmente oculta por aquele véu feito das sombras que todos os pesadelos vestem no sono da morte.

A boca sedenta, repleta desse desejo maligno que todas as coisas vis têm, não expressa alegria ou tristeza. Ergue os olhos para mim, como se erguesse uma súplica aflita aos céus. Tem em mente umas poucas memórias. Eu sou uma delas.

Minha mão é firme. Repousa sobre o manete do sabre.

Ela espera algo diferente.

Anjos talvez.

Mas é o soldado quem retribui seu olhar.

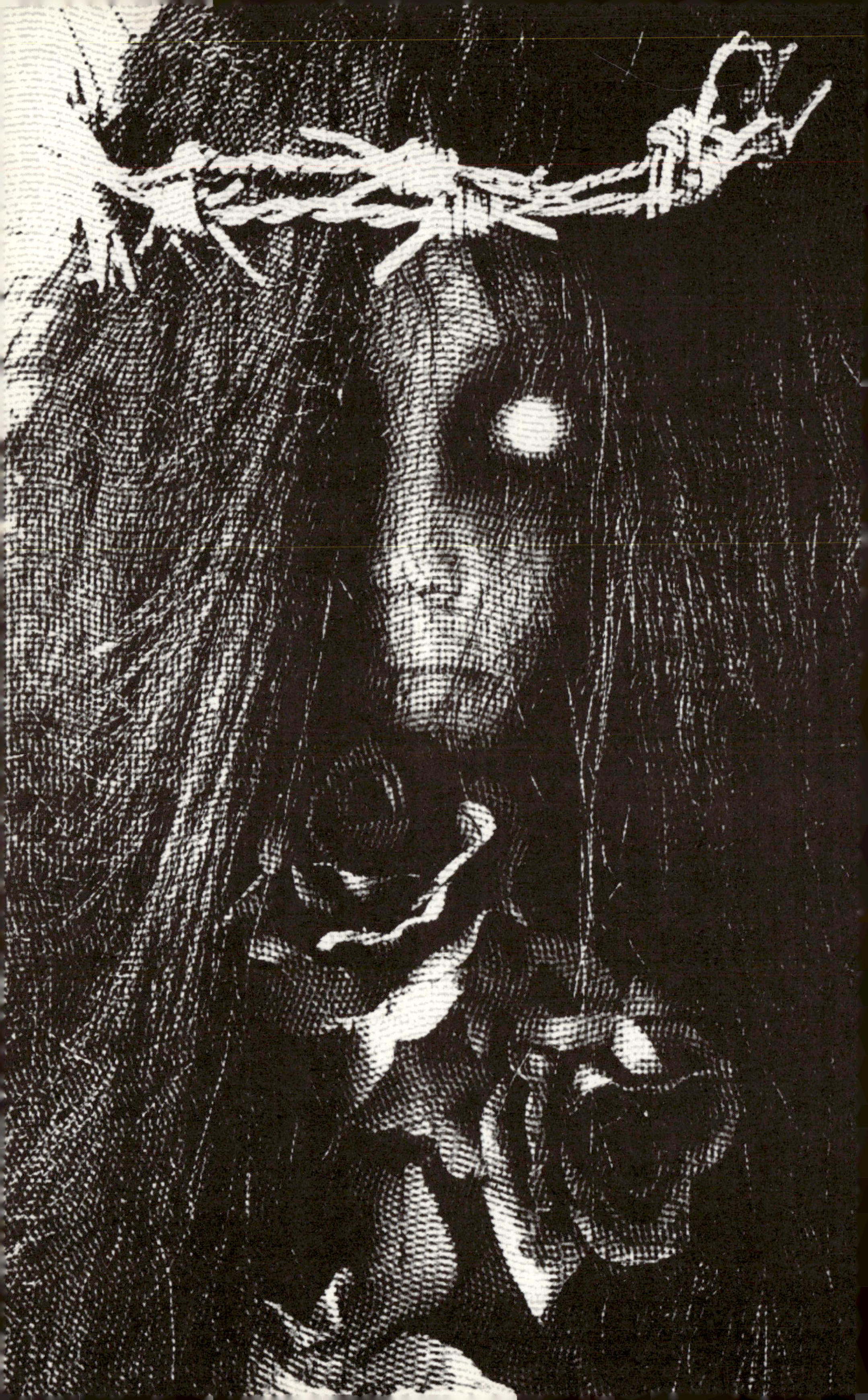

POST SCRIPTUM
COMO VELHAS CAVALGADURAS
EM PASTOS NOVOS

Rio Grande do Sul. Noite.
O gabinete do Governador é bem mais impressionante do que eu imaginava.
Medalhas, honrarias e títulos honoríficos estão espalhados pela parede atrás da imensa escrivaninha. Um brasão de armas tem sobre suas divisas um velho sabre de combate e uma pistola belga *lefaucheux*. Duas enormes estantes, repletas de grossos volumes com encadernação luxuosa, encimam as paredes laterais. Direito, ciências, artes e filosofia. Não vejo um livro sobre estratégia militar. Herói de guerra. Sei.

O piso de marchetaria, lustres de ferro fundido, vitrais com mosaicos em vidro Murano, teto em madeira de lei ornamentado em gesso, tudo muito caro para um soldado. Os lambris e móveis de jacarandá-da-bahia, entalhados pelos hábeis artesãos de Dom Pedro II, ainda não foram substituídos.

Um sentimento de puro pesar brota em meu peito quando vejo a auriflama da República hasteada, à direita de sua poltrona, sobre um mastro mui curto. Talvez tão curto quanto suas virtudes. Li sobre este novo pavilhão nacional nos jornais. Foi o polímata Ruy Barbosa quem desenhou esse insulto.

Ah, os doutores da nação! Que ironia! Dom Pedro II sempre elegeu a educação como o princípio mais nobre existente. Certa ocasião, confessou-me que, se não fosse Imperador, gostaria de ser professor. Há três dias, os abalizados doutores mandaram o Imperador e sua família para o exílio na Europa.

Meu suspiro profundo não desperta o interesse do Governador.

Sobre o tampo da mesa, vasta variedade de documentos está à mostra. Uns envelopes azuis, talvez correspondências do extinto Partido Liberal. Umas poucas fotos alusivas àquilo que combatemos na Vila do Porto em 1880. Um estudo cartográfico da Ilha da Queimada Grande.

Ora, onde está? Imaginei adentrar aqui e ver, empalhada à parede, a cabeça do monstro que liquidamos naquela ocasião, com os dizeres: "EU, enquanto o glorioso Segundo Visconde de Pelotas, com grandeza Ministro da Guerra, MATEI".

Histórias antigas de velhos pesadelos.

O Governador José Antônio Correia da Câmara está de costas para mim. Olha pela janela. Parece enxergar através de lonjuras. Os sons da movimentada rua, filtrados pelos grossos vitrais do Palácio do Governo, chegam até nós como se fossem parte de um sonho antigo.

Um sovar de botas deve tirá-lo desse transe. A velha continência de sempre.

Quando o Governador se volta, olha para meu rosto e sorri. De súbito, algo parece perturbar-lhe a aguerrida aura de herói. É seu nariz. Olha para minhas botas sujas. Seu sorriso fenece nos lábios lupinos.

— Naqueles idos, tu fizeste um bom trabalho na Ilha da Queimada Grande. Ai! Isso deve ter doído um bocado!

— Eu estava lendo o teu Diário de Campanha. Sempre admirei tua caligrafia, capitão. Inobstante outras pendências, cumpriu o teu dever, velho soldado.

Essa doeu em mim.

— Pendências? — um gosto amargo sobe até minha língua.

Deve ser o veneno expelido por seu hálito no gabinete fechado.

Penso nos garotos. No que fizeram acontecer. Em todas as vidas que salvaram. Os cidadãos da República — esse novo ninho de vespas! — jamais saberão o que se passou no solo da sua própria Pátria.

— Que pendências, meu excelentíssimo Câmara? — a mão quer ir ao manete.

Não deve. Calma, velho. Aquieta o teu coração e guarda esta canção de morte. Ouça, mais um *cadinho*, a essa língua bifurcada de dizeres traiçoeiros.

— Vila do Porto, lembra? — sorri o Governador. — Cerca de mil campesinos sumiram da noite para o dia, sem deixar rastros. Pelo menos, não em terra.

— Em terra? — inquiro.

O que diabos ele está sugerindo?

Enverga um envelope pardo do bolso de seu elegante casaco.

Eu o encaro bem no fundo daqueles olhos acintosos de político. Enxergo um soldado?

Não. Apenas meu próprio reflexo.

— O capitão Carabenieri deverá compreender que tudo o que vê e ouve no gabinete do Governador não deverá ser visto ou ouvido por ninguém fora de vossa mal-afamada unidade, sob pena de ser acusado de alta traição a Deodoro — diz Câmara antes de me entregar o envelope.

Coloco os olhos no conteúdo. São mais algumas fotos. Ouvi dizer que os fotógrafos de hoje estão substituindo a pólvora por lâmpadas de alta potência. Estas aqui foram tiradas com algum aparato fotográfico de excelente precisão. As duas primeiras são de uma noite muito estrelada.

O movimento é involuntário.

Eu me sento à cadeira e, agora, sou submetido ao olhar de júbilo de Câmara.

— Devo presumir que aceita o encargo — menciona casualmente, antes de voltar-me as costas e se perder nas distâncias de sua janela. — Sobre a mesa, há um novo Diário de Campanha. Deve haver, entre tuas coisas de veterano, uma boa e afiada pena disposta a beber mais sangue.

Olho para o céu lá fora. Nunca pareceu tão negro.

— Afinal, meu caro capitão, o estranho, o bizarro e o que não pode ser explicado pelos meios naturais são da alçada de vossa companhia. Vós, Imperiais de *Gran Abuelo*, sois bem afeitos a essas coisas malditas, pois não? — sentencia o Governador.

"Todas as imagens utilizadas (fotografias, vetores, desenhos e ilustrações) são das comunidades Pixabay e PXhere. Em seus respectivos endereços foram liberadas sob Creative Commons CC0, marcadas para reutilização com ou sem modificação, com atribuição não requerida e grátis para uso comercial. Para elaboração do presente livro, bem como proporcionar ao leitor a sensação de estar imerso em cena, o autor garimpou, adaptou, combinou e modificou digitalmente essas imagens para que ficassem semelhantes a litogravuras de folhetins do século XIX, assumindo inteira responsabilidade pelo trabalho."

INFORMAÇÕES SOBRE NOSSAS PUBLICAÇÕES
E ÚLTIMOS LANÇAMENTOS

FACEBOOK.COM/EDITORAPANDORGA

TWITTER.COM/EDITORAPANDORGA

INSTAGRAM.COM/PANDORGAEDITORA

WWW.EDITORAPANDORGA.COM.BR

PandorgA